文学百年
名家散文自选集

乡 愁

素 素/著

民主与建设出版社
·北京·

乡 愁

目录

第一辑·风云

绝　唱 / 2

痴迷的逃亡 / 16

煌煌祖宅 / 25

永远的关外 / 45

走近瑷珲 / 58

笔直的阴影 / 79

消失的女人 / 97

空　巢 / 111

第二辑·风俗

黑颜色 / 132

纵酒地带 / 143

火　炕 / 158

烟的童话 / 171

移民者的歌谣 / 184

远方墓地 / 196

乡　愁 / 208

女人的秋千 / 218

无家的萧红 / 225

大云书库 / 236

第三辑·风物

老　沟 / 266

最后的山 / 276

与鹤共舞 / 289

白夜之约 / 298

洛古河的寂寞 / 308

第一辑·风云

绝　唱

盛夏的时候，走到了辽西。

以前从未去过辽西，对辽西的感觉就是总有风，风中带着黄沙。离那里不远就是大漠，辽西被大漠烘烤得很干燥。干燥的辽西肯定荒凉寂寞。荒凉寂寞的辽西肯定影响人的心情。那种心情如果是长年累月，对人就是长年累月的折磨。住在辽东半岛的海边想辽西的干燥，是暗自侥幸和庆幸的那种心理。

盛夏的时候去辽西并不是有意，而是这个时候就走到了辽西。原以为冬天去辽西，辽西才像辽西。没想到夏天去辽西，辽西更像辽西。那庄稼太矮小了，遮不住辽西的山。那庄稼是季节安插在这里的过客，一场秋霜，它们就将踪影全无。绿色在这里显得刺眼，它的那种隔膜和匆忙，仿佛是故意来伤辽西的心。它使盛夏的辽西比冬季的辽西还苍凉。辽西的山并不高，但它们绝对是山，曲线优美，迤迤逦逦。偶尔地，也有高耸和挺拔。让我百思不得其解的是，不论它高或者低，它为什么那么光秃，石化铁化尸化一般，与阳光河流雨伞花裙近在咫尺却恍如隔世。那些没有生命的山，让你感觉辽西是赤裸着的，那些山是被榨干了乳汁的女人的胴体，她们疲惫地仰卧在辽西，死了仍然在做辽西的母亲。

我这样描写辽西，是因为辽西有自己的故事。辽西的故事是女人编织的。从走进辽西我就在想，是不是因为她们而使辽西这块土地过早地成熟，使辽西的山脉太快地衰老干瘪？

这个故事就是红山文化。

裸露的辽西却怀揣了一个旷世的秘密。20世纪80年代，考古学家在这里发现了一处原始社会末期的大型石砌祭坛遗址，还发现了一座女神庙遗址和积石冢群。在这些遗址和冢群下面，有美轮美奂的玉器，那玉器以它墨绿色的晶莹，雕刻出自己的光芒。红山文化宣布的是一个最新消息：辽河文明早于黄河文明，中华文明史由4000年改写成5500年。

辽西太古老了。它因为古老而神秘，因为早熟而枯涸。

我实际上就是为这一片枯涸而来。在这个星球上，最古老的文明都这样沉静地凝固了。尼罗河流域的古埃及城邦、两河流域的古巴比伦王国、印度河流域的哈拉帕文化、欧洲的庞贝古城、中美洲的玛雅文明，它们都曾经辉煌地存在过，但它们又都以自己的方式消失了。有的消失，至今仍然是谁也猜不透的谜。红山文化的休止更是如雾如风。她们的家园曾经遍布辽河以西，西拉木伦河以南，张家口以东，燕山南麓长城以北。这是一片宽阔的红土地，她们就用这一片宽阔的红土烧制深腹陶罐。老哈河和大小凌河牵牵绊绊、缠缠绵绵着她们，为什么一下子就走得无影无踪？她们是从哪儿来的？谁是她们的祖先？她们究竟走到哪里去了？谁是她们的子孙？

不知道。不知道。

因为不知道，我便在辽西走不出来。

或许因为我是女人，才格外钟情辽西。因为我是女人，我才一定要拜访那位女神，哪怕相见不相识。

牛河梁。一条普通的小河发源于此，那条河叫牛儿河，那座山便叫牛河梁。牛河梁对面还有一座猪头山。猪啊，牛啊，都是一些极平淡的景致，极家常的事物，很容易就能忽略。世世代代在这里耕田的人压根没有想到，数千年前就已有人在这儿收割庄稼。冷兵器时代的马蹄盾牌践踏过，热兵器时代飞机大炮轰炸过，居然都没能惊醒女神的梦。现代人一声轻叩，就与她撞个满怀。

去牛河梁的时候，干燥的辽西突然小雨如酥。女神庙就在牛河梁北山顶上。可以清晰地看见庙的概念，看见那时候人类对庙的理解。它由一个单室和一个多室组成，顶盖和墙，都是木架草筋内外敷泥，光面的泥墙上还画有彩绘。我是说，女神庙早已不是立体的了，只是一些古老的碎片，如果把这些碎片拼接起来，她就该是这个样子。

在这些碎片里，曾有一尊生动的泥塑头像。她等待了数千年，那温柔的目光终于与我们相遇。她的眼睛是绿色的玉镶嵌的，她的嘴巴含着羞涩却似有话要说。那是一张年轻的脸，脸上有风情万种。因为她出土时，近旁有女性的手臂和乳，所以发现了她，便有了这座庙的名字，她也便有了自己的名字。

红山女神。

她让我一下子望见了中华民族早期原始艺术的高峰，望见了原始宗教庄严而隆重的仪式。也让我第一次看到了5500年前的人们用黄土塑造的祖先形象。原来，辽西是因为有了她，而成了一条更大的河之源。

辽西真的是母性的。只有母性，才会把那么久远的美丽完好地庇护到现在。只有辽西，才会哺育出这样一位妩媚鲜润的女神。在那之前，人们还在崇拜自然，突然间就崇拜了人自己，而且是崇拜自己所爱的女神。母性的辽西，赋予她的子民先知般的智慧，让他们总是走在历史的前头，向世界发出文明的曙光。

但是，女神那如蒙娜丽莎一样神秘的微笑，如今有几人能破译？你的饰物是骨是玉？你的文身喜欢哪种图案？当初那么繁盛的香火，那么密集的人群，为什么突然间像轻烟一样散去？当什么都消失了之后，在你那长久的寂寞里，有谁走过那空空的庙宇，再为你献上一朵野菊？

只有女神没有走开，一直就守候在这里，并且一直端庄地微笑着，看日出日落，草绿草黄。她的守候似乎就为了告诉我们一句话：这儿原先并不荒凉。她那颇有深意的目光，她那欲言又止的唇，似乎还想说，如果这世界有个地方荒凉了，一定因为那里有人或者曾经有人。

的确，站在牛河梁上，最强烈的感觉就是自然脆弱，人更脆弱。人的脆弱是因为生命本来就脆弱。当初环绕着女神跪下的人们早已不知去向。丘陵起伏着，却没有村庄的痕迹，也没有只言片语。只能放飞想象，在不远的地方，有过炊烟和姑娘的歌声。

那群脆弱的生命或许找到了更适于生存的地方。他们走的时候,把死去的亲人留下来给女神做伴。在女神庙附近,我看见了十几个大大小小的积石冢。漫长的岁月里,只有这些冢与女神庙默默相对,无语也无泪。冢有圆有方,都是由未经雕凿的石块垒筑而成。冢外砌有石墙,或围有石桩;冢内有大小石棺墓葬。我想,冢里的人活着时,肯定也是女神庙虔诚的香客。因为只要睁开眼睛,就是生存的喧闹,活着就要祈祷,生命里绝不可以没有女神。怀有这样的依恋,即使死了,也不可能离开女神,死了也要把灵魂安放在她的脚下。于是,那一堆一堆有序的石冢,就在山梁上摆成了一个不变的史实。

小雨把那些远古的石头润湿了。我蹲下去一一抚摸着它们,想象我的手印与古人的手印重叠。那每一座石冢,都有上千块大大小小的石头。每当有人故去,氏族里有多少人在为他送行呵!那是一个无声的画面,人们沉默着,漫山遍野地寻找石头。又沉默着,看一座新冢与旧冢排列整齐。只有萨满跳他那永不厌倦的梦魇般的舞蹈,为上路的死者祈福。那石冢,那舞蹈,那密密麻麻脸色深沉的人群,让你觉得,由于生命脆弱,原始人类对待死,比迎接生更庄严,更有宗教感。

然而今人是多么粗心。他们或许在那石堆上采过蘑菇,或许耕地时犁铧与那些密集细小的石头擦边而过,歇息时甚至坐在那上面抽过一袋老旱烟。他们一直以为那不过就是一些石头。当这些石头成为红山文化的符号,当考古学家从那堆石头下面拣出了玉璧、玉龟、玉鸟、玉猪龙,他们才突然间觉得这块被千遍万遍诅咒过的干燥的土地,曾经肥沃,曾经富有。那些不知名姓的先人们,日子过得相当滋润,心情相当快乐。

他们当然没注意到那个小石冢,更没看见石冢里那个幼小的孩子,没看见孩子身旁那只透明的玉蝈蝈。我好容易找到了那个小石冢,但那个孩子的故事只能是听同行的辽西朋友诉说。当我听说了这个细节时,面前便有了一个始终跳动着的小身影,他的脖子上就挂着那个玉蝈蝈项坠。玉蝈蝈被今人收藏着,它会永远在,那稚嫩的孩子却没有一点音讯了。那时候,即使是一个很小的部落,也天天都会有死亡。女人给了孩子生命,却不能看着他长大,这对她们是怎样一种残酷!我知道,她们就是为此而流尽了泪水,而形容憔悴。

那个大石冢里埋的肯定是个至高无上的人物。他与孩子一样脆弱。他的冢里没有玉蝈蝈,但他有一枚玉猪龙。得感谢这玉猪龙,它从此揭开了一个古老的谜底,让我们终于找到了华夏龙的源头。龙原始于猪,而牛河梁的对面就是猪头山。在图腾时代，人们对自然的崇拜是多么感性！龙在红山文化遗址还有许多，我还看见了另外一条玉龙，它身体蜷曲着，吻部前伸，双眼凸起，颈脊有长鬣。活脱就是甲骨文中那个优美的"龙"字。甲骨文属殷商文化，它比红山文化至少晚2000年。

却原来，中国的第一条龙诞生在牛河梁。牛河梁是龙的故乡。然而那创造了龙的人呢？那么先进的文化，那么深厚的红土，还有他们亲手雕刻的龙，他们崇拜着的女神，居然就能一走了之，龙和女神都挽留不住！

他们离开这里时，还留下了一座大型祭坛。

它距牛河梁不远，静悄悄地坐落在喀左东山嘴那面黄土高坡上。它一定是在高坡上。祭坛与史前人类对自然的恐惧有关，人类因为脆弱而恐惧，因为恐惧而崇拜。为了让神明看清楚自己的虔诚，就需要有这样一个高处。神圣、至上，也为的是接近所崇拜的那个神祇。后来，人类连盟誓、朝会、封禅，也要站在一个高处。记得刘邦当年拜韩信为大将，就曾专门筑了一个坛，好像只有坛才能造足那种气氛。去北京去过天坛、地坛、日坛、月坛、社稷坛，读书时读过浙江余杭那座良渚文化的祭坛。给我的感觉，坛是人类的一种创造。它实际上就是一个让天地昭昭日月煌煌的大广场，人类在某一时刻想与谁对话，就到这广场上说说好了。绿地白云，小鸟大象，老男少女，谁都可以做证。

东山嘴祭坛也是这个模式。居高临下，石块堆砌而成，一座是方，一座是圆。和它比起来，北京的那些坛显得雕凿而且小气。它却是高居河川与山口的梁顶，俯瞰大凌河开阔的河道。对天对地对万物，那是何等庄严、何等痛快的倾诉和表达！可以想象，当年在这个广场上祈天求地的不可能只是一个氏族或一个部落。它与女神庙一样，是许多部落，或者是一个王国共同的聚会之所。那祭坛从未闲置过，祭坛上面，几乎每天都旋转着苍凉的歌舞，飘落着欢乐的泪水，还有无数或圆或碎了的心愿。

然而东山嘴最打动我的不是这些，而是在它圆形基址周围发现的那几个红色的女性泥塑像。有两个居然是孕妇塑像，而且裸体。在中国，远古的裸体女像，这还是第一次发现。我也是第一次这么强烈地感受到孕妇的裸体美。她们的女性特征太明显了，腹部凸起，臀部肥大，体态自然优雅，优雅里还有一种壮硕。她们的那种舒展，那种健康，是站在阳光下的感觉。

我想，在这一片鲜红的背景里，有这样一群健康可爱的女人，怎么能不让那些男人激情难抑？在男人那野火般的爱里，生育是多么普通的事情！所有的女人都可以成为母亲，女人的肚子，此起彼伏。然而她们无怨无悔，生生不息。女人生命的韧性，其实就是从孕育生命获得的。女人并不天生柔弱，在原始部落里，她们与男人一样裸体，一样劳作，还要鼓胀着受孕的腹，为氏族生育子孙。那个时候太需要子孙了，动物太凶猛，生存太难，有人群就有一切。女人承担了此任。

于是，出于对生育之神的崇拜，也是出于恐惧，男人就用那双粗糙的大手，捏出了女人的乳、女人的肚子。然后把她们安放在祭坛之上，心中默念着祈语，默念着一个女人的名字。当年的那个场景，一定十分感人。什么时候，女人回到了后院？当然是在她们的子孙越来越多之后，在人的欲望越来越复杂之后，在有了尊卑贵贱和政治之后。这世界变得拥挤，她们从此大门不出，二门不迈，别说她们的肚子，连那双被裹得变了形的小脚，也要严严实实地遮在衣裙之下。女人从此学会了咬紧牙关，无声地笑，无声地哭，无声地呻吟。女人从此有了病态。

东山嘴的女人算是有福，她们可以挺着大肚子，在远古的蓝天下任性地走来走去。她们因为能生养孩子而受尊敬，因为健康，而让那个充满恐惧的世界那些脆弱的灵魂有了支撑。

那祭坛的基址还出土了一些红色的陶罐,陶罐上描绘着黑色的彩纹。每个陶罐,只有红黑两种颜色,是单纯的凝重,是古朴的时髦。东山嘴的女人呵,你用这陶罐盛过烈性的酒么?那粗糙的大碗,可曾使烂醉的男人跳舞?喝醉了,他们说些什么?可曾透露要走的消息?

那几天,我一直是与辽西的朋友们在山野里奔跑。辽西比我原初的想象更古老。在辽西,自然与人类再脆弱,却不论什么时候总要在这儿留下一点痕迹,总要在这里停一会儿。生命在这里从未绝过种。

六亿年前,这里是海洋。它使干燥的辽西产出各种各样的鱼化石,贫穷的农民拿这些化石赚了一笔小钱。没去辽西的时候,我的桌上就有辽西朋友送的一片侏罗纪时代狼鳍鱼化石。那是一个相当生动的画面,然而那两条鱼正在游着,突然就静止了。沧海已变成桑田。

两亿年前,一支庞大的恐龙家族正在大凌河边悠闲地散步,火山爆发了,厚厚的火山灰和炽热的熔岩覆盖了一切。本来是一场灾难,却让我们通过恐龙巨大的足印,通过椎叶蕨、银杏、拟卷柏化石,看见了遥远的绿色的辽西。与那绿色一起凝固的还有鸟儿们。我刚刚离开辽西，就听见了震惊世界的新闻：鸟类专家认定，德国的始祖鸟不是世界上最早的鸟，辽西的孔子鸟才是真正的鸟类始祖。可见那时候的辽西是多么的葱茏，多么的繁茂！

在鱼和鸟之后出场的才是人。

七万年前，当周口店的北京人围着火堆分吃熟肉的时候，喀左的鸽子洞人也小心翼翼地烤羊腿了。只是那个孩子吃完了最后一口，扔掉了换下的乳牙，就头也不回地随着大人们走出了洞穴。这里从此便只有野鸽子飞进飞出，那些猎羊人再也没有回来。

四万年前，大凌河边的建平人渔猎正酣。他们的祖先也可能就是鸽子洞人。只是不能想象，他们之间只有几十公里的路程，竟然走了几万年！

一万年前，从华北走过来一群人。他们是经过这里，手里握着楔形石核，一路向北。他们走过大兴安岭，走过贝加尔湖，走过白令海峡，一直走到北美南美。他们就是后来的印第安人。那时，辽西大走廊相当宽阔，而且水草丰美，说不定就有掉了队的华北人留在了辽西，与鸽子洞人、建平人一起成为红山女神的祖先。

假使这样,那供奉着女神的牛河梁,那高筑着祭坛的东山嘴,那个神秘的王国,究竟谁是它的主宰?

一位考古学家用手指了指燕山。他认为,燕山在商代叫炎,其实它的来历可能还要早,和传说中的炎帝有关。《左传》中说,黄帝(与炎帝)战于阪泉。阪泉就是现在的燕山一带。《海内经》和《列子》也说,炎帝是因居于炎山而名炎帝,只是在黄帝战胜了炎帝之后,燕山地区才归黄帝轩辕氏占有。所以燕山最早应是炎帝的领地。

那么,牛河梁东山嘴就应该是炎帝的都城。那么,关于三皇五帝就不再是传说,而是一个失踪了的时代。那么,牛河梁东山嘴之所以荒芜至今,是因为炎帝被黄帝打败,这里曾经是一个弥漫着血腥味儿的古战场。我终于明白,是人类的自戕,造成了人类的自失。呜呼,红山文化就这样空寂了,炎帝的子孙就这样被流放了。

在历史的缝隙里,还有多少被人类自己扼杀而失踪的故事?还有多少都城、多少坛庙因为人类自己的打磨而难以辨认?红山文化不啻是一个索引,它在让我眺望历史的同时,也让我对历史惑然。历史其实布满了我们无法探看的黑洞。

我当然知道,黑洞并不是空白,历史永远没有终结。红山时代消失了，别的时代又开始了。一个种族亡逸了，另一个种族又诞生了。炎帝走后，这里仍然有故事。商周时，这里是孤竹国，伯夷和叔齐耻食周粟的传说、老马识途的传说，就发生在这里。秦汉时，这里属辽西郡和右北平郡。三燕时，这里叫龙城。"但使龙城飞将在，不教胡马度阴山"，写的就是镇守右北平的汉将李广。隋唐时，这里叫营州，隋四伐高丽、唐六征高丽都曾以此为行帐。就连"朝阳"这个名字也是乾隆东巡时御赐的……每朝每代，都在这里衔接得天衣无缝。然而，只有女神明白，红山文化对于中国文明史，是绝唱、绝响，是空前绝后的。历史可以没有许多东西，但不能没有它。它震撼的不仅仅是中国，还是世界，它让所有的人都因为它而仰望辽西。

辽西给了我们这么多，它怎么能不枯涸！辽西老了，女神仍然年轻。历史老了，时间永远年轻。

面对古典的母性的辽西，我的心里涨满了沧桑。这世界曾经有过的辉煌总能因种种理由被湮没成尘土，今天所拥有的一切，我们要怎样呵护珍惜才不再让它风流云散？这世界已经开始沙化，自然的沙化和心灵的沙化已经悄悄地向我们逼近，我们要怎样阻拦遮挡才不发生辽西那样的干燥？

痴迷的逃亡

1996年6月的一个下午，我在加格达奇北山那条寂静的街上叫了辆出租车，让它载着我向大兴安岭深处驰去。

我是要去寻访那个古老的洞穴。我曾在古书中读到过它，古书上把大兴安岭北部那座山叫大鲜卑山，那个巨大的洞穴，曾经是拓跋鲜卑的老家。公元之初，与那洞穴相依为命了无数岁月的拓跋部落，突然有一天全体走了出去。他们走下山岭，走出森林，走进草原，又慢慢走入沙漠，并没有陷进去，而是头也不回地骑着马，走到一条古老的河边。从此他们便不离那河的左右，以那个生动的姓氏，写出了一个朝代，叫北魏。

从大兴安岭走出过许多剽悍的人群，他们在中国的历史上以游牧者的雄姿演出过一幕幕辉煌的正剧。那个洞穴之所以让我着迷，不仅仅因为它的主人是最早入主中原的北方民族，还因为当这个民族在中原以一个王朝的姿态驻扎下来之后，它的第三代皇帝曾派人从黄河岸边出发，沿着祖先南下的足迹再找回老家，并在老家那个洞穴的石壁刻上祭祖的祝文。所以，在我眼里，那不是一个空洞，那里有一种永恒的丰满。

原以为，大兴安岭应该是触目惊心的那种挺拔。歌里也是这么唱的。但我似乎始终也没走到大兴安岭，因为始终也没看见那种逼人的高大。它一直就是一些岭，或者是一些山的连绵，络绎不绝、层出不穷，以一种密不透风的郁闷阻挡着你的视线，羁绊着你的脚步，让你山不转水也不转地安守本分。它的大，也是那块山地太大，颜色太深重，从地图上看，像这只雄鸡打架时凸起的颈骨，显出北方的坚硬和强壮。然而，那种婆婆妈妈式的纠缠，并没有挽留住那群躁动的灵魂，那种露骨的坚硬，却哺育出一支支膘肥体壮的马队。

从车里向外望去，大兴安岭仿佛是一座深宅大院，那个洞穴，只是我要找的一个房间。

这是一座天然洞穴，被称作鲜卑旧墟石室嘎仙洞。走近它时已是日暮，一对老夫妻，一只黑狗，是这个洞的守护者。男人正在喝酒，女人拦住狗说："上去吧姑娘，里面可没人。"

洞在山半腰，山岭里的黄昏气氛使它更加晦暗神秘。背上有一丝冰凉的怯意滑过，但我还是扶着那根单薄的护栏爬上去。

它绝对是一个巨大的天然洞穴，却洞壁圆整，地面平阔。黄昏的光芒只能照亮洞口那一小块地方，我不敢往里走，便捡起一块石头用力向暗处掷去，很久，传出一声幽深的空响。那里足能容纳数千人。可以想见，这里曾经住过多么繁盛的一个家族，这样的家族，怎么可能不走出去，而且怎么可能不走得那么远，那么光彩夺目？

然而那个傍晚，站在那个洞口，跨越千年去猜想当初洞内那稠密的人头、肃穆的眼神、激烈的心跳，我还是不能明白他们为什么突然间就厌倦了山洞，为什么突然就想远远地走。因为总是骑在马上，所有的游牧者都没有自己的史记，他们的踪影，只有在他们向中原探头一望时，被汉人轻描淡写几句，所以我尽可以随意想象。

我想，或许是因为一个孩子孤独地爬上了山顶，在秋风的鸣叫中目送过南飞的燕子。它们在这儿停留的时间太短了，它们飞去的地方是不是四季花开？那里不下雪么？孩子的心里第一次诞生了童话，他把童话讲给父亲听。

或许是因为一群姑娘望着远去的白云跳起了草裙舞。公元之初的姑娘也有青春期,那燃烧的羽翼,以一种飞翔的姿势,被那白云牵扯着抵达遥远。她们对马上的弓箭手说,为什么不骑马向南走?南面可能有我们从未见过的野兽在跑。弓箭手被那飞翔的草裙鼓舞着,马蹄踏响了雷霆。

或许是因为哪个猎人为追逐一只雄犴而日夜不舍,突然就钻出了山林,看见了谜一样的草原。草原的那种无遮无拦延伸了他的想象,扩张了他的好奇心,他望了一眼他的马,立刻就有了奔驰的欲望。但他还是沿原路回到那个洞穴,宣布了他的所见所闻。那是个爆炸性的消息,它让这个洞穴从此不得安宁。

或许什么都不是,就因为严寒。这里的冬季太长,冰雪太厚,再凶猛的生命也显得脆弱。一定是大雪又灾难般地来了,萨满的一句咒语,几个世纪的沉默顷刻瓦解。衰老的酋长,迟缓地俯下身子,把眷恋的果核埋在洞口,踩灭最后一堆篝火,枯木样的大手一挥,这支队伍便夸父逐日一般,永远向南不回头,只将天涯的歌声交给大风传送回去……

总之,他们有太多的理由离开这个洞穴。在公元之初,这个世界发生了许多次全族式的大逃亡,逃亡者大多是被异族驱逐和追杀,惶惶然无家可归。只有他们不是,他们的逃亡是自觉自愿的，是出于一种向往和渴望，体面，且有点悲壮的美感。记得坐在大连的家中读东北的时候，这个洞穴在我心里就已有寓言般的深刻，它是这个民族的背景，是这个民族的子宫，它孕育了东北式的野性、东北式的激情，大东北的许多东西似乎都是从这里出发的。所以我从那时起就一直被它感动着，在向东北走去的时候，无论多么远，我是一定要去拜访它的。那天傍晚，当我真的站在了这个洞口时，我感觉是站在一种精神的源头。

那篇祝文就在靠近洞口的壁上，被栅栏严密地封闭着。这个洞以及洞内的祝文，曾经是一个史学界的哥德巴赫猜想。史书上有关于洞和祝文的记载，却不知洞之所在、文之所在，让后辈史学家找得好苦。据说有位女教授认为《魏书》上记载的那段碑文肯定刻在嫩江以北的某个地方，但她找了一生也没找到。她的学生也成了教授，她的学生认定那段碑文肯定刻在嘎仙洞里，在他十几次的寻找后又是一无所获时，他生气地用木杆向长满青苔的壁上击去，掉了一块苔，露出了刻痕，于是就有了1980年夏天的重大考古发现。于是对一个古老民族渊源的追溯就不只是想象，而是字真句凿的历史，大兴安岭也不只是一座山岭，而是一位厚重的母亲。

祝文被青苔遮掩了1500年，它书写的是一个民族南迁的历程。

那时肯定是没有路的。朝阳在左，晚霞在右，一边砍着荆棘一边在走。那横生的荆棘是一种亲情，即使挽留不住，也要让他们的出走并不轻易。还有那些山，巫术一般此起彼伏、无休无止，表达一种柔软的阻拦。但他们一直在走，他们的走是那么的感性，看不清前方有什么，只管走。走就有厮杀，与野兽，与异族，甚至与自己的本家。他们更早的祖先是东胡，鲜卑是东胡的一支。鲜卑里面还有一个姓氏叫慕容，拓跋和慕容几乎是同时出发的，像兄弟之约。只不过，他们走到呼伦贝尔草原就分道扬镳了。慕容部落驻扎在辽河流域，让那一带成为三燕古都。有意味的是，最终来打三燕的竟是做了中原主人的拓跋。追杀野兽与异族的雄心，也可以转化为凌驾一切之上的野心。同根相煎，几乎所有的民族在自己的成长过程中都饱尝了这种痛苦。

拓跋们在呼伦湖边住了八代。那是多么漫长的日子！那时他们只知道有湖，而不知道前面有一条更大的河。他们一下子从山里来到草原已十分地知足，再也不用与野兽搏斗却可以放牧一群白羊。与大兴安岭北坡的冰雪相比,草原简直就是一张巨大的温床,他们暂时忘记了走。然而在草原的日子也并没虚度,草原是一个练习场,他们在这儿准备好了一切,然后才打着呼哨,集合起马队,不到黄河心不死。草原使他们从纯真到成熟,使这个民族长大。

他们走到大同,凿出了一个云冈石窟。走到洛阳,凿出了一个龙门石窟。在遥远的西北,还有几窟由他们精雕细刻的敦煌。我没有到过这些地方,我只去过辽西。去辽西的时候,我曾经独自一人走到大凌河边,看北魏留给故乡东北的那座最大的石窟。从前是随着萨满起舞,入主中原,便成了虔诚的佛教徒。他们为什么要把佛像雕在石窟?是因为他们住过的那个洞穴?或许走出来才知道洞穴是多么安全,凿石穴便成了他们怀念以往的独特方式。他们心灵的洞穴过于幽深,我无法触摸。我只知道那些佛像逼真而且绚丽,让我可以由此想象并惊羡北魏的繁华。

拓跋们离开洞穴时,还没有自己的文字,壁上只挂了些羚羊角、兽皮、弓箭,当他们作为中原的主人回到老家时,已经可以写出饱满的魏碑体汉字。后来的人曾经盛赞中国历史上两个胆子大的皇帝。一个是赵武灵王,汉皇,却要他的臣民胡服骑射，他想用这个办法给中原的顺民们注入激情。另一个就是北魏的孝文帝，他恰恰是让自己的民族脱掉胡服穿上汉衣，甚至改胡姓、胡语、胡制为汉姓、汉语、汉制。这两个皇帝为的是同一个目的，就是拯救自己的民族。北魏的皇帝们的确让自己的民族在黄河岸边灿烂地升上了天空，光照华夏。然而，对游牧者而言，中原是一个大陷阱，中原的文明诱惑了他们，使他们身上的野性渐渐稀薄，中原的文明也埋葬了他们，使他们在那条古老的河里沐浴之后，便失去了本来的面目。

鲜卑人获得了，却也丢失了。

契丹人也是如此丢失的。

还有女真人。

蒙古人。

满洲人。

仿佛是一个定数。

生活精致起来之后，他们可以找到回家的路，却再也看不见最初的洪荒。

天渐渐地暗了，从那个洞口慢慢走出，我心上有一种酸楚在涌。曾经那么痴迷地奔走的拓跋们，走到最后，只剩下一段空灵的历史、一个光滑的洞穴。他们圆满地完成了逃亡者的使命,我像看了一幕古典悲剧,有开始有终结。

我知道,那种举族逃亡今天已很难见到了,但,人永远是一个逃亡者,因为在人类的前面永远有一个中原。我就害怕地想,如果有一天我们被我们自己所创造的文明诱惑着跳了进去,谁来拯救我们呢?我们怎样才能不将自己丢失了呢?

鲜卑人留给我们的这个洞穴,既是让我们走,也是让我们回。

煌煌祖宅

关于肃慎氏

真正地贴近了东北的山林和平原,才惊心地感觉到它的神秘和不可思议。一路走着,突然就能捡拾到某个民族扔在历史上的那些散乱的碎片,由那碎片,就可以拼接出一个不完全是喜也不完全是悲,而是悲喜交加的故事。

那被匈奴追杀得无路可逃的鲜卑人,在大兴安岭密林深处自己舔干了自己的血迹,一番休养生息之后再次出山,经过一代一代的跋涉,终于登上了中原的政治舞台。他们通过云冈石窟大佛的嘴角,流露了这个民族内心谁也猜不透的笑。

那个在草原上长大的耶律阿保机是契丹人的太祖,没有他,就没有那支烟尘如浪震撼整个北方的马队,也没有至今仍遍布北方自成一格的辽代砖塔，以及塔尖上清脆的风铃。

那古老的额尔古纳河边，曾经站着个总是眉头深锁总想报杀父之仇的铁木真。谁能想到，他就是后来创建了蒙古帝国的成吉思汗！他和他的子孙们挥舞着上帝之鞭，几乎踏平了亚欧大陆……

这都是从大东北出发的队伍。他们都无一例外地骑着马，来势汹汹，把那英雄狂野之气张扬到了极致。然而可悲的是，他们又都无一例外地被中原以深厚的文明和儒雅的风度从马上拉下并打翻在地，而且从此就再也没有站立起来，再也没有续写关于骑手的新的神话。

只有肃慎氏源远流长。

那年春夏之际，当我沿着我自己选定的那条线路，在大东北里面寻找那些让我陌生又让我感动的历史风景时，肃慎氏像一位慈祥资深的长老，带着我在岁月的密林里穿行。

以前只是简单地知道，在商周的时候，大东北有一个游牧民族叫肃慎。如果他们不是经常地向周王室献弓矢大麈之类的贡物，就没有孔丘那一番绘声绘色的聒噪，中原人就不会知道那片冰天雪地那片大森林里还有这样一群粗野的猎人，中原的史书上也压根就不可能出现他们那怪怪的名字。他们因为朝贡，而在历史上给自己开了一个户头。那时他们不仅没有文字，也没有参加过中原的战争，天长地久地游荡在那片苦寒之地。他们未必懂得什么叫贡物，什么叫君臣之属，只是像走亲戚一样，送你周家一只麈。他们猎的麈太多了，跟你"共产主义"一把。这种慷慨有时就做得过分，那西晋已下台靠边了，那东晋已偏安江左了，那中原已改朝换代大乱了，他们仍一如既往千里万里追着去送。最可笑的是那些中原人，一向自我感觉良好，只要有人给东西，就以为是归附臣服，就吩咐史官记上几句骄傲自满的话。这真是小看了这群骑马射猎的人，以后的历史表明，他们并非没有心机，欲取先予，那时候他们还正在马背上练习箭法，一旦兵强马壮，他们便会杀将过来，让中原到处都践踏上他们的铁蹄，还要骑在你的脖子上称王。

这当然是后话。从肃慎到挹娄、勿吉，他们在中原人眼里就是来朝来宾来服。他们在自己的家里则是自由自在，游刃有余，驰骋无羁。男人打猎女人采集，强壮的臂饱满的乳，是泉，是雄厚的铺垫，是一个民族的底气，让子孙后代受用不尽。

我之所以对这个民族怀有崇敬，是因为如果把它比作一条河，它在断断续续的流淌中，居然有过三次瀑布般的辉煌。鞑鞨时代的渤海国,女真时代的大金国,满洲时代的大清帝国,那每一次的激情喷溅,都是照亮中国的一种光芒,让我对茫苍苍黑油油的大东北刮目相看,对那些短命的马队抱有悲悯。

原以为,黄河文化长江文化便覆盖了整个华夏。走过东北才知,如果以黄河为轴心,黑龙江与长江一样,是中原文明的另一翼。只是我们没有像对长江黄河那样,认真关注过它那曾经雄壮的飞翔。那些日子,我几乎是一口气走完了肃慎民族遗留在黑土地上的祖宅。当我睁大了眼睛去打量那些曾经繁华的都城遗迹,这个民族本身所具有的巨大的传承力量,更让我震颤不已。

祖宅之一:龙泉府

渤海原本在山东半岛与辽东半岛之间,唐玄宗却把渤海国封在了牡丹江边,可见东北在长安的眼中是多么的模糊和遥远。

那天早晨,我从牡丹江市内乘车去宁安,想在宁安寻访几位研究渤海的文化人。但是那幢散发着厕所味儿的供文化人坐着的旧楼里空空荡荡,我只好又重新回到街上,打听去往东京城渤海镇的长途汽车站。我背着行李,正在尘土飞扬的街上乱走时,一位老太婆赶着她的驴车拦住了我:"丫头,一元钱送你到车站。"有一种久违了的童年的快乐罩住了我,于是跨步上车,听凭老太婆敲打她的驴,在小城街道的正中央又扬起一股烟尘。

宁安的文化人都驻守在渤海镇。渤海文化在中国历史上是不朽的一页,他们只能守在这里。这里让他们有话说,他们能把这里的一切说得绘声绘色,并且已经把字真句凿的历史说成了童话或者神话。我能理解。对文化人而言,有一个渤海,就有了如痴如醉的理由。

渤海镇是原渤海国都城上京龙泉府所在地。龙泉府虽已不见当年模样,却是中国现今保存最完好的中世纪古城遗址。它建在松花江与牡丹江的冲积平原上,近处三面临水,远处四面环山,西南是镜泊湖,西北是火山口地下原始森林。数千万年前的火山爆发,使这里成了一个民族的风水宝地。它的建筑仿唐都长安,它不可能不仿唐,那时它还不是一个国家,它只是大唐怀抱里一个有时乖、有时淘气的孩子。那天我们就在它的宫城里小心地散步。其实只剩下宫城了,内城和外城只有通过远处残存的土埂,让它从那种空旷和荒芜里清新地升起。宫城却是让我恍如亲见了那座千年以前的历史殿堂。

他们就用火山爆发时流淌出来的玄武岩砌筑城垣，用它打磨廊柱、石灯幢、石龟、石佛。那近于黑色的玄武岩，显出游牧者的粗糙，却也散发着北方民族的那种大气，那种自然无雕的朴素，那种不拘的个性。然而即使是宫城，也已见不到一座完整的城门。它是一个布局，是一串足迹，是一场战火之后的余烬。那曾经辉煌了200年的情景，只能从那一排排树根般的础石，从那仍有火迹的午门槛，从那石铺的路面上依然清晰的车辙里去感知。

可以想见，那是寒冷的东北最初的喧闹。中原人即使穿再厚的棉衣，也只能迎着大北风走到今天的朝阳和辽阳。曹魏毌丘俭恐怕是最早走进东北也是走得最远的中原将军，但他也只是把高句丽追杀到长白山脚下就掉回马头。大唐的君主也光顾过这里，但他们打完了高句丽，把弱小的靺鞨人从突厥和契丹的夹缝里衔出加封以后，也打道回府了。金光闪闪的渤海国上京龙泉府不是别人帮的忙，而是渤海人自己一砖一瓦完成的作品，所以它简直就是一个奇迹。

不止如此，它也是当时世界最耀眼的一隅，东北亚第二大城市，海东盛国。除了长安，就是它了。那时的世界是空荡的，驿道漫长，天低野阔。但在那片凄冷的背景里，燃烧着一轮太阳，那就是渤海的城郭和人烟。它的朱雀大街，它的平民坊市，它的佛寺和学堂，吸引了世界的目光。有无数的人争先恐后走在去往这个城市的路上，通向它的每一条驿道从来就不曾空白，那是怎样的一种生动！

几乎所有的渤海王子，都在长安浸染过大唐的风骚，有的竟成为温庭筠的诗友和莫逆。而大唐的使者崔忻从山东半岛乘船至旅顺至鸭绿江又北上渤海国，为的是看看你还是不是在老老实实做着大唐的子民。旅顺黄金山下的鸿胪井刻石，代表的既是焦虑不安，也是由衷的牵挂。

我惊异的是，这个民族当他们认为自己还不够强大时，能不动声色地敛起翅膀，拼命吸吮大唐的乳汁，暗中却以一个国的野心，敞开大门与异族与世界交流。他们无数次出使日本或朝鲜，有时一个使团的人数多达几百人。从城市里边还延伸出一条车轮滚滚的契丹道，那条道也是相当忙碌的，曾经与契丹人打仗，现在的主题是以物易物商贸。这一切至少证明，大东北从那时起就不再是封闭的，它的城市感觉，它的贵族气息，从那时起就已经很饱满了。

遥远的天边，终于有了座皇都一样的城市，终于有了个可以从容地坐下来谈天说地载文载武的民族,这个民族终于完成了从野蛮到文明的跨越。

对于东北,渤海则是天赐的机会。当初的渤海人未必像现代人那么明白什么叫机会。但历史告诉我,没有大唐就没有渤海,大唐如一棵大树,这棵大树被五代十国们乱刀砍断之后,渤海也不再是一粒完卵。渤海的意义就在于,它在那个历史的缝隙,在那个高粱拔节的季节,不失时机地把自己托举起来给世界看。而当人们抬头看渤海的时候,不仅看见了一个民族深藏的不凡,也看见了整个东北。

龙泉府因此而具有恒久的魅力。

我是来瞻仰渤海文化的,如果我是今天渤海的文化人,我也会不离不弃地守在这里。不是看家护院的那种,而是以质疑的态度,追寻那座不该失落的仙邸,那一片不该塌陷的文明。

祖宅之二:会宁府

从哈尔滨到阿城铺上了高速公路。路两边是起起伏伏柔曼的丘陵,没有树,大豆高粱都刚刚发芽,视野开阔得像远古。此时的汽车如一匹茁壮的小马,我把自己想象成马上的骑手,想象成完颜阿骨打的士兵，在按出虎故地驰骋。

按出虎是阿什河的古称。阿什河至今还日夜流淌着，围绕出实际是个县的阿城区。在我的感觉里，阿城不过是一座地面上的城，虽有满街的金字招牌，明晃晃地惹了不少世人的眼，但毕竟显得肤浅了些。而那座已沉埋地下的金代故都会宁府，默默无语，却有举世的分量。

如果不是大东北经常刮大北赶子风、下大烟泡子雪，如果不是总有人为的劫难，会宁府不会衰败得这么快，它也就不会是现存的唯一一座金代都城遗址。走近它的时候，初夏的阳光正与它温存，这可能是一年中最受宠的季节了。在我站的地方，有几座明显高的土包，这就是当年的皇城。南城和北城则只剩那一圈已看不出是墙的城墙了。城的范围太大，所以即使是墙内，看起来也是一望无际。田垄很长很直，清纯地种着大蒜。呼兰的大葱阿城的蒜。蒜是阿城的名产，皇城根的蒜价钱当然要更好，所以一望无际全是蒜。在大蒜中间，散布着许多的小村落。听说这些村民原先并不知道自己住在什么地方，后来人们在种大蒜时一不小心就捡到了一个金戒指，或者一面铜镜子，个个暗自高兴。因为这地方新名字叫白城，就有白城一年发一家的说法。究竟发了谁家，谁也不说。现在终于明白四周的土围子是保佑他们的大金之城,个个趾高气扬地高兴,年年种大蒜。

这是百姓的快乐,带着浓郁的大蒜味儿。

然而,这毕竟是金源故都。拂去那片嫩绿的蒜苗,历史如铁。想当初,粟末靺鞨建渤海国时,黑水靺鞨是他的臣民。他们之间有过生死之争。然而我始终认为,当契丹人火烧龙泉府并强迫渤海君民南迁时,留在东北故地的黑水靺鞨心中便播下了一颗为自家兄弟复仇的种子。他们虽然转附于辽,但他们将自己的名字改写成女真。多少年后就出演了那惊人相似的一幕:你辽太祖不是让我渤海末君牵白羊穿素服出城投降么?我金太宗就让你辽国末帝按那个样子在我会宁府旁边金家太庙前祖背跪下。这绝不是一种巧合,更不是斗气,而是捍卫,是一种凝聚千古的民族精神。这种精神让这个民族不断有未来。

面对空旷的大蒜地,我的眼前浮现出三个人的影子:一个是完颜阿骨打,一个是完颜兀术,还有一个完颜亮。他们三个串起来几乎就是一部金史。

我曾经感动于金太祖完颜阿骨打说的那句话。他选在大年初一早上登基称帝,那天早上他说:"辽以宾铁为号,取其坚也。宾铁虽坚,终亦变坏,惟金不变不坏。金之色白,完颜部色尚白。"于是国号大金，改元收国。这是一个多么响亮的早晨，这个早晨多么具有诗意哲理，它给这个民族规定了一种境界，它使这个民族在宣布自立的时候理由充分，堂而皇之。中原人一贯叫四边的民族北狄、南蛮、东夷、西戎，殊不知夷也有夷的追求。

更让我感动的是完颜阿骨打的朴素。他已当上了皇帝，仍然住在毡帐里。所谓"国初无城郭，星散而居，呼曰皇帝寨"。只设毡帐，毡帐就是他的临政之所。那些毡帐一定是雪白的，雪白的毡帐排列成一个寨子，寨子里住着开国之君，童话一般。住毡帐体现的是女真单纯简约的传统，完颜阿骨打始终是一个战士，始终是出发，直到死也没有一座皇宫（会宁府是他的儿子，第二个皇帝，太宗开建的）。所以他和他的子孙不仅可以灭辽，而且可以灭北宋，让中国在魏晋南北朝之后，再一次划分出南北朝。一个朴素的伟人，可以影响时代，造就历史，让你永远也忘不了他。

关于完颜兀术，人们对他始终是《说岳全传》里的印象。那本书是中原人写的，所以就把完颜兀术也就是金兀术写得青面獠牙，让我总觉得他跟我们不是一伙的，他是强盗。走到会宁府，我终于从近处细细打量了他。对于他的民族，他与岳飞是同一种高尚。他与岳飞的不同则是金主英明宋主昏庸，金兀术得以老死，而岳飞是被自己人害死。当然岳飞的死与金兀术们有关，要不是他和他们买通了秦桧，就不会发生风波亭冤案。而郾城之战后如果没有赵构的十二道金牌召回岳飞，如果岳飞不死，金兀术征战一生的英名，恐怕也就毁于一旦，因为打南宋的这支精锐部队已被岳飞几近击溃。在英雄时代，英雄与英雄是彼此成全的。

在我去会宁府遗址的前一天，有人掀了一块砖，发现一只锈迹斑斑的弩机。金上京博物馆的伊先生说，这个发现太重要了，它就是金兀术遗嘱里说的那个神臂弓呵。于是他真就找那遗嘱来给我看。看一个壮志未酬的将军的遗嘱，是想落泪的那种感觉。事过三个皇帝，立下赫赫战功，极想做个大官，但每次皇帝只赏他金银畜绢，然后再让他去冲锋陷阵。即使这样，在生命将尽时仍写出字字千金的《临终遗行府四帅书》。他在最后一句写道："吾昔南征，目见宋用军器，大妙者不过神臂弓，次者重斧，外无所畏，今付样造之。"他在写遗嘱的同时还用颤抖的手画下了这两种武器的草图。但金人究竟造出没有，一直无从知道，现在看见了它的实物。伊先生拍了张照片送给我做纪念，更让我睹物思人。在金兀术身上，有一种苦涩的人生况味。

　　结束会宁府的是完颜亮。弑熙宗而登基，然后迁金都于燕京。如果把渤海看作大东北的第一次灿烂，金则是第二次繁荣。他怕臣民不跟他走，居然一把火将这座都城给烧了，让大东北重又陷入荒凉。靖康之乱，金人掳北宋徽、钦二帝及三千宫院北上，带来的是变夷地为华夏的急转，使金文化成了地地道道的从辽和宋掠夺来的文化。这种掠夺，对中原是灾难，对东北却是生命和血液。然而这还是不能让完颜亮停歇下来，他一定要离开东北，东北太偏远了。他对祖宗发祥之地没有感觉，坚决要走那条"空国以图人之国"的覆亡之路。他说，荷花为什么在上京不能开放，而在燕京却能破蕾吐红呢？于是北京作为国都就从金代开始了。公平地说，没有完颜亮，就没有今天的北京。因为当年的燕京也是蛮夷之地，完颜亮让它变成了华夏，使以后的元、明、清三朝也都围绕着他开掘的北海拓建国都。然而作为完颜亮，他没打败南宋，没为祖宗建任何功业，却亲手毁了祖宅，这使他永远得不到祖先和后人的饶恕，他自己所得的报应，就是在中原文明的奢华之海沉没无踪。

　　我总觉得完颜亮是个花花公子。他头脑灵活，思想新潮，但他又太讲享受太虚荣，金的家族里因为有了他，而有了败家的气象。完颜亮本身就是一个寓言式人物，他不仅是金史而且是整个中国历史的一个注脚，类似的悲剧俯拾即是。通过完颜亮的悲剧再去想完颜阿骨打的简朴、金兀术的无畏，他们就更可悲，完颜亮使他们前功尽弃。正是由于金的旗帜顾前不顾后地一路南指，而让蒙古人从背后端了老窝。

阿城的大蒜将越来越葱茏，会宁府却永远地成了废墟。但它永远不会消失，永远具有金石的重量。

祖宅之三：盛京

许多人从沈阳回来，强调的是它那灰色的工业烟尘，它的拥挤和杂乱。沈阳在我眼里，不论什么季节，却都是秋天的印象，整个城市仿佛是镶了一层金，从容而且成熟。后来我想，这可能是因为故宫①那深黄色的琉璃瓦，福陵、昭陵那凝重的松柏，使这个城市在我心中总有一种特殊的气氛吧。

沈阳，是肃慎的子孙们留在大东北的最后一座祖宅。他们自己给它起名叫盛京。如果渤海是春，金是夏，清就是秋。如果春是含蓄力气，夏是疯狂地占领，秋则是漫无边际的收获。

---

① 本书中的"故宫"一词均指沈阳故宫博物院。

这个民族走到这个时候，脸上的确有一种壮年的沧桑感了。

曾经无数次地走进故宫，但从来没有像今天这样情感细腻。

它没有北京故宫那么庞大和复杂，而是一座真正属于这个民族自己的宅院。走进这个院子，不由自主就会想起一个人——努尔哈赤。在任何一个时代的历史中，代表历史进程的总要有一个伟大的人物，有这样一个人率领着他的民族，这个民族就走向了世界。努尔哈赤就是这样的人物。被完颜亮们带进中原的女真人再也没有回来，他们已变成了汉人。只有留在东北的女真人保存了本色，努尔哈赤统率了他们，并把他们分列在八旗之下。南北征战时，那八面旗帜是飞驰着的，只有当努尔哈赤把都城定在了沈阳，它们才工工整整地在大政殿两侧站住。故宫最能让人产生联想的就是这当年坐着努尔哈赤的大政殿和十王亭。完颜阿骨打以毡帐为殿，努尔哈赤则把殿修成毡帐模样。这是他们之间的默契。十王亭其实是由两个传令王亭和八个旗王亭组成，它们面对着大政殿，如列仗营中的将士在等待检阅和号召，随时可以出发。我想，只有努尔哈赤才会如此设计自己的宫殿。他让今天每一个站在这里的人，都能感觉到那种悠远的游牧气息、骑射雄风，正穿过历史扑面而来。

对于这个民族,这里的确是一个整装待发的地方。它之所以简易,是因为这还不是最后的王庭,而是一个驿站。努尔哈赤把他的汗宫从新宾迁到辽阳又迁到沈阳,绝对是深思熟虑的。正像他年轻时逛抚顺的马市一样,马市是他的大学,他从马市上了解了他的对手,为的是起兵反明。而他扎营沈阳,则是要实现取明而代之的民族理想。

努尔哈赤对汉文明也有一种追崇。但他不是渤海式的吸吮,也不是金式的掳掠,而是融合之后的君临。他比他的祖先成熟多了。他是在整理完后院才面向中原,他是在向中原出发之前就把身后的一切都交代给自己的儿子皇太极。他好像已经有了预感,预感到前面将有一场惨败,带领这个民族入关的只能是他的儿孙。

我是后来在兴城浏览那座明清两代维修的古城时,体验到了努尔哈赤的这种悲凉的。宁远之战,努尔哈赤率领十三万剽悍的八旗兵,浩浩荡荡向山海关挺进,本以为胜券在握,却碰见了一个铁杆效命大明、誓与宁远共存亡的袁崇焕。在明史上,那叫宁远大捷。对于努尔哈赤,那是灭顶之灾、奇耻大辱。有一次已经打开一个缺口了,硬叫袁崇焕亲自率闽卒堵上了。那西洋炮打伤了他,他只有狼狈地退回到沈阳。伤很重,更大的伤是尊严的挫痛，这决定了他的死。所以，即使到本溪去坐汤也恢复不了元气。他就在从本溪回沈阳的半路上，告别了这个民族，告别了他心心念念的江山。这是英雄的悲剧。几乎所有的英雄，都是悲剧的结局，英雄生来好像就是一场悲剧的主角，唯其悲，英雄才有光芒。

故宫如今成了空宅，所有与它有关的人物都离它远去。它比龙泉府会宁府幸运的是没有被火烧过，它距今天近，它仍然是一座城而不是遗址。那天有雨，来这座城的人却很多。故宫已不只属于这一个民族，它与北京故宫一样，是这个国家的故宫，是中华民族的故宫。

我从故宫去福陵和昭陵时天仍下着雨。福陵是皇太极为努尔哈赤修的，昭陵是皇太极自己选的地方由他的儿孙们修的。它们与故宫相伴，使盛京城阙多了些龙兴之地的帝气，使大东北更有一种祖宅的氛围。我想，当年康熙乾隆们一定也捕捉到了这个感觉，所以他们很突然很干脆地就把东北封存起来，再也不让一个汉人进来。那是长达200年的禁闭呵，他们以为这是爱了祖先，他们以为这样就可以独享人参貂皮鹿茸角。其实戒令再严酷，仍不断有关外的流民从那软绵绵的柳条边钻过去。真正被关住了的，是那些地道的东北老家的人，他们从此有了一个把手抄在袖口里不爱出门的习惯。

那天，我还冒着雨去了北市附近的太平寺。太平寺是锡伯族家庙，我从《锡伯族图录》中知道这里在历史上曾经有一个很悲壮的场面，这个场面与努尔哈赤的子孙有关。

康熙、乾隆都是熟谙历史的人物，他们吸取了先祖完颜氏被异族抄后路的教训而有点疑神疑鬼。凭一种直觉，他们认为能在后院坏了大事的大概就是锡伯人，于是就把这个曾经为他们打江山卖过命的民族搓弄来搓弄去。搓弄的办法就是迁徙。最大的一次迁徙是乾隆搞的，他比康熙更聪明，康熙是小折腾，他是大扫除。1764年，他从盛京等地先后抽调3000多名锡伯族官兵和家属，分两队于农历四月初十和四月十九起程迁往新疆，理由是沙皇俄国有可能进犯。四月十八，在沈阳太平寺锡伯族家庙，数千人聚在那里举行宴会，为明天就要西迁的第二批亲人饯行。那天的情景是可以想象的，明明是政治家的居心叵测，却让这些可怜的锡伯人装作心甘情愿。那种无处倾诉的郁闷，在举杯的时候，一定是火山爆发、洪水泛滥。那是个永世难忘的日子，那个日子从此就独属于这个民族，他们叫它"西迁节"。把屈辱之日当作节日，是纪念，绝不是庆祝。那酒、那泪、那离愁别恨，怎一个节日可以承载！那些官兵和家属经过一年多的长途跋涉，走了万余里，于次年七月才先后抵达伊犁。在西行的路上，风餐露宿，曲曲折折，有歌哭，还有情爱，那健壮的锡伯族女人，居然在颠簸之中给这支被流放的队伍生下了350名婴儿！只因为当朝皇帝要看守好他自己家的祖宅，就要把另一个民族驱逐出去，让他们背井离乡去戍边，他们的心灵，经受的是怎样一种折磨。

那座锡伯族家庙，被拥挤在一间工厂的大院子里，属于它的地方太小。由于下雨，门紧锁着，唯一可以触到的是门前那块石碑，却无法看清碑文。它好像已不再有当年那样的声势，那种激动因为时间已渐渐平复，已变成刻骨铭心的记忆。去了伊犁的锡伯人如今是一个自治县，据说他们更多地保存着这个民族的原态。他们的祖宅在东北，他们常常来探亲。但东北的锡伯人已基本汉化了，而且，他们已与康熙、乾隆的子孙们相处得亲如一家。如今各族人民都团结成一个大家庭了。

在淅淅沥沥的小雨中，我又想起福陵、昭陵上空那神灵一样的古松。它们除了让我感到千秋万代的永恒，还让我感到岁岁月月的短促。从肃慎到清王朝，历史够长，但它必然要画上一个句号。就像人类不可能总停留在原始时代，中国也不可能总梳着那条长长的辫子。所以就有了推翻帝制的辛亥，就有了沈阳机场的一幕:努尔哈赤的最后一个继承人溥仪被捕。似乎是一种宿命,这个民族从这儿走出去,又从这儿走回来。走出去的是一个虎虎有生气的开国之君,走回来的却是一个弱质病态的末世之帝,他们两个人就决定了这个王朝的发生和埋葬,都在老地方。

这时候,历史便像一个冷面的幽默大师,站在高处暗暗地笑,让我们悲喜交加。

永远的关外

第一次与长城谋面是在北京的八达岭。

我一直以为长城只有一条，东起山海关西到嘉峪关。我一直以为长城就是秦始皇修的，与长城有关的故事就是孟姜女那死去活来的哭，长城简直就是统治者强迫劳动人民干活的铁证。这是小学课本留给我的印象。所以我千里迢迢地从大东北跑到北京来登长城。

那是许多年前深秋的一个日子。我在长城上走着时，忽然就忘了秦始皇和孟姜女，而是一面向北张望，一面向南端量。不知是长城两边的风光不同，还是我的心情复杂，我的目光向北张望时，在北方的空旷里停留了很久。我闻到了一种扑面的荒凉，感觉出一种不容分说的拒绝。那齿状的用以发射箭镞的城堞，也是在向北的一面。北面是异族。雄关如铁，马蹄声戛然而止，两个世界截然分开。我仿佛看见了远古的旌旗和烽烟,看见了两军对峙时那敌意的面孔。我知道,长城外还有很远才能走出河北地界,长城外不仅有内蒙古,还有大东北。想到遥远的东北,我心里真真切切涌出了一种东西,这东西就是做东北人才会有的那种被隔在了外面、一直想加入却一直也加入不进来的感觉。原以为来长城只是看看秦始皇的大工程,再看看被孟姜女哭倒的那一块墙角,没想到,长城在我心里成了突然间竖起的一块巨石,心情不是骄傲也不是愤怒,而是有了一种障碍。

再次与长城相见是在山海关。

山海关对于长城,像一首歌的休止。山海关对于中原和东北,则是一个概念、一种暗示。背对东北,走过它就是入关;背对中原,走过它就是出关。所有走到它面前的人,都会立即站住,并若有所思地打量哪里是家乡,哪里是他乡。

这是1996年的夏天,我混在旅游者中间,在山海关的城楼上盘桓。许多年前八达岭上的那种感觉又卷土重来。但山海关比八达岭更让我明白我是谁,我从哪里来。山海关使横在我心里的那种障碍更有质感。只有在这里,我才能把东北看得更清楚,才知道什么叫东北,什么叫关外。

在山海关的城楼上走着,我想起了第一个给我讲长城的老师，想起了那本狭小的历史书。我曾以为历史就是历史，历史是不可更改的，即使是写给小学生看的历史书也是不可更改的。这真是可笑至极。历史被它自己的尘沙掩埋得太厚了，要不断地辨认，不断地考古，才可能看见它本来的面目。写出来的历史，就已经不是历史，历史其实是个永远令人怀疑的东西。

无论如何，我终于知道，中国有长城的历史已2000多年。中国的长城不止一条，也不止万里。中国最早修长城的不是北方人，而是春秋时代江南的楚国。楚国修的也并不叫长城，而叫方城。我也终于知道，我上一次和这一次登的都是明长城，跟秦始皇孟姜女没有关系。明长城是中国最后一条长城，也是最坚硬的一条长城。

站在山海关这个地方，我好像是将历史的书页从后往前翻。长城如一尾尾鱼，在我眼前穿梭般滑过。在中国的北方，有多少条长城从中原蜿蜒着伸向东北呵！因为有长城，中原与东北永远地藕断丝连，那长城对东北其实是一种告诉：你东北永远地让中原既牵肠挂肚又处处设防，既拒之门外又要强拉入怀。东北是优越的，常常让中原人出冷汗，东北又是悲剧的，让中原人视你为异己。

一个关外的女人,在山海关上看关外,是趴着墙头看自家院子的那种熟悉和陌生。因为从来没从这个角度审视东北,东北的许多景致一直是模糊的,影影绰绰的。现在它可是从未有过的清晰!

最古老的那一段长城是燕长城。

在战国的诸侯之列,燕也是一雄。它先筑南界长城御赵,后又筑北界长城却东胡。筑南界长城时,敌人不止赵国一个,南有齐,西有强秦。燕的国都在易水北岸不远的地方,长城简直就是它生命的护符。然而到燕王喜的时候,燕已是强弩之末了。那个曾经在秦当过人质、受过屈辱的太子丹居然在这个时候还想孤注一掷,派荆轲去刺秦王。于是在易水河边,就有了那场千古少见的送别,有了高渐离悲壮地击筑和荆轲士为知己者死的高唱:"风萧萧兮易水寒,壮士一去兮不复还!"结果是图穷匕首见,秦王没有被刺死,刺客荆轲死了,继承荆轲的高渐离也死了。而那个被秦王吓坏了的燕王喜派人杀了太子丹之后,他和燕国也一起死在秦之刀下了。这是发生在长城脚下最早也是最大的悲剧。

秦长城是伸进东北的第二条长城。

《史记·蒙恬列传》说："秦已并天下，乃使蒙恬将三十万众，北逐戎狄，收河南，筑长城，因地形，用制险塞，起临洮，至辽东，延袤万余里。"秦长城在东北，是从赤峰进入辽西又直抵辽东。那时，秦始皇已一统天下，却仍觉不够安全，因为北方有匈奴。于是他像捡便宜似的，把他的秦长城与赵、燕长城连缀起来，修成了个横亘东西的万里长城，而"万里长城"就从他开始叫响了，好像天下的长城都是他修的，长城成了他的名片，他创的名牌。秦始皇和秦二世都来过辽西。如今在绥中境内的海边，留有一座碣石宫遗址，是他们当年的驻跸之地。碣石宫对面的海上，有几块突兀的礁石，是秦始皇东临时的碣石碑。秦时的砖，秦时的瓦，秦时的碣石，如今仍然生动。而那深埋地下的冷藏缸，则让我看见了2000多年前帝王之家的奢侈，它证明的是，秦王的每一次东巡都停留了很久。大东北从中国的第一个皇帝开始，就成为他们嘴边一块又肥又烫的肉，帝王们在得到了东北之后，东北便让他们再也得不到安宁。

紧跟在秦之后，汉长城也追到了东北。

距碣石宫不远，还有一座汉武帝住过的"观海台"遗址。和秦朝一样，大汉的皇帝们一坐上龙椅，肯定也要欠欠身向东北瞭望一下,有的还要亲自来走一遭。汉长城抵拒的仍是那强大的匈奴。然而,那墩台式的汉长城照旧守不住和平,能守住和平的还是人,是那个随单于出塞的王昭君。实在打不过,中国的皇帝就开始玩"和亲"这一政治手腕。现在是战争让女人走开,那时却因无计退敌,就让女人冲上去。如那首诗所写:"汉武雄图载史篇,长城万里遍烽烟。何如一曲琵琶好,鸣镝无声五十年。"在长城之上,女人是一只划过天空的和平鸽。

明长城是中原对东北的最后一次防守。

它因为见得太多而具有经验,因为所有的长城都已坍塌得不成样子而一定要千秋永固。明长城不可能不坚硬,八达岭是戚继光修的,山海关是徐达修的,朱明皇帝派这样两个人物来修长城,修城就是用兵,就是战争。这世上从未有过这样的王朝,统治了270多年,居然就修了270多年的长城,从未停止过。修长城,绝对是一个王朝内心空虚的写照。它怎么可能不空虚呢?它太知道在长城的北面有谁在那里磨刀霍霍了。我只是断断续续地望见过这一道长长的墙,它最吸引我最让我有感觉的那一部分,是九门口。它在绥中西南,刚刚离开山海关一段距离。它也是关,关外第一关。远望时,它像一只鹰,身子扎进谷底,两翅翔在峰巅。身子是关,两翅是城,在巍峨的燕山与连绵的辽西之间拦挡着。谷底流着九门河,城关其实是一把梳子似的泄水城门,因为关门有九个而叫九门口。女墙在河北一面,城堞在辽西一面。有一会儿我突然转向了,为什么枪口还是对着东北?呵,东北是关外,枪口理所当然要指向女真的马队。历史上的九门口可没这么安详过。不远处有一座朱梅墓。由朱梅我想到那个置努尔哈赤于死地的袁崇焕。在宁远保卫战中,朱梅和袁崇焕一起击败了努尔哈赤,后来又一起击退了皇太极。皇太极恨透了袁崇焕,像他的先祖金兀术们使一个离间计就让赵构杀了岳飞一样,他使了一个离间计就让崇祯皇帝杀了袁崇焕。因朱梅镇守山海关有功,死后明廷在他战斗和保卫过的九门口长城脚下,建造了这座大墓园。一段城墙,一座关卡,只要它站立在这里,就有或悲或喜的剧目上演。明朝的皇帝们以为有一条长城就可以让子子孙孙受用不尽,他们忘了一个王朝如果昏庸腐败,就会腹背受敌,当关内的农民与关外的清军两面夹击时,那崇祯皇帝照样得跑到景山上去上吊。李自成与多尔衮在九门口相遇了。但他没想到山海关守将总兵吴三桂因为爱妾陈圆圆叫刘宗敏掳去而叛明降清,并出关迎请多尔衮入关。可怜的李自成农民军打得了明军打不过清军,反而从关内帮了清军一个大忙,让努尔哈赤的梦想变成了现实,清军不费吹灰之力就成了关内的主人。长城是什么？对于北方的游牧者，长城就是目标。城越长，越坚固，越能刺激他们的战争欲和占领欲。这是修长城的人的悲剧，也是长城自己的尴尬。

有人说，长城表达的是中原农耕民族对北方游牧民族的恐惧。游牧者其实也恐惧中原，而且，游牧者彼此之间还互相恐惧。站在山海关，我不仅看见了中原伸进东北的长城，我还看见了大东北的少数民族自己修的长城。细细端量它们我才明白，长城在中国已经成为一种模仿和竞赛，它已经由一种中原文明扩张为一种使整个中华民族不约而同追随的现象。一条长城，就是一个民族自己的心曲，是一个民族生命的线索。长城的起伏跌宕，就是一个民族的潮涨潮落，一个民族的历史。

高句丽因害怕唐朝攻伐，一边遣使上贡，一边"筑长城，东北自扶余城，西南至海，千有余里"。高句丽人善舞善酒善战，还善筑城。他们筑长城，也筑山城。桓仁的五女山城，集安的丸都山城，金州的卑沙城，那些城可以从大连湾罗列到吉林，已经成了东北的一大景观。长城与山城，建构了这个民族好斗不屈的个性。然而，它还是被大唐所灭。

契丹人筑过三条长城。他们曾"筑长城于镇东海口"。《辽史·太祖本纪》有这么一笔。东海口就是辽南渤海岬处的南关岭，然而这条长城有多长，起于何处，没有文字记载，也没留下痕迹。契丹人只给辽南丢下一个谜。它的另一条长城在呼伦贝尔草原上，如一根金色的飘带，由东而西万余里。它完全是土筑的，然而再狂野的马也跨不过去。还有一条长城在松花江边，一看便知它针对的是女真。但它太短小，或许是已经来不及，或许是压根就没把女真看在眼里。最后来灭辽的却正是女真。

完颜氏建立金朝时，蒙古人总在它的背后虎视眈眈，于是金就在与蒙古接壤的地方修起了长城。史籍上不称长城，而叫界壕，或者叫成吉思汗边墙。它是阻挡成吉思汗的，却叫成吉思汗，抑制不住地恐惧。这种感觉也没错，像是个预言，后来成吉思汗的确就是女真的掘墓人。金的另一条长城起于大兴安岭北麓，穿过呼伦贝尔草原，直达漠北沼泽地带，叫明昌旧城，也叫兀术长城。仿佛宿命一般，那长城防谁，最终就被谁消灭。

我没见过元长城，但有人说蒙古人修缮过前代的长城。我想，这好像不是蒙古人的性格，因为这个民族在骨子里就没有边界意识，他们在大草原上驰骋惯了，他们只会用马蹄去践踏别人修好的长城，而不会马放南山去长年累月地修那个死气沉沉的长城。如果停下马干这个，他们会跑得那么远吗？

清王朝也不修长城，但他们有柳条边。柳条边不是战争工事，那绿色的柳渲染的是一种家园氛围，就是不让关内的老百姓来拿我东北老家的人参貂皮鹿茸角，关外三大宝是满族人的私房体己。他们插柳结边，以定内外，于是，东北又多了一个别称——边外。

由长城牵线，便可以与这些少数民族一一握手。作为一个民族，他们都曾经无比生动。然而，那永无休止的战争和掠夺，既给他们鲜艳，也使他们萎缩，乃至种的退化。那纵横交错的长城，既给他们广阔，也给他们逼仄。关之外，还有边外。东北不但被一层一层隔在了外面，隔在了远方，东北还作茧自缚一般，自己将自己一层层包裹进了黑暗。长城之在东北，编织的是天罗地网。

我写长城，是因为中原的长城够多了，东北居然还有这么多。我写长城，是因为长城是独属于中国的，世界上没有任何一个国家以这种方式表达自己的强大或软弱。两千年中，前后有20多个诸侯国和封建王朝修筑过长城，如果把所有的长城加起来，可以绕地球一周。它使中国人不论走到哪里都离不开长城，它蛇一样盘踞你，穿过你。看长城看久了，也可以看得恐惧。鲁迅有一篇专门写长城的文章，全文只有156个字，对长城是有话要说却不想多说的那种。他说，长城"从来不过徒然役死许多工人而已，胡人何尝挡得住"。他说："我总觉得周围有长城围绕，……旧有的古砖和补添的新砖，这两种东西联为一气造成了城壁，将人们包围。""这伟大而可诅咒的长城！"

伟大而可诅咒，就是长城。在所有我读过的写长城的篇什中，这是最精彩的一笔。我对长城更多的是悲悯。这种悲悯不是因为孟姜女的哭。它的确首先是一堵厚厚的墙，然后将你包围。它让你飞不起来，或者压根就不会飞，只能走，走得很慢，迂回曲折。战争其实是很快发生又很快就结束的，战争的间隙却相当长，于是人们就可以从从容容过日子似的修长城。所以长城又不仅仅是一堵有形的墙，还是一种无形的盾。大家不一定非要打仗，但要设防。长城已经成为中国人心灵的掩体，精神的盔甲。长城也成了中国先人最公开的隐私，它让你永远走不近别人，别人也永远走不近你。

山海关作为天下第一关，对东北人更具有特殊意味。当所有曾经行走在大东北的长城都没有阻挡的力量了，在东北人面前，还有山海关。山海关不是风景，而是一扇沉重的很难开启的门，它影响了自有它以后世世代代东北人的心理、观念、行为乃至生活方式。它站在那里好像就是要对东北人说，你在关外，你进不来。它一面让东北人因为人家闭关而自守，一面又使东北人困兽犹斗，更加地蛮气十足。惰性养出了东北式懒汉，野性便养出了东北牌土匪。东北人的粗犷和粗糙，东北人的自尊和知足，东北的肥沃和荒凉，因山海关而愈加生发开来。除非战争或者成为战俘，东北人进关的少。进了关，走到哪里都是一脚高一脚低，浑身的不自在。直到现在，东北人到了南方，大老远一眼就能被识破。

山海关不但让东北人进不去，也让中原人出不来。出了关，就家山遥远。与进关的相比，出关的还算多。除了"在旗人"，东北人几乎都是闯关东的流民以及流民的后裔。东北还有一群特殊的人物，就是流放者队伍，或者叫罪犯。东北在历史上一直被视为畏途。大雪、大荒、大兽，仿佛是另一个世界。如今来东北的人大多是干粗活的打工仔，东北有大豆高粱，有石油机器，但东北仍是一块冻土，需要人力来刨。

这一切不是因为遥远，而是由于长城太密集，由于山海关太严峻。它们在东北人心里，投下了一片长长的挥不去的阴影。写这篇文章时我就在想，东北人的灵魂，什么时候能真正地越过长城，越过山海关，以飞翔的姿态，在这个世界上来去自由呢？人类已共同走进公元后2000年，许多古老的围墙已推倒，世界敞开着，中国也敞开了，东北人还端着大架子扭捏什么！

走近瑷珲

我常常能想起走在瑷珲的那个中午,以及那个中午的心情。从来没有这么真切地体验过历史给予我的伤痛,因为从来也没有想过去承担那么沉重的历史。我始终觉得我是一个女人,我可以和它保持一点距离。然而那个中午,我的心被我敬而远之的历史烧成了一片焦土。

这绝不是矫情。这世界任何一个受过中等以上教育的人,都知道瑷珲。任何一个去过瑷珲的人,都不会有太好的心情。瑷珲的悲哀,是中国的悲哀,也是人类的悲哀。因为这世界所发生的每一件事,都是人类共同书写的,它的过去和现在,人类都要共同面对。走近瑷珲,你就要面对那个签约的场面,面对那一场大火,面对大火燃烧之前哥萨克的屠刀和漂浮在黑龙江上的血,还要面对今天瑷珲历史陈列馆这个寒酸的小院子。

这个院子和院子周围的景物让我吃惊。瑷珲怎么可以是这个样子的？它仍旧是黑龙江边的一个镇，然而江的那种沉寂、镇的那种淡漠给我的印象近于荒凉。它曾经是一个震惊过世界的古城，但它似乎已变得更像一个没有任何背景的乡村。这个被叫作瑷珲历史陈列馆的小院子，只能算是一个历史的记号，它不过是将那场大火的余烬用简陋的围墙圈了起来，让走进这个院子的人大疼之后又大惑。

站在这个小院子，我的心郁闷得发慌。这里所收留的，其实是中国历史的一道永远也愈合不了的伤口。它让我把目光投向了历史更深远的地方。我知道，在那个地方不是很多人都能与我同行的，因为史书上并不认为瑷珲悲剧是在尼布楚的那个山坡上种下的恶果。然而有那么一瞬间，我的思想流矢般地从瑷珲向遥远的尼布楚飞去了。

我发现，中国历史的那个豁口，其实是德高望重的康熙大帝给打开的。

最早走向海洋的是中国人，最早占领世界的却是欧洲人。因为第一张远洋航海图是中国明朝一个叫郑和的人绘出的，第一个率船队远航重洋的也是郑和。同样是航海，郑和只是代表中国皇帝去远方看望一下，只是想让那些被看望的国家心中要有大明王朝。也是一种邀请，请你来朝贡，但我会给几倍于你的赏赐，让你永远对中国感恩。中国既是大国，又是谦谦君子。在郑和之后，从葡萄牙、西班牙、英国也出发了几支船队。他们不是去看望，而是去测量；不是去邀请，而是去占领。因为属于他们的地盘太小了。哥伦布发现美洲新大陆时，每到一地，就宣布这个地方是西班牙王的。中国人永远不会做殖民者，那是海盗所为，中国人知道有海，但中国人不做海盗。

在陆地上走得最远的也是一个中国人，他叫成吉思汗。他被尊为中国皇帝，是因为他的孙子统一了中国，而那是在他和他的儿孙从蒙古大草原出发远征中亚和东欧之后，所以鲁迅先生不同意把他的武功记在中国的账上。中国人更喜欢在自己家里打打闹闹，这个民族称王了，那个民族便称臣了。有时候就是诸侯蜂起，各不相让。到了康熙时代，中国人才与俄罗斯人在贝加尔湖相遇。中国人这次遇到的是陆盗，陆盗比海盗更显得饥渴。这是康熙的命运、东北的命运，也是这个国家的命运。

在漠河北极村的黑龙江边，有人曾经指着对岸的山告诉我，山那边就是当年的雅克萨。遥望着它，我想起了第一个率领哥萨克闯进黑龙江的波雅科夫。他带着哥萨克匪徒一路屠杀，走得太远，走得粮尽食绝，居然吃了50多个达斡尔人的尸体。这样一个恶魔，成了俄罗斯新土地的开发者，他的名字也成了黑龙江彼岸一个小镇的名字。我去过彼岸，在布拉戈维申斯克的广场上，我看见了他的塑像。他手中举着一张阿穆尔州地图，下面写着：阿州过去现在将来都是俄罗斯的。站在波雅科夫的塑像前，我曾经想，如果康熙能看见这一行字，他还会沾沾自喜于那个尼布楚吗？

没有波雅科夫，就没有哈巴罗夫。他是波雅科夫的继承者，现在俄罗斯远东第二大城市哈巴罗夫斯克就是以他的名字命名的，城市车站的广场上也是至今还站着这个臭名昭著的哈巴罗夫的塑像。他那样子，好像谁都不知道他曾经是一个暴发户，曾经因盗窃蹲了好几年牢狱。达斡尔头人拉夫凯的雅克萨城堡就是他带着哥萨克匪徒占领的，因为他，而有了喜剧式的攻而不克的雅克萨之战，有了康熙大帝的姗姗来迟。波雅科夫和哈巴罗夫差不多是康熙的同龄人，我们的康熙大帝只有几张形象瘦弱的画像，这两个入侵者却是立体的塑像，一直就趾高气扬地站在黑龙江边。

许多中国人到过彼岸，不知道他们经过这两个强盗身边时，心里吞咽的是什么。我也无法说清我自己的感受，生气和恨，都显得肤浅。那个时候，我最捉摸不透的就是康熙。

康熙在中国历史上绝对是一个内心里最自信、外表上最从容的皇帝。他不修长城而大修寺庙和庄园，圆明园和避暑山庄，便是他的代表作。以德治民，以礼安邦，这是他的大帝风范、大帝方略。所以当黑龙江江边血流成河时，史学家们一定要说他当时把主要力量用在了镇压吴三桂的南方之乱，用在了收复台湾、平叛准噶尔，对北部边境无暇顾及。他们真是太爱这个皇帝了。他们异口同声地说清政府腐败无能，但又异口同声地把康熙称为中国最好的皇帝，最好的皇帝不能有缺点，有，也要轻描淡写。他们明明知道即使有内乱，清政府也是可以驱除外侮的，因为那时候哥萨克根本就不是清军的对手；明明知道康熙以大国自恃，他在观念上只有征服意识而没有领土意识，却硬要为康熙找一大堆借口。史书难道是可以这样编撰的吗？

这位皇帝在南方一直忙乎了10年，才开始做出讨伐俄国人的姿态。他终于向北走来了。清军那时已与哈巴罗夫们在雅克萨打过几次，每次清军只是来打，打完把城一烧，就高唱凯歌得胜还朝。哥萨克们看到清军身影远去，就又回到老地方再把城堡建起来。于是清军就再来打，打完再放一把火，火烧起来再走掉。然而，雅克萨永远是一座新城，哥萨克从来就没有走开。也是直到这时康熙才终于对雅克萨认真起来，才派了重兵，也才有了中国人与俄国人在贝加尔湖边的那一场历史性的相见。

可悲的是，封闭的中国人，不知道此刻的西方已经有资本主义这个奇怪的东西在萌芽在膨胀。不知道在西欧的海盗们扬帆驶向大洋的时候，那个曾经是远离中国的东欧民族也已沿着地球的北边，越过乌拉尔山脉，小心翼翼地走进亚洲大陆。而且也不知道他们只是把贝加尔湖当作一个宿营地，他们将不停地占领不停地向东，他们很快就将打碎你的小桥流水田园牧歌，打碎你的宁静致远你的和为贵忍为上，打碎你的古老而冗长的大国之梦。中国人太习惯以自我为中心了，对这个已经开始动荡的世界，从精神到物质，全然没有准备。

那场相见，是因为沙俄在雅克萨最后一战失败而向中国乞和。这是历史给中国的一次绝好的机会，清政府却因为又起内乱而将谈判的时间向后拖了三年，这便改写了历史。时间把俄国人脸上因投降而堆满了的可怜相一扫而空，让他们又可以理粗气硬地面对大清王朝。会谈是在尼布楚城外的一个山坡上进行的。为了显示谈判双方平等，两国各搭各的帐篷，两个帐篷并在一起，双方使臣坐在各自的帐篷里，面对面地谈判，背后站着俄罗斯的火枪手和中国的辫子军。会谈的场面庄严而又滑稽，因为后来的历史无情地嘲讽了那些当事人。

可以想象谈判变得多么艰难，清王朝明摆着已经由主动变得被动。然而双方正谈的时候，准噶尔又起变乱，康熙便从朝中传旨，命中方代表额尔图向俄让步，将贝加尔湖与额尔古纳河之间本属于中国的领土大大方方划给俄国。于是很快就出台了那个标志康熙伟大政绩的条约。于是中国人就享受了100多年的安静日子。后来的历史证明，这日子是有代价的，这日子埋下的是一场大悲剧的伏笔。这日子是一种酿制，让俄罗斯人畅饮胜利的欢乐，让他们就在离我们很近的地方，再一次等待机会降临。只是所有这些，康熙见不到了，所有的灾难，都将由他的子孙承担。

历史就是这么写下的。尼布楚是一个祸根，是一个开始，中俄之间后来还将继续签订中国大片割让土地的条约。我始终不明白，史书上为什么小心翼翼地将《尼布楚条约》只说成"让步"而不直说是割让土地？为什么说《尼布楚条约》"还算是一个平等的条约"，却不敢说这个"平等的条约"拉开了日后一系列悲剧的序幕，并且它本身就是一出悲剧？这是一种多么可怕的虚荣。这种虚荣的背面是一个大国的徒有其表，是一个王朝的落后和怯懦。它使这个国家从此就陷入了一种危机，使东北成为最早的牺牲品，使瑷珲在劫难逃。

我看见，所有去瑷珲观光或凭吊的中国人，仿佛第一次明白国家的含义，仿佛第一次有了耻辱、悲愤和痛苦之类的情感。走近瑷珲，是走近中国的一个疼处，一个最敏感的所在。真实的瑷珲比教科书上的文字更煽情，更让人无法接受。

在我眼中，瑷珲与黑龙江是一对苦难的情人，瑷珲的故事就是黑龙江的故事。黑龙江因为水清，水凉，也因为水深，而呈现出一种神秘而迷人的黑色。它是世界第十一条大河，中国第三条大河。它流经瑷珲的时候，是它整个生命中最精彩的一段，那精彩似乎就是为瑷珲而展示的。在这里，它由东西方向的流淌突然就变成了南北方向的浩荡。江面这时是一种奇异的笔直，那种笔直居然延续了十里，十里长江似乎就应该发生点什么。清军最后攻打雅克萨的时候，黑龙江将军萨布素在彼岸元明两朝的旧城址上建起一座大清朝的瑷珲城，并把它作为黑龙江将军府，叫它江东瑷珲。后来因为有江的阻隔，再快的马，往朝廷送一次信也得十几天，便在此岸也就是江西又建了一座城，将军府也迁到江西，仍然叫瑷珲，江西瑷珲。对于黑龙江，瑷珲是藤，黑龙江是树。对于中国，瑷珲是一个标志、一种象征。它繁花似锦的时候，哈尔滨还是一个晒渔网的地方。

那个中午，黑龙江边晒着瑷珲的渔网。那个中午，我就守着那些渔网在黑龙江边长坐。我已经在东北走了很久，已经习惯了走到哪吃到哪，那个中午却什么也不想吃。我第一次变得这么历史，这么政治，第一次这么深地陷入它们。

瑷珲距尼布楚并不远，那群陆盗在觊觎瑷珲的同时又穿过了瑷珲，目光直达远东的鞑靼海峡和海参崴。他们太羡慕那些西欧海盗，出门就是大西洋暖流，抢来贩去都一帆风顺。俄罗斯面对的是北冰洋，战舰和商船都被冰阻挡着，只有中国，能让他们通过陆地抵达永远不冻的海洋。所以彼得一世这个曾亲自批准《尼布楚条约》的沙皇刚刚放下笔就说，将来必须在黑龙江入海口建立俄国的城堡。紧随其后的女皇叶卡捷琳娜二世则干脆把哥萨克大兵布满尼布楚边境，只因为她的中国对手是乾隆，她才没轻举妄动。从亚历山大一世到尼古拉一世，他们也只敢派遣几个间谍小偷小摸地潜入黑龙江，打着地理勘测的幌子进行军事侦察。然而，他们终于等到了1840年。鸦片战争，将铁板一块的中国封建社会一下子打碎成半封建半殖民地社会，中国如雷轰顶般被从悠远的古代拽入眼花缭乱的近代。这时的大清帝国，早已没有了什么大国心态，在坚船利炮面前，立刻软骨，立刻跪下，任凭西方列强鱼贯而入，像逛超市一般各取所需。有位无名氏画了一张中国地图：从太平洋上飞来一只鹰，从西伯利亚走过来一只熊。香港被鹰叼去了，黑龙江以北则叫那只熊吃了。一个手中举着八面龙旗，胸背写满"勇"字的王朝，从此变成任人宰割的羔羊。

哥萨克们又一次轻车熟路地来到黑龙江边。

背景是1858年春天，清政府已经在英国人的军舰上签完了割让香港的《南京条约》。黑龙江边，《瑷珲条约》的两个炮制者同时出场了。俄方是尼古拉二世在东西伯利亚的总督穆拉维约夫，中方是黑龙江将军奕山。穆拉维约夫已经占了江东，开着战舰到江西来谈判。内心虚弱的奕山仍忘不了中国人好客爱美食的传统，把接风宴会搞得相当丰盛。穆拉维约夫大嚼了一顿烤乳猪烤羊肉后，捧着圆滚滚的肚皮，打着酒嗝说，今天只是宴会，明天再谈吧。明天就是另一副嘴脸。尽管奕山说到了尼布楚的白纸黑字，说到了这里是当今皇朝的故乡，他最后得到的仍是一纸强令签约的通牒。十几年前在广州城头因为向英国人挂过白旗而受到处分的奕山,又可耻地向俄国人低头了,中国的版图从外兴安岭一下子缩到了黑龙江。

因为有了《瑷珲条约》,就有了两年后的《北京条约》,中国的版图又从库页岛一下子退到乌苏里江。于是,一直站在西方注视着远东的两位伟人愤怒了。马克思说:"由于进行第二次鸦片战争,帮助俄国人获得了鞑靼海峡和贝加尔湖之间富庶的地域。"恩格斯说,俄国"从中国夺取了一块大小等于法德两国面积的领土和一条同多瑙河一样长的河流"。更可悲的是,因为有了在大东北的畅行无阻,就有了在大西北伊犁和喀什噶尔的肆无忌惮。东北和西北,几十年间就有150多万平方公里领土被沙俄强行割去。这是世界近代史上从没有过的事情,这事情在中国发生了。

《瑷珲条约》是奕山背着清廷与俄国人签的。奕山事后却向咸丰皇帝撒谎说,此处本系空旷地面,现无居人。这和十几年前他在广州时的上司琦善的嘴脸何其相似!道光皇帝曾经在太和殿召见刚从广州回来的直隶总督钦差大臣琦善。道光问,听说英国人要我们把香港割给他们,香港有多大呀?琦善说,小得很,中国是一个鸡蛋形,香港只是鸡蛋上的一个小点,拿袖子一抹就去了的。可怜的中国,你有这样的皇帝、这样的臣子,香港和瑷珲的悲剧怎么可能不发生!

从彼得一世到尼古拉一世,都在做同一个梦。这个梦被尼古拉二世圆了。《瑷珲条约》签订之后的第四天,尼古拉二世破例在金碧辉煌的圣彼得堡冬宫接见了穆拉维约夫派来报功的信使,并在奏稿上批示:谢天谢地。中国的海兰泡立即被改名为布拉戈维申斯克,意为"报喜城"。他们已经不是暗自高兴,而是弹冠相庆,大张旗鼓。这一切来得这么意外又这么轻而易举,的确让他们按捺不住。

我是在走近瑷珲之前,先去了江对面的布市。布市地志博物馆解说员欧里娅的目光是闪闪烁烁的,她用半生不熟的汉语说着理不直气不壮的台词。那是一种小心、一种难堪。因为沙皇留下的是一份掠夺来的遗产,这份遗产让这个漂亮的俄罗斯女孩受的是人类良知的煎熬。但在对岸,最好的建筑却就是这座地志博物馆。他们在这里原本没有历史,从占领的那一天开始,就点点滴滴地积累他们那微薄的历史。西伯利亚的森林和野兽、大豆和麦子,都成了标本。中国的古钟、算盘、琉璃瓦、达斡尔人的渔具和萨满衣,展展洋洋陈列其中。历代沙皇的照片和康熙大帝的画像、列宁读书的情景和苏联红军的大炮,也被排列在一起。我敢说,所有到过这个博物馆也到过瑷珲历史陈列馆的中国人,都会失衡,甚至失血。

那天,我曾经在瑷珲的这个小院子里走来走去。瑷珲这个名字,是因为那条瑷珲河。瑷珲是达斡尔语,它的汉字意义是"可畏"。我不能理解的是,瑷珲这两个字如今被写成了"爱辉"。这里的人给我的回答是简化生僻字。我说,瑷珲就是瑷珲,瑷珲是世界的,瑷珲已被装入人类历史的档案,谁也没有权利更改它。但它的确被改成另外两个被简化了的字。是为了忘记,还是想要遮盖?中国人今天的心态究竟是怎样的一种?

我的走来走去是寻找。寻找昨天的瑷珲,寻找那座"人口四万商贾三千"北门锁钥的瑷珲。但我再也找不到它了,或者说,我已找不到那个真正的瑷珲。它在历史的某一时刻夭折了。这个世界消失过许多城市,有一种消失是因为自然,比如庞贝城是被维苏威火山的滚滚岩浆吞没的。还有一种消失是人为,比如瑷珲,它是被人类亲自点燃的大火吞没的,俄国人只用两天时间就把它从地球上抹去了。

1900年夏秋之间,历史又给俄国人一次可乘之机。列强瓜分中国,中国政府还没发怒,中国的农民发怒了。义和团拳民的反帝风潮从京津波及到东北。一直想把东北变成俄罗斯的一个省区、把东北人变成"黄俄罗斯"的哥萨克们高兴得顿足大叫:"这将给我们一个占据满洲的借口!"

于是近代人类的灾难里就有了海兰泡大屠杀和江东六十四屯惨案,有了瑷珲的冲天大火。

这是一场哥萨克方式的屠杀。海兰泡是中国人居住的地方,1858年被沙俄强行占去并改叫布拉戈维申斯克。因为《瑷珲条约》,海兰泡的中国人一夜之间由主人变成了华侨。1900年夏天,尼古拉二世一声令下,做了42年华侨的中国人便被哥萨克用刺刀驱赶着向黑龙江边走来。《瑷珲县志》载:"俄驱无数华侨圈围江边,喧声震野。细瞥俄兵各持刀斧,东砍西劈,断尸粉骨,音震酸鼻,伤重者毙岸,伤轻者死江,未受伤者皆投水溺亡,骸骨漂溢,蔽满江洋……惨杀溺毙华侨五千余名。"日本人石光真清目睹了这个场面,他在《谍报记》里写道:"这是自从阿穆尔河有史以来从没有过的惨绝人寰的大屠杀,大悲剧,大罪行。"

与海兰泡相对的是黑河,我曾从黑河隔江去望当年发生过惨案的那一段江岸。那是绝壁,他们选择绝壁就是要把住在彼岸的中国人赶尽杀绝。如今,浓浓的绿树已将历史上的那一幕遮掩得无声无息。

江东六十四屯惨案，则是海兰泡惨案的继续。

正是有了黑龙江的南拐，才有了肥沃的江东。补丁屯、塔头沟子屯、吴家窝棚屯……屯太多了。屯是一种自然状态，屯是东北乡村独有的概念，屯充满了中国式的人间烟火味。那些屯所拥有的土地相当于当时沙俄阿穆尔州已开垦的全部土地，它太让陆盗们想入非非了，所以即使条约上白纸黑字地写着中国人享有永久的居住权，中国政府享有永久的管辖权，他们杀人的方式以及施暴的场面，也都与海兰泡如出一辙。《瑷珲县志》载，沙俄先放火烧了补丁屯，又将其他各屯未及逃走的中国人都"聚于一大屋中，焚毙无算"。"黄童离家长号，白叟恋产叫哭，扶老携幼，逃跑瑷珲对过，长江阻梗，绕越不能，露守江滩，群号惨人……溺死者七千余人。"更加无耻的是，血洗之后，沙俄居然宣布："凡离开我岸的居民，不准重返结雅地区，他们的土地将交给俄国殖民者专用。"对于幸存者，能生离彼岸是一种幸运，然而许多年后，当他们回到黑龙江边，望着对岸的家园却不能回，又让他们痛不欲生。那是他们世世代代住过的屯呵！

瑷珲大火，是在这两场大屠杀之后。哥萨克们在对岸已经杀红了眼，他们长驱直入跨过黑龙江，径向江西的瑷珲扑来。

继1860年秋天英法联军火烧圆明园之后，1900年夏天，欧洲人又一次成为中国土地上最大的杀人犯和纵火犯。有200多年历史的瑷珲城是木制的，瑷珲人是血肉之躯。它们一起在哥萨克的大火中涅槃了。最先进入现代文明的欧洲人，全体露出了他们再也掩藏不住的野蛮马脚，这些因原始积累而眼珠发红的暴发户们在人类历史上留下了永远磨蚀不掉的罪证。

如果站在世界的高处来看这一场厮杀和大火，就更有意味。当中国唐代的诗圣们出口成章吟诗作赋的时候，拜占庭帝国的一些大臣还不识字。当阿拉伯人将中国的工匠掳去，并将中国的火药和印刷术传进欧洲之后，欧洲人便制成了火炮军舰和宗教经书来中国点燃战争。这对中国真是一种绝大的讽刺。19世纪中叶以后中国人哪里去了？咸丰帝被英国人的大炮吓得逃到了避暑山庄，以至死在那里。慈禧太后在八国联军冲进北京城之前，就一路狼狈逃到西安去了。八国联军也就是几千人，最多的时候不过几万人。大清的军人上百万，却兵败如山倒。去瑷珲之前，我对中国近代史是一种大块面的了解，从瑷珲回来再重新读它，居然看见了许多过去不曾注意的惊心的场面。我终于知道，中国从什么时候开始出产汉奸和卖国贼了。

我看见了1894年中日甲午战争中的一个情节。中国人实际是中了日本人设的圈套，中国的将军们从平壤就开始背叛自己的天职，一直退到花园口，又一直退到旅顺口，虽然有邓世昌有徐邦道，然而逃跑确是大多数顶戴花翎者的拿手好戏。邓世昌已有人写过了，我的一位朋友就想写徐邦道。但他写着写着，发现徐邦道从金州退到旅顺之后就不知道他哪里去了，因为所有的将领都渡海逃跑了，才有了旅顺口被屠城。那徐邦道是不是也混在了逃跑的队伍里？后来在《清史稿》里发现，他从旅顺口不知用什么办法去了丹东，在丹东得了和努尔哈赤差不多的病，背上长了个毒痈，最后默默地死了。曾经的英雄豪将，以这样的结局告终真是令人扼腕。

我看见了1904年日俄战争前的一个细节。俄、德、法三国干涉还辽，中日之间的纠葛暂告一个段落。俄国人成了功臣，于是就有了李鸿章的圣彼得堡之行。他是代表中国皇帝去出席尼古拉二世的加冕礼，俄国人以300万卢布贿赂他一把，他就签了那个让俄国人在中国东北修铁路建银行的密约。于是中国东北立刻就有了一个俄罗斯风格的城市哈尔滨，于是立刻就引来了一场狗咬狗的在中国争地盘的日俄战争。中国的皇帝不坚硬，中国的大臣就更加奴颜婢膝。洋务是李鸿章办的，签约赔款也是李鸿章干的，在中国近代史上，他真是一个耐人寻味的人物。在那场战争里还有一个细节，日俄打得激烈时，中国的军人们居然很守规矩地退到关里，以旁观者的姿态站在那儿看热闹，那意思是你们在东北打吧，只要别进关里惊动了皇上。

我还看见中国人有钱赔款，却无钱发军饷。每签一个条约，清政府就有白花花的银圆流淌到战争贩子的口袋里。每打一仗，大清的将军们就发了一笔横财。那些将军都是有名有姓的。炮火连天中，他们一个个肥得像猪一样，士兵却连饭都吃不饱。最后当官的全跑了，那些饿着肚皮的兵焉能不逃？这或许就怪不得康熙了，这个王朝走到这时已经从里到外地溃烂，说到底，没有这种自上而下的腐败，也就不会有这样一部屈辱的近代史。

这种屈辱从此就不曾结束，它绵延到1931年9月18日的沈阳北大营，绵延到1937年7月7日的河北卢沟桥，绵延到1937年年底至1938年年初的南京。蒋介石的不抵抗主义，不但让东北沦陷，也让这个国家涂炭。在这个世界上，只有东北的流亡学生能唱出那样一首歌："我的家在东北松花江上，那里有森林煤矿，还有那满山遍野的大豆高粱……"

看中国人自己改朝换代的历史，是一种疼痛。看外国人把中国当作屠场，把中国人当作刀俎之间的鱼肉，则是另一种疼痛。它让你愤怒又让你沮丧，让你哭不出声又让你泣不出泪。你甚至会被一种感觉折磨得无可奈何、死去活来地想笑。中国的确是太大了，中国人也的确太多了，否则绝不会是半殖民地，它早就被东西方列强片甲不留地吞没殆尽了。

庚子（1900年）夏天，我唯一能记住的一个军人就是寿山。他那时是黑龙江将军，是曾经抗击过日俄侵略军的爱国将领。他一边与俄作战，一边却又接到北京与俄缔合的电报。他发过誓绝不"改隶夷籍，反颜事虏"，所以当他看见眼前已不是哪一个将军而是他的王朝打出了白旗，便以洁身自好的方式去死。他是自己"从容卧于柩中，取金器吞入腹中骤不死，命其子开枪之，其子手战不忍发，误中右臂不死，又命其家将继之枪，中小腹犹不死，呼声愈厉，家将顾曰：如此，宜令速死免受痛苦。乃再开一枪，洞胸而亡"。这样的殉国，是因为绝望。而那个关头，有几个将军舍得以这种方式表示绝望呢？

在瑷珲历史陈列馆的院子里寻找的时候，陈列馆的吴馆长曾引我到小院的一角，那里有一尊寿山将军的塑像。与波雅科夫、哈巴罗夫相比，他太矮小了，矮小得令人心疼。这么矮小，还不知被谁折断了一只手臂。这就是寿山将军吗？或许因为寿山是自杀，是自绝于世，才让今天的中国人无法将他塑得高大，或许是由于钱的原因，使他与瑷珲历史陈列馆一样寒酸。望着那样一尊塑像，心是黯淡的，悲也自从中来。

大火之后的瑷珲，只幸存一棵树、一座楼，如今都被陈列在这个小院子里。那是一棵古松。曾经沧海难为树，它早已经没有了植物的名字，它的胸前挂着一个木牌，叫"见证松"。它没有在那场大火中死去，但它再也没有美丽，数百年沉默而孤独地品尝着一种灼痛。按它的年轮，它是见过签约和大火的场面的，然而它只是一棵树，它做不了什么。它今天的价值也不过是让走到它面前的人由此去想象当年绿树成荫的古老的瑷珲。古老的瑷珲与古老的中原是同一种格局。当那所有的格局都在大火中成了废墟，还剩下一座魁星楼，通过树去想瑷珲的葱茏，通过楼去想瑷珲的辉煌，对心灵绝对是一种伤害。登了楼才知，它逃脱了哥萨克的大火，却没有逃脱苏联红军攻打日寇的炮火，今天的魁星楼是几十年前重修的。

那么，一棵树、一座楼，就可以叫作瑷珲吗？瑷珲太空荡了。记得我曾向那位吴馆长要点有关瑷珲的文字，他摇摇头说没有，却递给我一份由他起草的募捐动员演说词。他告诉我，这个陈列馆已接待国内外参观者数百万人次，其中国家级官员多少多少,省部级官员多少多少,军人、学生、港澳台同胞、海外侨胞多少多少。他说,所有来到这里的人都捶胸顿足、悲痛欲绝,然而瑷珲仍是这个样子。从那个院子出来的时候,我在心里对自己说,也许它就应该是这个样子的,只有这个样子,才让悲剧的瑷珲更具有悲剧的色彩。

笔直的阴影

一位朋友来坐时说，有人给政府交了个提案，想把白玉山塔推倒，因为它让中国人感觉耻辱，建议政府在塔那儿建一座别的什么。这事不知怎么被日本人知道了，要买那塔的石头，那石头当年是从东乡平八郎和乃木希典的老家运过来的。如果拆了那塔，日本人还要与中国人在塔的原址那儿合资建一座别的什么。朋友走后，立即就打电话询问。得到的答复是确曾有过这件提案，但并未获得批准。

即使这样，心情仍是不能平静。

旅顺口的背负是太沉重了，那么小的一个地方，发生过两次世界近代史上最野蛮的战争。旅顺口从流血的那一天开始就是狼藉的。中国军人溃逃时丢弃的铁炮，俄国人地下长城般被攻破的堡垒，日本人以战胜者姿态修筑的那些塔和碑，的确让今天的中国人感觉压抑。尤其是白玉山塔，那笔直的阴影，如芒在背，它使中国人的心灵永远不得安宁。

然而，旅顺口已别无选择。白玉山塔是历史的一个遗物，历史是不可以随意推倒的。旅顺口曾经承受过那么多的耻辱，如今难道连几粒战争的垃圾都容不下了吗？日本人留下的塔和碑几乎漫山遍野，推倒一个白玉山塔就洗清耻辱了吗？旅顺口作为甲午战争和日俄战争的旧战场，它已成为世界近代史的一部分，即使是耻辱，也要忍痛保留它的本来面目。能够保留，就是有自信有力量。不能从容面对，就是脆弱。这种脆弱本身岂不是更大的耻辱？

记得在我向黑龙江边的瑷珲走去时，我就曾不断回头看旅顺口。这两座小城有很多相似之处。它们都是一个特殊的所在，这种特殊是地理的，也是历史的，它们所处的位置决定了它们将在中国的近代史上分别扮演悲剧的角色。它们都曾经被入侵者血腥地屠城，从甲午到庚子，前后也只隔了六年。它们都已死去过一次。如果说瑷珲历史上的那场大火至今仍在灼伤我，那么旅顺口刺痛我的并不是那座塔，而是甲午深秋那一场惨绝人寰的屠杀。

旅顺口有过一段漫长而宁静的日子。秦以前叫将军山，汉代叫沓渚，时间过于久远，所以人们惯用"秦湾汉港"来一言以蔽之。晋代叫马石津，仍是一个质朴的渡口，不时有舢板或帆船在渤海海峡间寂寞地来回。唐代叫都里镇，有了一点军事色彩，也有了些许繁华，一个叫崔忻的长安官员曾经过这里出使渤海国，返回的途中，还在黄金山下挖了两眼水井做纪念。辽代改叫狮子口，那是因为人们终于发现在黄金山与老虎尾两山之间有个口袋形港湾。1371年，明朝将军马云、叶旺被封为辽东指挥使，他们由山东渡海而来一帆风顺，狮子口从此改叫旅顺口，至今已经叫了600多年。

它是在一个夜晚突然间塌陷的。彼时，邓世昌和林永升已经与他们的军舰一起沉进了黄海，徐邦道因为得不到增援而从金州一路撤到旅顺口。最后大清的军人们都逃跑了，城里只剩下了那些手无寸铁的大清子民。死神降临了。从西太平洋那几个弹丸小岛刚刚爬上岸的日本军人，第一次体验到了杀人的快乐。他们冲动而又疯狂，因为他们的肉体从未与这么大块的陆地接触过，他们的枪炮从未面对这么大批柔弱的人群扫射过。旅顺口两万人被挑在明晃晃的刺刀尖上。

这场屠杀，旅顺口全城只有36个人活着，日本人留下他们抬尸焚尸。他们是幸存者，也是目击者，但他们只会颤抖着诉说，手已握不住笔。真正用文字记录那个场面的，是一个叫詹姆斯·艾伦的英国人。他当时被困在旅顺口，可能是记者，也可能是打着记者招牌向北洋水师兜售军火的商人。四年后，他在伦敦出版了《在龙旗下——甲午战争亲历记》一书。这个英国人把这场屠杀写在大清的龙旗下，不无讽刺意味，他对屠杀场面的描写则近于残酷：

> 湖被好多日军团团围住，日军把无数的难民赶到湖中，从四面八方向他们开枪，并用刺刀把那些力图挣扎逃出湖面的难民赶回湖水中，湖面上漂浮着死尸，湖水被血染红了。
>
> 难民之中有很多妇女。我看到一个抱着孩子的女人，孩子拼命向前扑，妈妈将孩子举向日军，似乎在哀求。她涉水到湖边时，一个日军用刺刀把她捅穿，她倒下时，日军又刺了一刀，将这约两岁的孩子刺穿了。小小的尸体高高挂在刺刀上。她爬起来，发狂似的想夺回孩子。很显然，她已精疲力竭快咽气了，又跌倒在湖水中，她的尸体——事实上每个够得着的尸体都遭到同样的待遇——被砍成碎片。新的受害者不断被赶进湖中，

直到不久湖里再也无法容纳更多的人才罢休。

路过的地方，几乎所有街上都堆着层层尸体，不同年龄、性别和身份的中国人，不加区别被成批地杀害了。

尸体的头都被割掉了，血淋淋的头颅挂在柜台隔板上的一长串木椿尖上。一个才几个月的婴儿，小小的身躯被一根锋利的铁杆捅穿钉在柜台上。地下那些凝固的人血和死者的五脏六腑足有二至三英寸厚。一些死者的手臂、大腿和头颅被砍掉了，扔得到处都是。

……

这个英国人能这样沉着地描写人类的屠杀，可见在人性的深处有多么坚硬的东西。但是我们真该感谢他，他至少是真实、公正而且人道地向当时的世界传达了发生在中国的这场灾难，他大段描写了妇女和儿童的被杀，他把旅顺口人称为难民。然而100多年后，当我只有通过詹姆斯·艾伦去遥望那个血肉模糊的场面时，我从心里感到一种难以诉说的悲哀。

我想起了戈雅和德拉克洛瓦，他们各有一幅著名的描绘屠杀的油画。

戈雅画的是《1808年5月3日夜枪杀起义者》，因为他目睹了拿破仑对整个欧洲的侵扰，目睹了腐败的卡洛斯王朝怎样把政权拱手交给拿破仑的弟弟约瑟夫，麻木的西班牙如何像一只蝙蝠似的吸附在法国身上。他是西班牙宫廷画家，擅长画公主贵妇修长的玉臂，王公贵族挂在胸前的勋章和绶带。那场屠杀，让他一下子变成了血性的男人，他为西班牙人创作了这幅不朽的油画。画面突出了被杀者在精神上胜利的姿态：一个市民高举双手，面无惧色，对着敌人大喊；一个僧侣在祷告；一个农民仰起饱经风霜的脸与枪对峙；远处夜空茫茫，马德里城隐约在一片阴霾之中。画家在为自己的民族动情，他无法阻止那场枪杀，但他可以让人们记住那个夜晚。他只能做到这些，他做了。

《希阿岛的屠杀》是德拉克洛瓦为希腊画的。他是法国浪漫派代表，土耳其人在希阿岛上对希腊平民的大屠杀，让他回到了现实。与他同道的还有英国浪漫派诗人拜伦。为了希腊，拜伦居然坐着一只小船，在海上漂流了一个月，以诗人的浪漫去当反侵略的司令。一场连日的大雨使他受寒，病死在米索隆基，那年他才36岁。他曾经专门写了一首长诗《哀希腊》。

德拉克洛瓦哀的是希腊的希阿岛。那个倒毙在血泊中的年轻母亲，身上匍匐着一个尚不能站立的婴儿，正在用力吸吮母亲的乳汁。土耳其士兵的马背上拖着一个求救的姑娘。一个濒死的年轻女人正搂着孩子告别。男人们倒下了。背景是一块不毛之地的平原，远处还有烧杀抢掠，在这场屠杀中死亡的人比旅顺口还多。法国画家的泪水流进了希腊。

我之所以悲哀，是因为这些屠杀的场面都发生在19世纪。19世纪中国也有很著名的画家，但是没有人画旅顺口。中国的画家足不出户，清高而文弱，他们只对花鸟山水感兴趣，有时也或写意或工笔地画画人物，但大都是仕女图、醉酒图之类。中国的画家用水墨作画，水墨很讲究留白，所以就把那些激烈的场面都省略掉了。旅顺口只有让那个英国人补白。当然，画家不画，作家不写，似乎又怪不得他们。那时的中国，做官的做将的，也大都玩忽职守，或是逃离职守，江山破碎，百姓涂炭，他们都是可以冷血旁观的。所以旅顺口那两万人是死定了，没有人为那场屠杀书写什么并不奇怪。

我的悲哀还在于，那场屠杀已经过去了100多年，我仍能闻到一股血腥味。旅顺口距我太近，每当我走在它的街市上，那个英国人眼中的情节便在我眼前一一地复制出来，让我永远为旅顺口伤痛。

几天前的一个上午,当我要动笔写这篇文章的时候,突然想去看一看甲午百年祭时新修的旅顺口万忠墓。

我曾经在很多年前去过那里。那时我是偏远乡村的一个小学生,每天的功课就是忆苦思甜。不但在村子里听苦大仇深的人回忆过去,还走出去看一些实物。记得我和同学们先去了大石桥镁矿,那里有一座万人坑。我生平第一次看见这么密集的死人的白骨。老师说,日本人抓中国人当劳工,累死了就扔进这个坑里,有的病了或受伤了还没有死,也被扔进这个坑里。这个坑里不止万人。我们几个女生全吓哭了。那天是大雪过后,回来时我们从大石桥乘火车到许家屯,从许家屯到家还有几十里山路,我们就步行。夜很黑,雪地是一片可怕的白,像魔鬼的脸。我又想起了那些死人的白骨,就闭着眼睛走路。闭了一会儿眼睛居然就在行走的时候睡着了,梦见了日本鬼子的长刀、马靴和大狼狗。后来我扑倒在雪地上,还在继续做那噩梦。幸亏后面的人发现了我,才没让我一个人丢下。

转过年夏天就去旅顺口看万忠墓,那时整个旅顺口好像只开放一个万忠墓。进去之前我又想起了大石桥万人坑,不敢睁眼睛。老师说，别害怕，这里只是一些骨灰，都埋在地底下。我这才把眼睛打开一条缝，听解说员指着几张图片，给我们讲那个比白骨更加可怕的故事。记得那天从万忠墓出来就走在了市中心。旅顺口给我的感觉是奇特的，它有一种陌生的庄严。楼房各式各样，街上很静，高大阴暗的柏树后面露出白色的塔尖，层层叠叠的台阶上和栏杆上长着青苔，空气中有一股被海水浸泡后发出的霉味，隐隐约约地，好像还有一种更难闻的气息。我又惊奇又伤感。日本人究竟是什么人？他们为什么杀死这么多的中国人？也就是从这个时候开始，我对屠杀有了一种特殊的敏感，而且只要听谁说到日本人，眼前就是万人坑万忠墓，就是长刀马靴大狼狗。从那以后我去过无数次旅顺口，不论陪朋友去还是独自去，每次去都是看别的地方，我再也没有走进那座院子。

如今，我是因为要写它而再一次走进它。天阴欲雨，万忠墓高大的圆冢前，有一束不知是谁献上的鲜花。已是中午，来这里的人只有我和陪我来的朋友。我在墓前深深地鞠了一躬，觉得许多年前的那种恐惧和伤感在我心底又真切地划了一下。

我是从书上知道的，日本人屠城之后就大摇大摆地在旅顺口驻扎下来，后来还是被俄、德、法三国逼出中国的。中国人掏空了国库里的白银,又借了俄国人的高利贷,才来旅顺口收拾残局,把日本人竖的"清国将士阵亡之墓"的木牌拔掉,由候补直隶知州顾元勋亲书"万忠墓"三个字刻在一块石碑上。然而中日甲午战争十年后就是日俄战争,当日本人重又成为旅顺口的主人时,"万忠墓"如一根刺,让他们心虚气短,马上把那块石碑扔进野草丛中。这是真正的惧怕,作为屠杀者,他们当然知道自己在旅顺口究竟做了什么。

在新建的陈列馆里,我看见了刚刚从墓中取出的粘连着人骨的铁条、铁管、木块,它们是当年焚烧尸体时用的支架。我还看见了一块火化程度不高的很薄的头骨片,那是幼儿的头骨。橱窗里还陈列着沾满骨灰的玉石手镯、玻璃珠串、葫芦形玉石坠,那显然是女人和孩子佩戴的饰物。而那些寿字铜扣和铜烟袋锅,则是老年人的。就想,1894年深秋,这个国家一触即溃,这些老人妇女和孩子却全然不知,他们还在那里过着简朴而又非常城市化的日子,这日子突然间就连同他们的生命以及所有的梦想化成灰烬,在人世间的悲剧里,还有比这更凄惨的吗?

可是,明明知道日本有人对屠杀旅顺口无辜平民的史实一直矢口否认,为什么100年后才打开墓穴?明明是被杀者的亲人，为什么直到今天才想起那些老迈或幼小的白骨？是害怕翻开那一页历史，还是想遗忘那惨烈的一幕？

突然觉得，国人骨子里的奴性，或许是被一次次入主中原的异族吓出的毛病，其后遗症在近代列强面前更是暴露无遗。想到这里，脊背瞬间凉彻。

站在万忠墓宽大的祭祀广场上，可以望见白玉山塔。万忠墓是中国人修的，下面埋的是被日本人屠杀的中国人的骨灰。白玉山塔是日本人修的，塔下曾经存放着日军与俄军在旅顺口争夺战中战死者的骨灰。屠杀者，并没有逃脱死亡。站在那里，我的悲哀已不只是为中国人，而是为整个人类。人类惧怕死亡却发明了死亡，人类亲手制造的死亡的阴影，从未离开过人类自己的头顶，它笔直地穿过历史的时空，也穿过人类的心灵，垂落下来。

是的，这世界发生过各种各样的屠杀。在所有的屠杀中，入侵者的屠杀是最残暴的。他们对被杀者已没有人的情感，他们要杀得片甲不留，然后取而代之。这种屠杀是毁灭性的，对人类是万劫不复的灾难。

古印度河文明的衰落，就是由于异族的掠夺和屠杀。在一次大规模的外族入侵中,摩亨佐·达罗被摧毁了,如今,在那座古城的废墟上,除了战火的遗迹,街巷和房屋里仍保留着被屠杀的男女老幼的遗骨。那肯定是世界古代史上惊人的一幕。学者们说,那场屠杀是英雄时代的雅利安人干的,雅利安人的故乡可能在中亚或高加索。这些戴着铁盔握着长矛的英雄们南下印度河杀了那里的土著,也结束了一个时代灿烂的文明。在远古,人们好不容易栽种了一块文化的绿茵,因为横冲而来的一支马队,便尸陈遍野、血流成河,满眼又是荒凉,一切又要从头开始。由于屠杀,人类在黑暗中的爬行不知有多么漫长。

中世纪的十字军东侵,曾经将富庶的拜占庭洗劫一空。耶路撒冷的城里有七万人被屠杀,屠杀的场面又是那么的相似:他们剥开死人的肚皮,把尸体堆积起来,然后烧成灰烬,在灰烬里找出死者所吞的黄金,人的头颅和手脚在大街小巷和广场上随处可见……这样的东侵居然绵延了两个世纪,它种下的祸根,就是基督教徒与穆斯林之间互相仇视,只有西欧商人在屠杀之后获得了好处。此外,中世纪还有一支从西班牙出发的远征船队,他们一手拿剑,一手拿十字架,目光贪婪地爬上拉丁美洲大陆。印第安人宁静的田园生活被打碎了,稍有反抗就被杀掉、烧死、活埋或被狼狗撕裂。从16世纪初到中叶,被屠杀的印第安人达1200万人至1500万人。牙买加岛上30万印第安人几乎全部灭绝，而由印第安人创造的玛雅文化则突然消失。西班牙殖民者在发现了新大陆的同时，也毁灭了属于这块大陆自己的东西。

人类近现代的悲剧大都发生在中国，中国仿佛是这世界最后一块含金量高的大陆。鸦片战争对中国的炮击，八国联军在圆明园的掠夺，日本人在旅顺口的疯狂，俄国人在海兰泡、江东六十四屯和瑷珲制造的惨案，让古老衰弱的中国倒在了血泊里。直到20世纪30年代，中国仍是一座屠场，平顶山和南京的平民一次又一次让日本军人饱尝了杀人的快乐。日本军人杀别人或杀自己，脸上都没有痛苦的表情，这曾经让我对他们有一种怀疑，我怀疑他们人的东西原本就少或压根就没有，他们是一群兽或接近于兽的东西。

20世纪40年代，全人类都看见了日耳曼人对犹太人的屠杀。那个日耳曼人是神经质的、病态的，在他看来，犹太人是劣等民族，他们根本无权活在这个世界上。只有斯拉夫人的一部分，给德国主子作奴隶，耕耕地、开开矿，也许还有点用处。在他的叫嚷声里，纳粹们建了无数个死亡营，奥斯维辛的大烟囱日夜飘散着死亡。看《辛德勒的名单》，永远忘不掉那个穿着红裙子的小姑娘,从她藏在床底下之后,我就开始担心她被发现,然而在最后一辆运尸车里,我还是看见了那团鲜红的影子……

历史不会忘记,20世纪上半叶,西方的日耳曼人和东方的日本人,将一个种族对另一个种族的残杀,推向了极致。由屠杀而留给人类的伤害,也到了极致。做过日本首相的中曾根当年曾经对基辛格说:在太平洋战争中受到伤害的国民的记忆,100年也不会消失。他大概指的是美国在广岛、长崎丢下的那两枚原子弹吧?如果不是日本偷袭了美国的珍珠港,怎么会有太平洋战争?如果不是广岛、长崎那些无辜平民的死亡,怎么会有日本天皇的投降?正是因为有了这些,法西斯这个恶魔般的怪物,才让人类终于变得理性、人性,终于有了放下屠刀的自觉。越来越多的人脱下了军装,穿上了体面的西装,还系上了领带,彼此宽容,彼此拥抱着和平。尽管这世界仍有好战分子,仍有种族歧视和利益角斗,但这世界早已不是哪一个人就可以左右的,任何人所做的一切,都将有目共睹。

走在旅顺口的街上,我看见了一群来观光的日本人。旅顺口的大门曾经是关闭着的,半个世纪了,中国人始终像捂一处伤口似的，不让一个外国人走近，现在它终于向世界敞开了。这些日本人一定已去过万忠墓，我从他们的脸色看出了那种无法言说的沉重。

记得我去哈尔滨时，一颗"七三一"日本石井细菌部队当年留下的炮弹刚刚在一个乡村里爆炸了。那个村就叫炸弹村，因为这种爆炸在那个村发生过多次，人们常常在翻地或挖井的时候遭遇一颗几十年前的炮弹，有的人家甚至用炮弹挡风门子挡鸡窝。在这一声爆炸里，又有两个农民倒下。于是引来一场跨国官司，中国律师和日本律师联手向东京法院起诉。在侵华日军"七三一"罪证陈列馆，我与从日本来的律师团走了碰头。他们都很沉默，吃惊地看着他们的同胞当年是怎样以细菌的化学的方式在中国人身上做屠杀试验。他们还专门去了一次炸弹村，并跪在新起的坟前，为受害者祈祷。那一张张善良的脸，让我依稀想起中国与日本的深缘。

曾经是陆路相连，因为冰期结束海水上涨而分隔成大陆和列岛。近30万年间，大陆与列岛有过四次沧海桑田，最后一次离散，在1万年前。由于有了这次离散，才有了徐福东渡的传说。徐福确曾声言要东去瀛洲为秦始皇取长生不老药，虽然并没有真去，这个传说至少传达了中国人的一种心情。鉴真东渡确是真的，鉴真是佛门子弟，他当然比徐福虔诚。为了把佛家的经典传到汪洋中的几个小岛，他一次一次出发，又一次一次被巨浪打回，以至后来双目失明。但他摸着黑也要去，终于在第五次东渡成功。在奈良，日本人为这位来自中国的大师竖了一座高大的塑像。徐福的传说和鉴真的故事，表达的是同一种东西，就是中华文明向日本的主动输入。当日本人知道远方的大陆上有这么灿烂的文化，从那海上就漂来了无数的遣隋僧、遣唐僧，长安城里坐满了日本留学生。由中国人主动上门去送到日本人自己上门来取，在中日交流史上，那是一段多么让人怀想的时光。

对于中日之间的恩怨，郭沫若曾写过两句诗："岁月两千玉帛，春秋八十干戈。"是的，做过2000年芳邻，却因为欧洲列强攻入中国，而一定要挤进来分最后一杯羹，这就是日本人。那时，他们已经是迫不及待，用葡萄牙海盗丢下的几杆火枪起家，再制作几艘舰船，就开始向大陆上的中国走来了。论情感，这是恩将仇报。站在世界的高度，这是中日两国共同的悲剧。

一衣带水的意境是日本人破坏的，被动挨打却是中国的封闭和落后造成的。终于有一群中国人想弄明白一个泱泱大国为什么挨区区小国的打，他们便就近到东洋去学西洋，比如康有为、梁启超，比如孙中山、李大钊。那时，这个国家虽然已经被日本打败了，他们仍能怀揣着国耻向日本走去，他们是第一批从中国走向日本的思想者、政治家。然而中国太巨大了，他们学多少东西能推动中国这个老牌的封建帝国呢？公车上书、戊戌变法，最终变成了一场中国人屠杀中国人的流血事件。三民主义、共产主义，先驱者们以自己的死赢得了那一抹微弱的曙光。那一阵子，从日本来中国留学的几乎见不到了，列岛上到处都有留着清朝的小辫子或穿着黑色洋服的中国留学生。可是，那日本人并没有因为你向他学习就不再侵略不再屠杀，在沈阳北大营，在河北卢沟桥，在南京雨花台，他们从未对中国人手软过。国家不强大，打你没商量。

在甲午战争前后与日本人打交道最多的是李鸿章，他专门代表中国签那些丧权辱国的条约。为了能少赔点款，他在日本险些被那个日本浪人打死。从日本回来后，他曾经推心置腹地对皇帝说：日本是中国永远的威胁。

这话没错。只要中国还落后，总有一天还要挨打。旅顺口那样的悲剧就还会重演。100多年前的那场屠杀已经让中国人看见一个事实，人性绝对有恶的一面，这种恶是不会消失的。这世界还会在历史的某一时刻突然倾斜,屠杀还会在历史的某一时刻突然发生。不知什么时候,手无寸铁的平民们就可能在弱肉强食的某一次著名的屠杀中碎尸万段!

我有理由这样设想。因为此刻我正站在旅顺口万忠墓的祭祀广场上,我的身边萦绕着无数死难同胞冤屈的灵魂。此刻,我还望见了白玉山塔那笔直的影子。它如一把刀,扎在旅顺口的心上。我还知道,在这个世界的许多角落,散布着入侵者遗留的炮台、城堡、碑或塔,人们正悉心地保护着它们,为的是永不忘却。这其实已经超越了种族,超越了国家,是一种全人类意识、生命意识。但愿写那个提案的人也能有这种意识,不再想要推倒白玉山塔。

人类最终总有一天要灭绝。但我希望,人类的灭绝最好是由于火山爆发或洪水漫流,而不是人类自己的残杀。因为在自然的灾难里,还可能有一只"挪亚方舟"。因为在我们之后,地球上还可能出现新的人类。我们便做了他们创世神话里的主角。

不要屠杀。这应该是人类共同遵守的诺言。

消失的女人

在我的文字里，我曾经一直是与乡村女人、城市女人厮混着，并被她们多情地羁绊着。有一天，我突然间就想逃避这些女人。我逃避她们的时候，我便独自一人奔向了东北。东北是野性的、雄性的、男性的，我要将自己浸进阳刚的东北、伟岸的东北，呼吸一些粗糙的空气，给以往的脆弱和阴柔加进点刚性的东西，让人生坚强起来。然而当我真的走进东北，我还是遭逢了女人。

我是在伪满皇宫博物院里与这个女人遭逢的。床是她的，烟榻是她的，躺在烟榻上的那个躯壳虽是石膏做的，却仍是女人。而且，我走了许多间屋子，不论走到哪里，到处都有她阴郁的影子，到处都能听见她低低的哭声和疯狂的尖叫。

我遭逢的是一个特殊的女人。走到她身边的时候，我不由自主地就停留了下来。我知道，我注定是离不开女人的，我的笔,也注定是要写女人的。

她是皇后,却是末代皇后,还到东北来做了几天伪皇后。这就有戏。这使她一度成了电影电视里的焦点人物,而且扮演她的女人都是明星大腕。只是明星们在演皇后的同时也演自己,由于她们把自己的羽毛梳理得过于亮丽,皇后的面目反而有点模糊不清。屏幕上的皇后太高贵了,太成熟了。她已被艺术得变形,艺术得不亲切。我终于明白,我其实就是为了走近真实的皇后,为了走近真实的婉容,或者是为了走近中国那一段特殊的历史,而主动前来与这个女人遭逢的。

那是个上午,去伪满皇宫博物院的人忽地被门旁一间屋子里的电视吸住了。那时候王军霞正在亚特兰大田径场上长跑,她已经拿了一项冠军,跑这一项时她好像突然间感到身体不适,最后那几百米没跑好,弄得许多人围着电视喊喊喳喳。伪皇宫因此而显得空荡了些,我可以聚精会神朋友似的待在婉容的房间里。我明明是用现代人的眼光看着婉容,婉容却让我不由自主地就生出一些古典的母性的体谅和悲悯。

墙上有她许多照片,给我的感觉,她一直没长大,她也并不像说的或演的那么美。美是昂扬,是健康,是大方。美有阳光。她却没有这样的气息。她总是压低下巴，收紧肩膀，眼睛吃惊地望着人。那是一双孩子的目光，至多是一个皇族格格的眼界。那种小心和慌张，那种柔弱和宁静，只能承载一小块蓝天，却给了她一个世界。上天的这个赐予，就注定了她将是一个悲剧的女人。

婉容是混血的。她的老家在大东北嫩江边上的讷河，出身并不是满族，而是达斡尔族，祖上历代都是清朝的忠臣良将。高祖父战功赫赫，曾官至副都统。曾祖父由一个蓝翎侍卫青云直上，做了吉林将军，历经咸丰、同治、光绪三朝。《吉林通志》就是她曾祖父编修的清代末叶吉林省第一部官修全省通志。从祖父开始，郭布罗家族与爱新觉罗家族攀上了亲，祖母是皇家的格格。然而，郭布罗氏家从此再就既没人上疆场，也没人上官场。祖父只喜欢读书作诗，俨然一个文人。她的父亲则成了一个守护祖产的大管家，其中就要守护东北老家的几千垧土地。婉容从出生的那一刻起，头顶就笼罩着一大片祖宗洒下的荫凉，就有一条小路曲曲弯弯地让她有可能走进那座后宫。

婉容是古典的。她的名字是父亲从曹植《洛神赋》里的名句"翩若惊鸿，婉若游龙"取出的，让她名为婉容，字为慕鸿。这原本是一种凡俗的盼望（只是当她突然间被选为皇后，那种凡俗才变得很有寓意）。那时候，她是大门不出二门不迈的，因为从大东北入主中原的男人们都已变得斯斯文文，别说她这样一个格格。那时候，她也许知道京城里那个3岁就登基的小皇帝6岁就退位了，但她做梦也不会想到自己日后将成为这个退了位的小皇帝的皇后。那时候，外面已改旗换制，在中国已诞生了亚洲第一个共和国，所有的官吏军人已一律剪去辫子喜庆共和，她已随父母离开北京的皇城住进天津的别墅，开始过遗老遗少式的寓公生活。那是一座西式灰白色的小洋楼，但她仍是大门不出二门不迈。她的古典，决定了她一生都将听从命运的安排，决定了她将老老实实地在那间狭长的小房子里等待女人一生的日子。

　　婉容是现代的。在中国数百个皇后里，只有她踏进了现代的门槛，濡染了现代文明的星星点点。祖父的气质，泉水般流淌进她的生命里，是那种内向的诗人的多愁善感。这使她在做着古典女人的时候，偶尔还要伏案写几句什么。她看见了红楼梦，看见了外国小说，看见了爱情。她用手指弹过钢琴的黑白键。拍照时曾经在小红袄外面罩了件笔挺的西服。教会女校的老师还给她起了个英文名字叫"瑞莎"。虽然她努力把这些都压在古老的箱底,但这是总有一天要爆发的东西,只是她那时还不知道。做了宣统的皇后,她仍然不知道。直到她走进东北做了康德的皇后,那种东西才猛然苏醒。她的末日也就来了。

婉容是虚荣的。虚荣最初在婉容身上有一种人性的光泽。母亲四格格在她两岁的时候去世,父亲又给她娶了一位格格做后母。敏感的婉容一下子变得善解人意,变得出色和周密。她掩藏起本来的自己,装扮出另一个自己,为的是给逝去的母亲争气,让家族不轻看。如果说这还是一个女孩儿的好胜,那么虚荣这东西终于在她当了皇后之后,从她生命的深处浮上表面。皇后皇后皇后,婉容从此就只有这一个概念,一种选择。虚荣让她走上了不归之途。

那时有谁能告诉婉容,中国已取消帝制,"宣统"只是一个空洞的尊号,已经退位的皇帝只是暂居宫禁,给这样一个皇帝做皇后,是多么尴尬苟且。有谁能告诉婉容,她与溥仪的那场大婚再风光,也是自家院里的热闹,不过是一场以喜剧方式悼亡的滑稽戏。谁能告诉她呢?即使告诉了,她就能不走进紫禁城吗?

做皇后是命运叩门。然而,坤宁宫末代皇后的日子只有两年，她与皇帝还是少男少女，女人的许多感觉在她体内还没发芽，一顶摇摇欲坠的皇后桂冠让她略觉得意，冯玉祥就发动了北京政变，她就与皇帝一起被赶出紫禁城，平生第二次来到天津。她本来已经给两千年中国封建社会的帝后传统画上了一个句号，应该谢幕了，可她居然又来到东北。

她一生悲剧的高潮，也就从走进东北开始。

日本人居然在中国的土地上公开导演了一场挟"天子"以达满蒙独立目的的傀儡戏，使山海关外的东北，有14年笼罩在伪满洲国的阴影里。伪满，在中国现代史上是一个怪胎，只有东北人生活在这个怪胎里面。日本人曾经在"东北王"张作霖身上下过功夫，那张大帅明投暗拒，真要动他的地盘，他就开骂。因为他不听招呼，日本人就在皇姑屯送他上了西天。此后日本人又在第二代"东北王"张学良身上打主意，没想到这张少帅一心要报杀父之仇，搞了个东北易帜，宁可不当"东北王"而把东北军编入南京国民政府的旗下。于是日本人就发动了九一八事变，明抢明夺自己干。然而这毕竟是在中国的土地上，他们惧怕再来一个"三国干涉"还东北，想来想去就相中了那个躲在天津租界里天天做着复辟梦的溥仪。

他们给他描绘了一个光辉灿烂的图景：回到满洲祖地，恢复大清王朝，重整旗鼓，再次入主中原。这景象的确太诱惑人了，他正为祖业败在自己手里而痛心疾首呢。瘦弱的溥仪立刻柔软地蜷缩成一团，听话地钻进汽车的后盖里，让日本人载着回东北。其实他明知道日本人不过是在利用自己，但他抵挡不住那个梦中图景的诱惑，心甘情愿地钻进了日本人为他设置的"龙归故里"的圈套，这一走就走上了汉奸卖国贼的道路。

我总觉得婉容是可以不来的，她有充分的理由不来。溥仪是背着她跟日本人到东北的，这对她无论如何是一种伤害。她其实一直是在冷宫里寂寞着，女性渐渐成熟的那些感觉在寂寞中已经滋长蔓延，离开溥仪对她不啻是一种解脱。她曾仿周敦颐写了一篇自己的《爱莲说》，曾想有一种荷式的超尘，那应该是她独立窗前时的心灵独语。为什么还要来东北呢？

然而婉容就是婉容。她的古典成了她的樊篱，她的虚荣使她一定要圆她的皇后梦。对于她，东北是无法跨越的，因为她跨越不了自己。末代皇后是她别无选择的命运，她对东北的选择，则是她自己对自己的唆使。她成天哭闹，一定要追上溥仪，一定要去做他的皇后，谁也挡不住。出关的那一幕也和溥仪一样,她把自己柔软地蜷缩成一团,坐上了去找川岛芳子的汽车。她是心甘情愿地走进东北这个陷阱的。

末代帝后的逃跑是匆忙的,伪皇宫也是匆忙的。其实就是一座勤民楼、一座缉熙楼,前楼办公后楼睡觉。在伪皇宫里走,能想起许多的嘴脸,想起许多曾经上演过的丑剧。在那一群傀儡中,最生动最有个性的还是婉容。婉容是一个政治符号,却不属于政治。她与这座宫殿有关,却与所有的阴谋无关。她在这里,就是为了一个故事的结局,为了一个角色的完成。

她疯了。

她不可能不疯。在天津,为了能获专宠,她挤逼比她还弱小的文绣,终于让文绣与溥仪离婚。她以为这样文绣就不会幸福了,岂不知不幸的恰恰是她自己,溥仪因此而更加冷落了她。在东北,她的灾难是双重的,她不仅受溥仪的冷落,还受日本人的冷落。那么隆重的"满洲国皇帝"登基大典,却没有"皇后"的一席之地,所有的人眼中都没有婉容。她和溥仪一样被监视,被那些随处可见的日本女人,也被爱新觉罗家的女人。这座缉熙楼,从她走进的那一刻起,实际上就成了她的囚室，她的地狱。

做不做皇后终于变得不重要。所有的古典，所有的虚荣，也都不再能左右她了，生命里面有一根神经在这个时候复活了。她开始后悔，曾经两次想逃出这座阴森可怖的"皇宫"，但她找到的那两个人都帮不了她。她绝望地说："为什么别人都得自由，独我不能自由？"

当她知道自己真正想要的东西，她便倒在了那个烟榻上，她便再也没有力气面对这个世界。她没命地吸鸦片。在天津就已经吸了，在伪皇宫则专门设了一个吸烟间。每天除了读书写字绘画，就是吸鸦片。每次左吸四口右吸四口，每口一个烟泡，每天二两鸦片，天天就这么吸着，吸着毒。那个像祖父一样内向敏感、诗人气质的婉容，那个多才多艺、可悲又可爱的婉容，她就这么地把自己撕碎了，她就这么地疯了。因为她疯了，她便无比地生动。她吸烟的姿势，她哭号的声音，她那一头蓬乱的短发，她那瘦弱不堪的脸，让你为她揪心，也让你为她痛快。

她疯了，她也自由了。

关于婉容的疯，许多人是从溥仪《我的前半生》那本书里捕风捉影，从当年在伪皇宫生活过的各色人等那里获得只言片语。有一阵子，各种书刊对婉容与人私通的演绎铺天盖地而来，影视的编导们更是拉长了镜头，婉容被那些大明星们演成了性感皇后、风流皇后。婉容究竟做了什么？情感的确能让人疯。孤独的婉容，她应该有属于自己的情感，但她疯的因由太复杂太深刻，人们片面地夸张了情感，并把情感粗鲁地世俗化通俗化了。真不知是婉容的悲哀，还是现代人的悲哀。

那年夏天，全世界反法西斯斗争到了最后关头。美、英、中三国首脑联合发表了著名的《波茨坦宣言》，杜鲁门总统下达了投掷原子弹的命令。当那两朵巨大的蘑菇云在广岛、长崎上空升起时，日本天皇终于向全世界宣布投降。在中国东北，那个"伪满洲国"小朝廷立刻作树倒猢狲散状，那一群傀儡们立刻失魂落魄地逃到通化大栗子沟。当年冯玉祥逼宫时，6岁的溥仪曾经退过一次位，现在，走投无路的溥仪只得在这条蚊蝇乱飞的沟里又一次宣诏退位。宣完了诏，他就自顾自地从通化飞到沈阳，最后在他祖宗发家的地方束手成了苏联红军的俘虏，一个王朝的起点，也就成了终点。

这时候，被丈夫抛弃了的婉容，疯且病弱的婉容，正嘿嘿地笑着，以高级战犯家属的身份，在她曾祖父吉林将军当年的辖地，被人民解放军押解着，开始了漫长的迁徙。

在来长春之前，我曾经沿着婉容蹒跚的足迹，去通化去吉林去延吉。我一路都在向人们打听她最后的消息，并从人们的诉说里去想象她的凄凉。那时她已经不能直立着行走，押解她的军人抬着她还要不断地供给她鸦片吸，为了延长她的生命。与她一起走的有嵯峨浩和女儿，还有福贵人李玉琴。记得我一到长春，就与李玉琴通了电话。我并不想让她说自己，我只想让她对我说说婉容最后的日子，说说书上看不见的东西。她开口就问你有组织介绍信吗，我说没有，她就拒绝我去她家，电话里也立刻一个字不讲。为了快些放下电话，她大声地嚷着锅烧煳了，于是线就断了。她是溥仪的最后一个王妃，她早已过上了人间烟火的日子，我在电话里听见她一边与我说话，一边呵斥她淘气的孙子。我想，虽然以她名义发表了许多关于婉容的文字，但婉容在她的生活里早已消失了，对那段历史，她已面无表情。

是的，过去的日子死了，婉容也死了。我在通化的时候，人们说婉容死在吉林。我在吉林的时候，人们说婉容死在延吉。她确是死在延吉，我在延吉看见了她的死亡登记。姓名一栏写着：荣氏。案由一栏写着：伪皇后。6月10日释放，6月20日午前5时亡去。那么大一张表格，只有这几个字。这几个字就将一个40岁女人送走了。40岁的皇后已经很老，40岁女人的生命却正丰盈饱满。皇后的婉容早该枯槁，女人的婉容还什么都没开始就宣布结束。这不公平。

可婉容的确在那个初夏的早晨死了，她埋在哪里，至今谁也不知道。望着延吉四周的那些山，我想，延吉在长白山下，延吉被长白山包围着，她一定就在长白山上。长白山是爱新觉罗的家山，婉容是爱新觉罗家的女人，她被埋在这座山上，在她或许是足愿，或许是背拗。最后的日子，谁认真地听过婉容的疯言痴语？我听说延吉正想给不知踪迹的婉容选址造一座墓园，究竟是为了婉容，还是别的什么？已经在山上安息了几十年的婉容，突然间看见身旁又造出一个婉容，她该多么失意，多么尴尬。

在延吉停留时，我的眼前若隐若现总有婉容的影子。中国有数百个皇后，她是最后一个皇后。读中国历代皇帝全传，再读中国历代皇后全书，几乎就读了中国封建社会通史，读了中国宫廷史。在中国的皇宫里，帝与后的分工历来是皇帝主外皇后主内。皇权天授，九五之尊，是皇帝。而皇后就是那个一人之下万人之上的女人，就是那个统率六宫母仪天下的女人。在芸芸众后之中，最显赫的是武则天，由做皇后而做女皇、女太上皇，千古只她一人。婉容既没有武则天那种让李唐王朝改名换姓的胆识，也没有那样的机遇，当然也就不会有那样的权柄。婉容甚至不能与中国历史上任何一个皇后相比，因为她是给一个末代逊帝做皇后，她的皇后名义只适用于不足一平方公里的范围，她不仅没有可供"母仪"的"天下"，甚至连可以统率的后宫都没有，末代逊帝只有一后一妃，婉容统率的只有一个比她更弱小的文绣。她眼看着大清王朝被席卷出北京，又眼看着满洲国倾倒于新京。当一切都进了地狱，她还跌跌撞撞地在老家的土地上流浪。所以我始终认为，婉容从来就没有真正当过皇后，皇后这个角色却让她失去了一个女人应有的快乐和幸福。

欧洲有位先哲最早发现了一个秘密：性格即命运。婉容的悲剧有性格的因素，但生在那个时代的女人，做了皇后的女人，性格的力量是多么微小，父权夫权皇权的气势是多么巨大。他们覆盖一切，是他们让婉容走上前台，拐骗了她又摧毁了她，让她为那个时代殉葬，并与那个时代一起消失。美与丑同归于尽，这才是人世间最大的悲剧。我相信，不论什么时候，只要有人回眸中国的那一段历史，就一定会望见那个疯疯癫癫的可怜而又生动的婉容。

　　婉容是一个时代最后的女人。这世界再也看不见这样一个女人，但这世界仍然有古典，仍然有虚荣，仍然有为一种东西执迷不悟的女人。更可怕的是，这世界仍然有让女人掉进去的陷阱。女人的悲剧有许多种，只是再也不会重演婉容的这种。

空　巢

在我眼中，沈阳是一个具有悲剧色彩的城市。

在沈阳老城内，有两组显赫的建筑。这两组建筑不属于同一时代，却挨得很近。一组是爱新觉罗家族留在关外的故宫，一组是张作霖称王东三省时的帅府。那天给我的感觉是出了故宫就进了帅府，从古代一下子就走到了现代，数百年的历史在这里缩成了一条小胡同。在这条小胡同里，它们有一种同病相怜的意味。这些楼虽然个个根深蒂固，却是行帐，是驻扎。这些楼是一个时代的开始，却又是它的结局。因为这些楼的主人虽身在关外，目光却不约而同地盯着中原乃至全国。它们唯一的区别是，由关外入主中原的角色从来都是土著的游牧者或猎人，爱新觉罗氏只不过是最后一个。张大帅则是一个移民者的后代，一个纯粹的汉人，他想给闯关东的汉人开个先例，学那些少数民族的样子，也来他一个入主中原，但他在北京只待了两年，当他灰溜溜地坐着火车打道回府时，在皇姑屯把命丧了。

也许是一个错误，也许是命中注定，所有从大东北入主中原的英雄豪杰，不论多么长久多么短促，他们都只有出发，没有回程。他们的老家有的成了遗址，有的成了废墟，有的只留下一个记忆。爱新觉罗氏和张氏的老家还算完好，如今也都空着，它们分别以故宫和故居的名义，陈列在这座由于它们而著名而悲剧的城市里。

的确，沈阳因为至今还覆盖着浓重的琉璃瓦，凝固着罗马式的廊柱，因为曾经散布过努尔哈赤皇太极父子的霸气，飞扬过张作霖张学良父子的王气，而使这个城市有了一种别处无法重复的格局。来沈阳的人大概都要经过这条极有跳跃性的小胡同，经过这条小胡同的人大概都仿佛走了捷径似的新奇。因为站在这捷径的两端，既让你生发观赏了大古董的惊叹，也让你怀有人去楼空的哀婉。历史似乎是一个专门为英雄豪杰画怪圈的魔法师，既能让你登台，也能让你消失；既给你鲜花，也给你墓地。

那天是我生平第一次走进张氏帅府，居然像早已来过了那么熟悉，是久别重逢的感觉。我知道，我在书里在历史里曾无数次地穿过它，这个院落里走动着的人以及发生过的故事，我与它们在书里在历史里也都打过照面。我知道，不管你是谁，只要面向东北，就一定能看见这个院落这对父子。张作霖张学良不只是东北的，在20世纪上半叶中国的政治舞台上，他们父子分别扮演了举世瞩目的角色。他们将自己袒露得太充分太精彩了，他们各自那悲剧的结局太出乎意料、太绝无仅有了。当人们终于可以从容地打开历史的那一页时，当不论什么人的功过是非都可以以平等的姿态拿到桌面上书写时，张氏父子必然由现代人心灵里的特殊珍藏，变成可以自由贬损、自由崇拜的人物。

　　我一直以为，东北人看张氏父子，是看东北人自己的那种会心会意。因为只有东北这块土地，才会出产这样的父子。只有东北这块土地，才会集结出这样的人群。东北人的性格和人格，打着鲜明的东北烙印。东北人身上有一种与生俱来的悲壮。因为这块颜色深沉的土地原本就悲壮。

　　这就是张氏帅府。

　　一座红彤彤的中国式的三进四合院，两座青灰色的罗马式大小洋楼，还有七幢红色的北欧风格的小楼群。它们构成了张氏帅府，但不是帅府的全部。在帅府的院墙外还有帅府舞厅和边业银行，还有一幢日式的小巧的赵四小姐楼。可以看出，昔日的帅府是因主人的不断升迁而不断变换。越变越大，且由中而西，由土而洋。我发现，就建筑而言，帅府的色彩和造型没有风格。然而，没有风格就是风格。它的风格就是随机应变，就是膨胀和暴发。

看帅府，有一种忍俊不禁，也有一种悲凉。它既主观，又露出模仿和装扮。它把殿的威仪、王的派头摆设得很足，却又显得缺少底气、面目混浊。它的这种矛盾、这种土洋参半，让我一下子回想起20世纪初中国的图景。

从国外回来的孙中山要在中国建立一个三民主义共和国，他的追随者们一色穿着笔挺的西装，口诛笔伐地要清王朝退出历史，要让中国改朝换代。他的力量太弱了，不得不把大总统的位置让给还梳着辫子穿着长袍马褂的袁世凯。当袁世凯窃国当权，中国人也只是剪掉了辫子，军人也只是脱下了清兵的黑色勇装换上了民国的大盖帽灰制服。中国历史上，也就出现了一个北洋军阀统治时期，也就出现了靠武力控制时局的那一批人物。那时候，在中国的城市里已有了外国人的租界，有了外国的领事馆，在中国的大街上有洋兵洋绅走来走去，这便让那些土生土长的养着三妻四妾的军阀们纷纷地弃土崇洋。

张作霖的四合院,还是仿清宫王府的样式,那幢大青楼,则是照着天津的曹家花园建的。那位当过总统的曹锟当然也是从天津的洋人那里照葫芦画瓢。我看帅府,其实就是看中国废除帝制后那一段无序而又滑稽的历史,看那一群野心勃勃又脆弱无比的北洋军阀。

记得那天,我最先走进了古色古香的四合院。

它是帅府的中院。东院是大小青楼,西院是红楼群,它居中间,它也是最初的帅府。张作霖全家搬进这座四合院时,他已是奉天督军兼奉天省长。人们也就从这时开始叫他"大帅",叫他的家"帅府"。这是一座中国传统的古典式建筑,青砖珑瓦,雕梁画栋,飞檐兽吻挑脊,方砖方石铺地,还有那对面孔熟悉的石狮。在三进院的正房厢房门房乃至山墙的墙裙和础石上,镶有许多寓意深刻的石雕,那石雕有富贵吉祥功名利禄的内容,也有人人皆知的历史典故。在不太惹人注意的地方,还有以龙为饰纹的石雕画。龙是朝廷的象征,那时清廷还在紫禁城享有优待,可见这房子主人骨子里早已是不安分。最有意思的是,东北农村盛产的萝卜、白菜、茄子、辣椒、高梁、谷子，乃至张作霖老家的芦苇、河蟹，也被雕刻在石上、砖上、木头上，镶嵌帅府的墙。我想，这就是张作霖，他永远地盯着前面盯着远处，又永远脱不了乡野之气，从萝卜白菜这儿，能看见他纯朴的一角。

在走进这个院子之前，我曾经读过与他同时代的英国历史学家加文·麦柯马克写的《张作霖在东北》。那本书的开头是这么写的："张作霖是偏僻的边疆地区一伙土匪的头子，是个文盲，个子矮小，外表文弱，留着八字胡。在吸食鸦片和彻夜赌博的间隙里，他常常做着当上中国皇帝的梦。与许多可能也有过这个梦想的其他人不同，张接近于实现这个梦想，因为在称为军阀的那群怪人中，他或许是最大的一个。"

加文·麦柯马克显然是没见过张作霖，却能在遥远的英国刻画出他眼中的张作霖，可见在当时的世界，张大帅已经是个很有知名度的人物。

中国一位见过张作霖的历史学家这样写道："作霖身短小，目炯炯有光，精悍之色见于眉宇。虽出身武弁，恂雅如一儒生。遇事剖决如流，机警过人，及其怒也，须发毕张，辟易千人，故人畏其威而怀其惠。"

不论中国或外国，凡是写张作霖的人，都对他的长相感兴趣,漫画式的几个线条,就使他活灵活现。在世界政治史中,小个子男人独具魅力,张作霖显然也在此列。

在我看来,张作霖太难描绘了。他几乎让方方面面的人恨之入骨。他杀了张榕,让革命党人怒不可遏。他杀了李大钊,让共产党人忍无可忍。他一会儿助直倒皖,一会儿又联皖倒直,让那些军阀们咬牙切齿。他把日本人当靠山却不听日本人的话,让日本人暗中记着这笔账。他是谁?那套天蓝金黄仿洋式的元帅服穿在他身上有点不伦不类,帅府后来建的那些西式的灰楼红楼与他也似乎无关。他只适合做这座四合院的主人,他也只适合穿黑皮小马褂,叼着他那个大烟斗,叫嚷着他那句只有东北人才能听懂的骂人话。但在中国北方,他却统治奉天、东北、华北达13年之久,是民国以来统治北部中国最长的军阀。

即使是历史学家也得承认,张作霖是东北独有的一种现象。由穷而匪,由小匪而巨匪,再由匪而官,由小官而高官。他的人生,神秘、传奇、不可思议。林语堂在《中国人》里曾经把中国人分为南北两种。他说,南方人是商人,北方人是强盗。他其实是在说南方人精于算计,而北方人善于抢夺。在北方人里,东北人更是精通此道。强盗这词儿文了点,在东北就叫土匪。东北盛产土匪。张作霖则是东北土匪集大成者。他把土匪做到了份儿，做成了主角，做得堂而皇之，甚至做出了榜样和偶像。他身边的五虎上将，大都是绿林兄弟，他统率的奉军，也大都是他招安的各路土匪。他们是他的家丁、他的私军，是他的整个生命和全部财产。他让东北有了一个独特的土匪时代，他使东北的土匪具有地域文化的鲜明特征。

这恐怕才是张作霖。

如果他安心做这座四合院的主人，历史可能就是另外一种写法。他不可能满足于四合院，东北没有这个传统，东北的传统就是骑着马入主中原，张作霖继承了这个传统。他不是牧人也不是猎人，而是胡子是马贼。他太想当王，占山为王，是土匪时代的理想。这种理想一直怂恿着他，让他停不下来。这种理想让他当了"东北王"之后还想当"中国王"。王，已成了他血里的东西，成了他唯一的激情。于是，继辽、金、元、清，他是大东北最后一个骑手。

这个时候，帅府便是他问鼎中原的跳板，是向那些绿林兄弟们发号施令的大本营。在这个院子里，他发动过两次奉直大战。在那两次大战中，奉系的他与直系的吴佩孚，把成和败表演得跌宕起伏。一个土匪出身,一个秀才出身;一个会玩枪杆子,一个会耍笔杆子。吴佩孚光是舞文弄墨之乎者也写电文,就差不多能打赢一场战争,所以他瞧不起张作霖,总拿土匪这点事讥讽咒骂。短小精干的张作霖内心里有些自卑,外表却对这位秀才从未示过弱,他给吴佩孚的感觉是秀才遇到兵,有理说不清。然而,第一次奉直大战,秀才胜了,土匪败了,土匪有点无颜见关东父老,回来便宣布东三省独立,其实是养精蓄锐。第二次奉直大战,土匪胜了,秀才败了,秀才无处可去便渡海南逃,逃得很狼狈。然而,政治上没有永远的朋友,也没有永远的敌人。他们后来居然又成为盟友,联手去打别人。这就是李奶奶说的,那时候,军阀混战天下大乱哪!

这段秀才和土匪的故事吸引了我。我从这里看见,张作霖最怕别人揭他土匪这个短。他一直遮掩他的机警又一直编织他的网,他嘴上总说他是个武人不懂政治,却战胜了所有的人。我看见,那北洋军阀们一个个如走马灯,只有张作霖不慌不忙笑在最后。他一生进了三次关,终于在第三次就任"中华民国"军政府陆海空大元帅,把持北洋军阀最后一届政府,也就是加文·麦柯马克说的那个接近于皇帝的梦。

从一个绿林土匪爬上大元帅的宝座,说明他在政治上有成功之处。只是,他成功得太迟。当他这个老军阀走马上任时,北伐军的炮声已经震天响了,接着就有新军阀四面楚歌群起而攻之了。他又露出土匪的马脚,三十六计走为上。征服者,最终总是被被征服者所征服。他想回家。这可能是他整个人生最悲壮的一幕。

然而,历史已不再给他机会,属于他的时代就这么匆匆地结束了。

加文·麦柯马克说:"他越来越深地卷入了北京政治和全国事务,这种卷入终于成了他垮台的原因。"历史是不能如果的,但我宁愿设想几个如果:如果张作霖听信郭松龄等人退守关外保境安民的忠告,如果他不去插手中原,不去争坐北京,就不会有后院的空虚,不会有日本人的猖獗,当然也就不会发生皇姑屯惨祸,不会发生九一八事变。大清王朝当年就因为只顾进关夺天下,而让俄国人钻了空子。张作霖则因为一心想当中国总统,而被日本人害了老命,最后又端了老窝。他想要的东西太多。他的失败,归于他的贪婪。他的失败,是王者的失败。

在中国历史的漫漫长途上,遗落着许多王者的头骨、王者的隐恨,遗落着许多像张作霖这样惊心动魄的悲剧情节。王者一去不复还,他们的宫殿便前所未有地宁静下来。这种宁静,将王者的故事衬托得更加凄凉。

　　从帅府向北可以望见故宫的凤凰楼。我突然感觉,故宫老了,故宫没有等待,它已经是历史的一个场景,它在历史的正中央,它不再等谁来住,所有的人都可以走进来看看,看它的空荡和遥远。故居却有等待的意思,它没有故宫那么浓的忧伤,只是静静地站在历史的一个角落,永远是安详的,永远是焦急的。或是等待主人,或是等待主人的子孙。它每日的使命,就是翘首以盼。

　　故居是母性的,故居有家园意味。在这世间,每个人都需要家,每个人又都不安于家。家是一种诱惑,世界也是一种诱惑。而当你真正背井离乡,真正成了一个流浪的人,你才会明白,无家可归是痛苦的,有家不能归更痛苦。

　　走进大青楼的那一瞬,我体验到了张学良心里的那种疼。

　　不知为什么,我明明知道张氏帅府是张氏父子共同的故居,却总认为四合院是老帅的,大青楼是少帅的,只有走近了大青楼才走近了少帅,他们父子是两个不同背景里的人。

　　大青楼因为高敞华贵,它的空寂就比逼仄曲折的四合院更显得落寞酸楚。它的主人从那个春天离家去北平上任陆海空副总司令，就再也没有回来。那年他才30岁。他离家的时间太长，他的离家，不是逃婚的那种，不是躲债的那种，更不是杀人避祸的那种。他从没想过离家，他每次离家都很快就会回来。父亲在的时候，他是父亲的儿子，父亲不在的时候，他是东北父老的儿子。他始终让自己扮演儿子这个角色，他喜欢这个角色。儿子意味着年轻、忠诚、有未来。儿子更意味着对家族家乡的责任。他是那年的4月18日离家的，9月18日突然间降临的一场灾难，使他再也不能回家。大东北如站在熊岳望儿山上的那位母亲，一夜之间黑发变白发。而他，也是在想家的路上一程一程地苍老。

可以想象出帅府当年的喧嚣和华丽。即使老帅死了，男女老少兄弟姊妹，仍是团团圆圆的一大家人。老帅留下的那些家私家财还秩秩序序地原地未动，少帅的办公室还是他走时的样子，桌上只是落了一层轻尘而已。这儿仍是东北的政治中心，仍是东北的灵魂所在。但这一切，他突然间就再也见不到了。一家人作鸟兽散，所有的宅院都遭到了暴徒式的洗劫抢掠。赫赫帅府，顷刻间变成了一座空巢。而他，一下子就成了无家无根的漂泊者。他与他的父亲不一样，父亲毕竟死在回家的路上，毕竟回到了家。他活着，却被那个时代放逐了。

　　如今，据说他终于可以在这个世界上自由选择一个住的地方，他选择了夏威夷。夏威夷在太平洋上，美而孤独。我想，当这位老人每天晒着夏威夷黄金般的阳光，听着海浪不断拍打着银色的沙岸时，内心一定翻腾着比夏威夷更孤独的乡愁。几乎所有与他同时代的人都不在了，无人可以与他对话，他只有在心里自说自话，或者，只能与历史对话。听说他已在口述他所经历的历史，听说有关西安事变的真相他将在2002年公之于世。难道这世界还有另外一个真相吗？难道我们口口声声有鼻有眼说的一切都不是真相吗？这个像历史一样古老的老人说，历史是人说的。那么，历史并不可靠，历史可以篡改，他要揭穿历史？这是多么可怕的事情！也许是这位老人太爱我们人类才一直缄口不语的，他在尽可能地让我们多过一些平静的日子。

　　然而2002年的那一天，他究竟要告诉我们什么？

　　我总觉得，他是在他父亲死后凸现在中国历史的大命运中的。在他的天性里，有他父亲的狂野。他的直率，他的哥们义气，他的生死不辞，都在证明他是东北的一个著名的大土匪的儿子。但他同时又是一个被中国封建和西方文明共同铸造的男人,这使他比他的父亲更复杂、更狂傲。他也有王的概念,或者说他就是一个王。否则蒋介石不会在临死前还要告诫后面的人:不要放虎。他的确是一只纯种的东北虎,然而他还有合作的概念,不做独夫,一切为邦国计。比如东北易帜,即是一种献身精神,一种真正的王者风范。

历史是这样定格的。他从父亲的身后走上中国的前台时,才是一个独立的人,一个比他父亲更能影响历史的人。虽然他的政治生命很短,他做的事却很密集。在这密集里,至少有三次高峰,正是这三次高峰,把他彪炳在中华民族的史册上,罕有人可与伦比。

东北易帜,既是听从蒋介石的呼唤,也是他自己心灵深处的秘密。日本人没有驯服他的父亲,便想让他当满洲皇帝,因为他没有答应,日本人这才选择了溥仪。他手中有孙中山先生题赠的四个大字:天下为公。那是孙先生的绝笔,他便把它当作是留给自己的遗嘱。从此他的心里就只有天下,只有公家。接过父任之后,再也不会像父亲那样只管争地盘,他认为那是农民式的自私。于是,他让东北的上空,降下了北洋军阀的五色旗,第一次飘扬起国民党的青天白日旗。他不要东北的独立，不与日本人同流，坚决要以这个方式实现埋在他心底的父仇子报。

易帜不久，蒋、阎、冯中原大战爆发，中国的统一受到威胁。他亲率20万东北军进关，以武力帮助蒋介石调停这场内战。他曾经帮他父亲打了许多年的内战，那是父命难违。如今他终于可以按自己的意志做事，可以亲手熄灭这团鬼火。正因为他的出手，那场大战很快就偃旗息鼓。后面的历史却又证明，在那样一个乱世，他那种善良和义气，有点像西班牙那位与风车作战的堂吉诃德。

接着，就发生了那场震惊世界的西安事变。那时他在西安，西安像历史的一个紧要关头，面对陕北就是打内战，面对东北就是抗日。如果说九一八事变让他有家难回，且无颜见东北父老，那么发动西安事变既是为了让东北流亡者能早早回家，也是为了让中国不要分裂。这样的心情，使他像一个任性的孩子。而他的错，或许就在于他以孩子式的天真对待刀光剑影的政治。那场事变，既改变了中国的命运，也改变了他自己的命运，他在成了中华民族千古功臣的同时，也成了中国历史上最特殊的政治犯，成了永远的囚徒。

千古功臣。这个桂冠很久以后才戴在他的头上。他曾经被这个世界所指责所误会，甚至被自己所信赖的人以委婉的方式出卖和遗弃。只有他自己知道他看见了什么、听见了什么、面对的是什么，他的泪已不知往哪儿流。20年后，周恩来在评价张学良时用了一个绚丽而又抽象的词：千古功臣。这个国家，因为他而有了国共第二次合作，有了统一战线团结抗日，有了后来一切的一切。因为后来的一切都是从那场事变开始的。那场事变，却成了他政治生涯的顶点，也是终点，使他从此在中国的政治舞台上消失。

我想，那其实是一个没有人格的时代。既没有领袖人格，也没有走卒人格。他却向那些机巧的南方人展示自己纯正的大东北的豪侠人格。在西安的酒桌上，他在杨虎城面前一连摔碎了两只杯子，大丈夫一言既出驷马难追，他情愿投进罗网，而且永不言悔。这真是一种尴尬，当他被他称为兄长的南方人关了禁闭，当他的自由被拴着绳索在南方潮湿的季节里迁来徙去，当他知道自己将为那场事变付出一生的代价时，他该怎样为自己是个东北人而悲哀？

他后来的踪影，严严实实地藏匿在那座翠绿的岛上。手中一部《明史》，身边一个女人，就是他的全部日子。有一天，他读着读着，突然发现历史是人说的，是永远也无法真实的，他便扔掉了那本厚厚的古书，读起了《圣经》。曾经的少帅，曾经的关东骄子，曾经的中国栋梁，步履蹒跚着走向上帝，并向上帝跪下。任何一个中国人，望着他苍老的背影，都应该为这个国家、这个民族心痛。他不是生来的基督徒，他是在人世间碰得头破血流之后，是在经过了漫长的等待、漫长的煎熬之后，是在对自己的同类失去信心却又想自我救赎之时，毅然决然皈依上帝的。这是一个人绝望之中的潇洒。与基督同在，与上帝同在，才觉安全，才觉真实，这其实也是人类之大不幸。

在台北，他与蒋介石在同一座教堂里祈祷，却从未在那里见过面。他们都是上帝的儿子，在上帝面前，却不知他们各自说了些什么。我想，张学良说的就是他要到2002年才说的话吧？

这世界，有智者的孤独，有王者的孤独，张学良是后者。也许他就该是这样的。他身上王的气息太逼人了，让别人感觉压抑，感觉紧张，甚至感到威胁。这正说明，他不是虎落平阳的那种孤独，而是被人畏之如虎的那种孤独。如今，虽然他已经重新回到山野丛林，老虎威犹在。他仍然不能实话实说，他仍能让这世界因为他的某一句话而翻天覆地。可见这世界是多么脆弱，这世界有多少见不得阳光的东西，而我们每天就在这样一个不真实的世界中过着自以为真实的日子。

夏威夷岸边的老人,你还在想着你年轻时住过的家吗?一位马来西亚华人朋友告诉我,台湾的报纸上曾登过一句诗的上联:"烟锁池塘柳。"向读者征它的下联,不仅要对仗,还要分别以"火、金、水、土、木"为字旁。你读到了这天的报纸,并很快就对出来了:"炮镇海城楼。"那位朋友对我说,只有张学良能想出这样的句子,他是将军,又是海城人。是的,海城是你父亲的老家,你的爷爷死在那里,你的父亲也险些死在那里。你们一家从辽南走到辽西,又从辽西走到沈阳。其实东北处处都有你的家,它们因为你不在而一个一个地空空荡荡。这个国家就是你的家,你为它做过,付出过,你理所当然是它的主人。你不回家,是它的耻辱,也是这个家所有的人的耻辱。如果有一天,我能在夏威夷海边与你不期而遇,我会红着脸告诉你:"我们都欠着你,欠得太多,可是,回家吧。"

然而,你为什么就站在太平洋的那个小岛上,远远地望着世界,望着故国,却不走近一步呢?你真的就是为了向人类宣布一个真相而静静地等在那里吗?或者,你现在仍是一个戴枷锁的人，所谓的自由都是假象？那么，你的小老乡在这里祝你长寿，祝你在主的世界获救以后，在人的世界最终也能够获救。

可是你听过那支著名的萨克斯曲吗？它的名字叫《等你回家》。每次听这首曲子的时候，我就会想起你，就想落泪。因为，我在等你回家。

我们都在——等你回家。

第二辑·风俗

黑颜色

那座山岭一直在远处诱惑着我。

那座山岭原本不叫那个名字,因为有人写了一本书,它便与一个土匪和一个英雄的名字连在一起,成为一座真实的山岭。

其实随着匪首就擒和英雄凯旋,那座山岭便在故事发生的那个大雪的早晨坍塌了。然而,那座山岭又永远地耸立着,成为一个见证,一个注脚。山东出响马,关东出胡子。响马和胡子都是土匪。在那个特定的历史时段,土匪确曾充斥了东北,人们在想象东北的时候,总会在那一望无际之中,看见一支支凶悍残忍的马队,看见一张张野性的布满杀机的脸。这或许就是我一定要去寻访那座山岭的理由吧。

我是从佳木斯去牡丹江的。小火车走得很慢,几分钟就停一次。车上没有女乘务员,只看见一个不到退休年纪就已经很老的老人穿着铁路标志的服装在过道上偶尔地走过去。那节卧铺车厢只卖了中下铺,我要的是中铺。我的下铺是一个壮实而且有点精明之气的老人,对铺两个是衣着还算体面的青年人。大家都不说话。这将是一天的车程,一天里为了不上厕所,我一口水也不喝,午饭是两根香蕉。下铺的老人将这一天过得十分从容,刚坐下就在茶几上摆出一个装着小咸菜和花生米的饭盒,接着又摆出一瓶榆树大曲,一包力士牌香烟。我躺在中铺悄无声息地看书。一会儿,烟味上来了,那老人在抽烟。一会儿,酒味上来了,那老人在喝酒。一会儿,呼噜声上来了,那老人睡了。过一会儿,烟味又上来了,酒味又上来了,呼噜声又上来了。一天之中,它们周而复始。我根本没去注意那两个年轻人,他们太文弱,目光里似乎也有一丝怯意。老人身上却有一种原始的让人害怕的东西,他太像那本书里写的那个人物。但这一天什么也没发生。快到牡丹江时,我从中铺安全地下来,又安全地坐到过道的折叠椅上。当我面对面看着发出烟味酒味的老人时,我发现他的眉目之间大量散发着慈祥的内容。分别时我将佳木斯朋友送的一袋子水果转送给他,他说声谢谢,没有推辞。

我之所以要如此细致地描绘那节卧铺车厢的情景,是因为我从走进东北就一直处于紧张状态。我以为,任何一个女子,当你独自一人在大东北的平原或山林里行走的时候,都会感到那种无所不在的恐惧。你总是被那个悠长的黑色的阴影笼罩着,并产生联想。

要知道,我前方要去的是威虎山呵!

那天,我约了牡丹江的两位朋友一起去做这次旅行。与我一样,威虎山在他们心中仍是传奇。对滨绥图佳保安第五旅旅长座山雕,仍是在那本书、那个电影、那个样板戏里获得的印象,对我千里迢迢的寻访既感到惊讶又表示赞赏。威虎山就在距牡丹江几十公里之近的海林,他们无数次去过海林却从未去过威虎山,所以他们撸胳膊挽袖子仿佛进山剿匪一般激动。

记得我是在小学5年级时从同桌的男生手里借到《林海雪原》。书主明令我必须在第二天早上打铃上课前把书还他,否则不借。那个晚上,我直等到母亲上炕睡下,才谎称复习功课把饭桌安放在母亲烧火做饭的灶坑前,添满了灯油,开始看那本盼望已久的大书。我一夜未睡,终于赶在母亲起来做早饭之前将书看完。照照镜子,脸让灯的油烟呛成黑色,两个鼻孔更黑。就在那个晚上,我与英雄和土匪相识。对英雄是爱,对土匪却也不只是恨。我更多是想，那片林海雪原里怎么会包藏了那样一种人生！

如今写土匪的书早已不止《林海雪原》，写土匪几乎成了时髦，成了东北人的一种炫耀。那团已经飘逝了的黑颜色，又重新被搅起。东北原本就没有士大夫文化，俗文化一直就是汪洋大海。城里的出租车司机、乡村的马车夫，每天最爱听的就是写张大帅吴大舌头的小说连播《乱世枭雄》。东北的土匪被以通俗的方式描写着，并以通俗的方式传播着。土匪成为东北俗文化里最叫座的文本。我再也不是初读《林海雪原》时的心情，打开东北，它有许多经历、许多故事，土匪绝对是它永远的尴尬和缺憾。

中午到达海林。海林因为县改市，又新建了不少高楼大厦，满街都是"威虎山"招牌：威虎山小吃店，威虎山大酒楼，威虎山牌啤酒，一个比一个逼人，让我觉得我已经进山了，已经离那个松柏参天、奇峰异洞、九群七十二地堡的匪窝很近了。这很可理解，那座山岭让这个毫无个性的小城市有了个性，让没有机会的今人有了机会，他们终于可以放纵地演绎现代欲望。曾经是灾难，现在变成吉祥。

带我们进山的海林朋友是位局长，他手中很奇怪地拎了一瓶红油漆和一只小刷子，我们坐上一辆北京吉普出发了。威虎山在《林海雪原》之前叫大夹皮沟，小说家在写这个故事时将吉林的威虎岭挪到了这儿，从此大夹皮沟就叫成了威虎山。然而吉普车跑了将近一个小时后，在距威虎山不远的地方，仍看见了一个名叫夹皮沟的小镇，临街的几间小店铺，门旁挂的牌子都冠以夹皮沟字样，好像怀旧似的，告诉你夹皮沟还在。吉普车没有停留，我的目光却久久地徘徊在那条寂静的街上。我想，李勇奇一家说不定还住在这里。

车继续向山的深处驶去，直到在一条幽长的被蒿草遮蔽的毛毛道上实在开不动了，我们才下车徒步，大家拨着人一样高的蒿草又向前走了20分钟左右。终于，眼前出现了一块刻着"威虎山"三个大字的石碑。字是用黑色的漆涂的，快剥落干净了，可见这里已经很久没人来过，可见人们对威虎山的态度曾经是保守的。这时，局长朋友拿出了他带来的红油漆和小刷子，原来他此行的另一个使命就是把威虎山由黑字涂成红字。

然而，这就是威虎山？

它只是很远，却并不高峻。一条长长的山沟，两侧如壁的山岭，使它更像一个宅院。我们访客一般走到它的阶前，平常得让人倦怠。绕过那块石碑，局长朋友带我们向半山腰爬去。

山腰的平坦处,有一个支离破碎的窝棚,附近还有一眼寂静的山泉。局长朋友说,这就是当年座山雕的威虎厅,不过是一个地窨子,座山雕被杨子荣抓了后,他的老窝就塌了。后来,因为出了那本书,林场工人怕人们忘了那地方,就在土坑上支了个窝棚。那块石碑也是后来才有的。

曾经是一个既令人惧怕又让人向往的诡秘之地,居然是如此的朴素无奇。原先的那种兴奋顿然消失,几个人在那座山岭上呆坐了很久。四周静极了,动的只有蝴蝶。草尖上,野花瓣上,无数的白蝶黑蝶花蝶飞来飞去。蝴蝶让我想到了女人。我明白了那个女人为什么叫蝴蝶迷,为什么这一带许多女匪首都叫蝴蝶迷,在清一色的山里,在清一色的男人堆里,蝴蝶的确是女性的。

那蝴蝶还让我想起另一座山岭上另一个女人的故事。她是20世纪20年代吉林的一个著名女匪,被官兵捕获后在长春三马路东头撂荒地执行枪决。那个场面曾经震惊全国,上海《申报》写道:"当其押赴刑场时,该匪身披大红库缎平金猞猁斗篷,内穿宝蓝狐腿旗袍,头戴白皮暖帽,面不改色,貌颇不恶,殊不知其杀人不变色之悍匪也。观刑者人山人海,该匪站立囚车上,向众人曰,'我名张素贞,驼龙系我外号,今年25

岁，奉天辽阳人，19岁下窑子，大龙花3000元替我赎身，遂跟大龙前后为匪6年，死我手下者不知几千人，一个娘儿们，能纵横数百里，屡抗官兵，总算露脸了，今又承诸位盛情走送，谢谢……'"一个女匪，在这里被描写得凤鸦难辨，而且她一直就成为一个谜。东北的男人女人，几乎没人不知道这个大号驼龙的女人，她的人生在各种版本的书里翻印着，她成了史学家研究的课题，通俗小说家猎奇的对象。我只是不明白，那么美丽柔软的女人，灵魂为什么突然就能撕裂，手为什么突然就能杀人如麻。人是多么神秘呵。在人性深处，善不可测，恶更不可测。然而，让女人以这种方式沉沦，能说不是东北的悲哀吗？

称霸山岭的当然是男人，但我无论如何也难以想象眼前这座山岭曾经是一个有着四十年胡匪生涯的座山雕的巢穴，面对着它，我看见了一个老土匪的纯粹和顽强。在此之前，我去过沈阳张作霖的大帅府，读过一本描写吉林夹皮沟著名金匪韩边外家族的书。张氏韩氏都是由土匪起家，又由土匪而进入政治。他们双手沾着血从山岭上堂而皇之地走进城市，走进官场，走进大庭广众，走进东北的野史。他们是另一种土匪。座山雕却是一个真正的土匪，他永远守在山岭，山岭是他的信仰。听说，当他被杨子荣从那个阴暗的地窨子里活捉时，目光里有一种梦醒般的沮丧和不甘。在监狱里，他不吃不喝，也没有语言，一直到死，圆满地完成了一个老匪巨匪的悲剧。

在东北部那片山岭里，蝴蝶迷有许多个，座山雕也有许多个。座山雕是一个符号、一个代名词。在近代史上，他们盘踞了东北，让东北有了一个独特的盛产土匪的时代，土匪居然成了许多男人的人生理想和英雄情结。最多的时候，曾有几十万男人加入此列，大匪小匪，密集如蚁，东北承受了一次恶性的繁殖。养儿当土匪，是东北作家萧军的小说里写过的一种奇异的乡俗。南方出身的林语堂在《中国人》里则下过这样的定义：南方人是商人，北方人是强盗。精明与野蛮，一江之隔。在寒冷空茫的背景里，北方的男人已经被规定成一种角色。

在我的印象中，土匪这个字眼本身就隐含着不屑和蔑视。土匪，一曰土，二曰匪。土是乡土。东北的土匪与关内的土匪是两种装扮：关内的土匪外表显出一些儒雅，绸裤、皮鞋、墨镜，且油头粉面；东北的土匪则是叠裆大棉裤、狗皮帽子、乌拉鞋，土得掉渣。不论他们曾经是纯朴的、有良知的、侠义的，还是原本就属于流氓赌棍不逞之徒，他们是破落的东北牌农民。没有文化,只有信条。那信条是物质化的,或图官或图财或图享乐,他们为此而去巧取豪夺,将人性的丑张扬到了极致。

匪则是精神的丧失。任何宗教点化不了他们,有奶便是娘,效忠与背叛,在他们是游戏,是眨眼之间的事。在匪的世界里,此岸是黑色,彼岸还是黑色,黑色来自内心,来自灵魂,并指引着灵魂的方向。他们是精神的屠夫,又是肉体的杀戮者,曾经将东北踩躏得体无完肤。那群人即使在后来消泯成白骨,他们的精神也总是要有一些遗留的。后代的东北人在大发豪气的时候,总让人疑疑惑惑、隐隐约约地看出些匪气。

一个土匪时代,绝不是偶然发生的,而是东北的宿命。东北太特殊了,既是日俄两强觊觎的肥肉,又是关内移民者谋生的沃土,这片原本属于游牧者和猎人的领地一下子变成了被外忧与内患挤逼的夹缝。移民者本是最有生命气息的人群,但移民者内心裹藏的那种绝望,又使他们最具破坏力。在他们还没有扔下手中的讨饭棍,生存状态还相当严峻时,做土匪便成了一种极端的人生选择。我发现,那些可以叫出名字的老牌土匪,没有一个不是闯关东的移民者或他们的后代。当我把他们置入移民文化的背景里,我的心便被触疼了。这其实是移民者共有的心态，我知道许多人如我一样，在回望那段历史那一群人的时候，有可能惶悚，却不会觉得陌生。东北从来就不是梦幻的，我们祖先也不是朝圣者，他们成群结队地来，所面对的，就是死或者活。生的本能驱使着他们，东北于是被追逐和洗劫，走向喧哗和陷落。

那座山岭，此刻正浴满阳光。在我心中，却是一个沉重的景物。它永远不会被遗忘，也不会消失。就像历史。

晚上，我们坐在海林市内的一个小酒馆里，喝牡丹江牌白酒、威虎山牌啤酒。酒桌上就我一个女的，却不容分说，喝酒。先喝白的，后喝啤的。喝白酒时全桌共用一只啤酒杯子，轮流着给每人倒满一杯，一杯要一口喝下去。也许是因为刚刚从威虎山上下来，也许是因为这酒也是威虎山的，也许还是那些男人个个都太能喝，那个晚上，我身上潜在的野性被唤醒了。那个晚上，我不知究竟喝了多少酒，只记得那杯酒只要轮到我这里，我就一饮而尽。那时的我，其实是在非常清醒地试探自己，我看见我这个外表文静的女人，诡怪而又陌生。

喝酒的人中，有一位曾在县剧团唱过少剑波，于是就有人唱杨子荣、李勇奇。我则唱小常宝和李勇奇他妈。所有的人都大红着脸,所有的人都大嚷着嗓门,仿佛不这样就不是威虎山的人。"朔风吹林涛吼。""穿林海跨雪原。""早也盼晚也盼。""八年前风雪夜。"先是如喝酒那样一个人一个人地轮着唱,酒喝多了就开始抢着唱,最后便是东倒西歪地唱。从来也没唱过这么多歌,从来也没醉着唱歌。大喝大唱的时候,我仿佛又回到了那座酷风野习的山岭。

那次酒醒之后,我想,在这个世界上,最可怕的不是洪水猛兽,而是人类自己。那个喝酒的夜晚,不久也将变成一个故事。

纵酒地带

史书上说，酒是男人发明的。

最早造酒的人叫仪狄，有《世本》和《战国策》为证。它们说"禹时仪狄始作酒醪"。不过夏禹很讨厌那个做酒的仪狄，禹认为后世必有因酒而亡国者。可见在那时就已经有许多身份不低的人常常喝大了，让禹在浓烈的酒醪里闻出了一股不祥之气。禹的感觉其实没错，到了商末，酒果然就喝得"靡明靡晦，或呼或号，俾昼作夜"，从官到民已经喝到了"举国失日"的地步。那纣王上梁不正，抱着狐狸精一样的妲己，"以酒为池，悬肉为林"，硬是将一个商王朝在酒色里沉没了。

《世本》和《说文解字》又说，"少康作秫酒"，"古者杜康初作秫酒"。少康杜康是一个人。后世很多人却不知有仪狄，只知有杜康，大半是因为曹操写的那句诗："对酒当歌，人生几何！……何以解忧，唯有杜康。"人们很容易就把杜康当成发明酒的人。秫酒是高粱酒，其实只不过是从杜康开始造出了高粱酒，而仪狄造酒时用的是黍稷粟稻，仪狄时代还没有高粱。杜康名气大是因为他的功劳的确不小，今天的美酒比如茅台、泸州老窖、西凤、双沟等都是用高粱酿造的。大约是因为高粱酒好喝，才让那个仪狄黯然失色的吧？

仪狄、杜康都是男人。然而，尽管史书上明白地写着男人造酒，我却始终觉得酒是女人发明的。十几年前，从陕西眉县杨家村挖出了大量陶制酒器，有小杯、高脚杯，还有陶葫芦，专家认定它们出在新石器时代仰韶文化中期。就是说，在仪狄杜康之前，人类就已经受用酒了，只是没记载它。它诱发了我猜想的兴趣。

我想，远古的时候，男人狩猎，女人采集。男人发现了火，并用火将猎物的肉烤熟了吃，人类从此便结束了茹毛饮血的时代，大脑的沟回越来越曲折深奥。农业却是女人发现的，她们采来各种各样的种子之后又重新埋进土里，野生稻就变成了家稻。那晶莹的稻米用水浸过，在炎热的夏天里居然发酵了，散发出一股奇异的香气，饥渴的男人不管不顾地咕咚咕咚喝下去，不一会儿就开始大笑，开始舞蹈，最后竟深醉不醒了。于是那个被叫作酒的东西就这么诞生了。

女人淘米，却为人类造出了酒。好酒的男人动了动脑子，便发明了杯子。比如前面说的杨家村出土的那些专门用来喝酒的陶器，再比如那座著名的殷商废墟半坡村遗址，最惹人注目的青铜器也是酒杯。至于"葡萄美酒夜光杯，欲饮琵琶马上催"，那杯则是玉做的。男人因为爱酒而创造了各式各样的酒杯。

七千年的稻谷五千年的酒，女人发明酒的时候，绝不会料到酒能让男人如此疯狂。传说汉代的司马相如爱喝酒，因为无钱，竟把身上的皮袄拿到市上换酒喝。传说晋代竹林七贤之一的刘伶经常乘鹿车携酒壶放荡街市。有次他喝了杜康造的陈年老酒，居然一醉三年不醒，留下了杜康造酒刘伶醉的美谈。杜甫将李白写得就更加可爱："李白一斗诗百篇，长安市上酒家眠。天子呼来不上船，自称臣是酒中仙。"酒的故事，个个经典。

这世间既有了酒，就再也收不回来了。是福是祸，女人已管不了了。

酒与东北人相遇，我想与肃慎氏有关。他们那时经常向周王朝进贡一张兽皮或一支弓箭，每去周王就命人赐酒，那粗野的猎人见了酒还不发疯？喝得上瘾了还能不把那中原的酿酒术带回去试试？《后汉书·东夷传》就有这样的记载："东夷率皆土著，喜饮酒歌舞。"那时东北的大平原上已经收割一种叫稷的谷物，《魏书·室韦传》载："有麹酿酒。"《魏书·勿吉传》则记下了做酒的方法以及酒力："嚼米酝酒，饮能至醉。"

酒在古代一直被看作是神圣之物，喝酒多是在结盟、祭祀、宴客的时候。古代东北的帝王们也学中原皇帝的样子，给酒渲染上一些宗教的礼仪的色彩。契丹王给宋王的生日礼物，是二十壶自酿的酒。新罗人给契丹人进贡，则是上百瓶醋过的清酒。俘掠财物，或征讨凯旋，庆功的时候，也是赐你酒喝。大碗喝酒。

东北虽没出过纣王那样的人物，却有一个辽穆王。记得1996年夏天，我独自一人爬上北镇医巫闾山顶时，曾在辽太子读书处小坐了片刻。那里确是清静。然而我没闻见书香，却嗅出一股酒臭。我想起了太子的重孙辽穆宗耶律景。他是辽的第四代皇帝，平生只有三大爱好：一是打猎，二是喝酒，三是睡觉。他能置国事于不顾，一连几个月住在山中，手持一种名叫海东青的猎鹰，发现天鹅就将那鹰放出去，看它们在空中搏杀。当天鹅被海东青咬住坠地，他便将天鹅翅插到头上饮酒跳舞，通宵达旦。回到京城，只要听说哪个大臣家有好酒，便会亲自临幸，喝到高兴处就胡乱赏赐。总在大臣家喝酒也觉无趣，就化装成平民到闹市的酒家去喝。968年正月十五日夜，京城办灯会，他又悄悄换了衣服去一家小店喝酒，竟连喝三天才回朝。因为总是晚上喝酒，白天睡觉，大臣百姓暗地里叫他"睡王"。最后，当他在某个夜里烂醉之后又要厨子上酒菜时，被他的近侍和厨子用短刀刺死了。那年他才39岁，因酒而死于非命。

耶律景的故事如今已经成为一个典故，镶嵌在东北的历史上，成为东北人好酒的注解。而酒对于东北人，似乎是一种天赐，东北人自认有喝酒的理由。

东北冷。我能想象出那些孤独的游牧者和猎人面对冬天时的无奈。肃慎人为了抵御寒冷，曾经往身上涂抹猪油。他们把乌拉草当宝絮在靴子里，也是因为寒冷。然而什么都不如酒。有酒，他们在冰天雪地上还能多待一会儿，猎获也会更多一些。所以酒从中原来到东北，不啻是雪中送炭。只要那酒喝上了，他们就不会停止，喝就喝个海量。直到现在，鄂伦春猎手的酒量仍大如远古。

东北猛兽多。在人与兽对峙的背景里,喝酒简直就是一种大美。酒壮英雄胆。猎人在面对野兽的时候,因为多喝了几碗,那潜藏的野性就会像从魔瓶里突然间蹿出。酒让他们比动物还凶猛。施耐庵和罗贯中只知道宋朝有两个能喝酒能打死老虎的好汉,在大东北的深山老林子里,谁能数清究竟有多少个武松李逵!

写这篇东西的时候,正播放电视连续剧《水浒传》。看梁山好汉喝酒,真是痛快。东北人许多是中原人的后裔,古代闯关东的流民,多少带一些梁山传统。他们与土著的牧人猎人相遇,大家都够粗豪,相见恨晚,以酒放狂,酒力自然猛过从前。东北人的酒量也就无法不大了。

酒在东北,就这样汪洋恣肆起来。酒是血管里的血、肉体里的支撑,酒是暗淡日子里的福,酒是绝望之中的希望。酒在苦寒的乡村已自成习俗,酒在雪白雪白的原野则是一道油然而生的冻土景观。大东北似乎理所当然地就应该是一个纵酒地带。

小时候在乡村。乡村并不是天天都有酒喝,日常能喝上酒的是家中的老爷子或父亲。不管有没有好菜,不为吃菜,一盘咸萝卜条,也要烫上一壶酒。酒也不是什么好酒,地瓜烧。地瓜烧喝多了烧心,烧心也喝。乡村人喝酒喝得苟且、酸楚。我在家里从未喝过酒,家里的酒轮不到小孩子。但乡村里总会发生红事白事,这个时候,大人孩子便可以平等地喝酒。乡村不论喝喜酒还是喝丧酒都叫"坐席"。我常常跟着母亲上谁家去坐席。对好酒的男人而言,那一次一次的坐席,就是喝酒。男人喝自家的酒从来喝不醉,如果坐席,他们就非醉不可,一醉方休。

  乡村的风俗就是谁家有事儿,谁家摆席。凡摆席就要请一个大帮忙的。大帮忙的在乡村是一种特殊的角色,他掌管着酒,他知道谁跟谁能坐在一张桌上喝酒,谁跟谁不能坐在一张桌上喝酒,因为有仇的人常常借酒盖脸挑事打架。我家那个屯子中间有条河,河南有个大帮忙的,河北有个大帮忙的。河北大帮忙的我叫二大爷。他做大帮忙的时候,身后还有一群小帮忙的,端壶端碗地欢跑。他看上去并不忙,只是站在那里指手画脚,来坐席的人都得听他一人摆乎。大碗喝酒,喝酒就上脸,说说话就有两个人你抓我挠起来。乡村永远是宗族社会,为一块地界石、一片茔盘地、一棵树,就能记几辈子仇。坐席时大家非见面不可,喝酒便给打架做了引子。开始时大帮忙的根本不劝。实在不像样子了,他一招呼,那群小帮忙的便不分青红皂白,将那两个醉汉一块儿扔进猪圈吃粪去!于是就有了笑话,人们坐完了席,回家还能乐半月。半月之后,又有谁家的姑娘要出门子了。乡村的酒宴不撤桌儿,像吃共产主义大食堂。

我就是在跟着母亲坐席的时候发现了自己能喝酒。我和几个小孩子坐一个桌,那其实不算是桌,而是一扇门板。满院子都是这样的门板,用几块土坯垫起来就是桌,八个人围一圈就叫坐席。与大人一样,我们小孩子也每人守一个空着的大碗,坐在土坯块上等小帮忙的来上饭。小帮忙的来了却说,坐席要先喝酒后吃饭。于是他就往每一个人的碗里倒酒。开始时不敢喝,看别人大口喝了,而且大口吃菜,就有点儿馋,一闭眼,便把那碗酒全喝了。一股呛人的地瓜干子味儿,赶紧夹菜吃。满桌子都是清汤炖菜,只有一个碗里有肉,一人也只能分吃一块薄薄的肉片。酒却是学会了。乡村的席,不但让乡村人有了纵酒的场所,还教唆出他们的孩子。乡村的孩子,最初都是通过坐席尝到了酒的滋味,后来又通过坐席迷恋上酒。乡村的席,浇灌出乡村人的酒量,也浇灌出乡村人的气质。

走进城市以后,酒能让我常常生出一股怀旧情绪,不论与谁坐在一起,端起杯子,眼前就浮现出儿时跟母亲去谁家坐席的情景。所有的日子都是饥饿的、苦涩的,只在坐席的那天,我的胃口是饱满的,连夜里的梦都是甜的,散发着呛人的酒香。

乡村人现在仍然这样坐席,这样喝酒。只是酒和菜比以往有了些质量。仔细一想,那教会我喝酒的乡村的席,多少还带点儿中原文化气息,礼的色彩很浓。喝酒的人虽然戴着狗皮帽子穿着叠裆大棉裤,仍属于文喝。

在东北,其实真正能喝酒的人不在乡村,尤其不在辽南乡村。辽南人甚至不能算真正意义上的东北人。酒的盛宴在深山老林。酒在那里喝者众,喝得也野,牧人、猎人、采参人、淘金人、伐木人个个都是酒漏子。然而,山林里的那种野又不光是男人,还有女人。

我这样写,是因为我没有亲眼看见那些男人是怎么喝酒的,但在长白山地游走的时候,有人向我流露出女人与酒的故事。那些女人肯定也坐过我老家那样的席,但她们还另有自己的席。从长白山流淌出三条江:北是图们江,南是鸭绿江,东北则是松花江。木帮们冬天伐木,夏天放排,他们远离了女人。守空房的女人,便与酒为伴。木帮的女人们面对酒的时候,眼里没有贪馋之色,总是喝一杯自己的酒,再喝一杯丈夫的酒,喝就喝得很多很痛快。女人们喝酒的时候还要说,还要唱,还要大喊大叫男人般地撒泼。以酒放泼的女人终于醉了,醉了也就不知道想人了。

她们是上一代女人,如今已步履蹒跚。她们老了。听说后来的长白山人曾不理解她们,说她们当年的酒喝得丑陋。那么什么是美呢?纯粹为了爱而喝而醉而唱而泼的女人,就是最美的女人。

> 老恶河,十八浪,浪浪打在心坎上。
> 逼近黄石头,木排抖三抖,
> 把心衔在口,把命攥在手。
> 哥哥你这一走,撕掉妹妹心头肉,
> 恨只恨那晚上,亲你没亲够。

这是比《纤夫的爱》早了上百年的长白山女人的情歌。她们因为喝了酒,而把比酒还烈的爱晾晒出来。这难道不美么?

喝酒最野的肯定是男人。打动我的,却是长白山女人。女人喝酒悲凉，而不是悲壮。喝酒的时候，悲凉比悲壮更有意味。男人喝酒，恰恰因为缺少悲凉感，而露出一些故弄玄虚的苍白。

记得有一年去南方参加笔会，酒桌上，一听我口音就知是哪来的。东北人？能喝！立刻上酒。那一瞬间，我这个文弱的东北女人在南方人眼中一下子变成了粗夫莽汉。东北并不出产四川和贵州那样的名酒，东北人却以能喝而著名。我着实为东北的乡亲尴尬了一会儿，始终没喝那杯酒。从那一瞬间开始，我对酒刮目相看。酒真是博大精深，它在所有能吃能喝的东西里是最有文化含量的，它让人一眼就认出了我是谁、我从哪里来，好像东北人脸上贴着个标签。

南方人的感觉也并不错。那次我走到延吉时，听说延吉每年人均能喝近百斤白酒，酒在他们的人生里，已是不可或缺。记得当时我丝毫不感到惊讶，我已经走了许多地方。在东北，无论你走到哪里，都有人与你碰杯。无论你走到什么地方，一定有那个地方自产的酒，而且白酒果酒啤酒一应俱全，虽不是名牌，却有成千上万的人在喝。那段日子，只觉得电视的每一个频道都放射着辛辣的酒广告，所有的饭桌都是酒桌，有的人甚至一日三餐都要喝，喝的人唱道："早晨喝酒迎朝阳，中午喝酒斗志昂，晚上喝酒睡得香。"酒喝到这个份上，不单是乡村人的那种酸楚和苟且了，简直就可以说是行尸走肉了。因为人一天总在这样氤氲的氛围里，谁都无法清醒地做人。

我发现了一个秘密，如今的酒，已从大东北的山林野地洪水猛兽般涌入星罗棋布的城市。越是衣冠楚楚，越要喝酒。城市的男人对酒像对女人很有些喜新厌旧的意思。记得前几年的酒桌上，常常就有一瓶新上市的酒被启开，于是全城的男人一窝蜂都盯着喝这个牌子的酒。数日之后，就听男人说这个牌子的酒越来越不好喝，再后来就说有假酒了。这时候，酒桌上就会又出现一瓶刚上市的酒，而全城的男人就会又一窝蜂地盯着喝起来。疯喝过后，便是又喝出假的来了。城市的酒，被城市男人喝得像城市上空的霓虹灯，变幻无穷，稍纵即逝。即使是老字号的名酒，在城市男人一窝蜂一窝蜂地逼攻下，也是真的少假的多了。后来干脆就不敢喝白酒了，改喝干白、干红。现在，听说连外国牌子的干红也喝出假的了。

酒喝多了，酒便不是酒，而是一种无法抵御的诱惑。许多城市男人在酒里深埋了自己。

他们那虚弱的胃，畸胀的肚腹，还有那浮肿的脸和布满血丝的眼睛，给人的感觉就是今朝有酒今朝醉的颓败气象。

东北人不光能喝，还极其善劝，劝酒的词儿多而实在。在漠河县城的一家小书店里，我看见一本《中国酒令360例》，不知为什么我没有买下。或许是想，就我走这一路而言，我听见的劝酒令何止这些呢？

我曾经住过某县的招待所。晚上朋友请客，朋友是个什么长。刚坐下不一会儿，就开始有人轮番进来敬酒。敬酒的理由很多，劝酒的词儿花样翻新。记得先来的是这个长，接着来的是那个长，后来的还是一个长。各位长官都是当地一些极体面文雅的人，却一律是武喝、野喝。那天晚上，每一间餐厅都坐满了人，这个县所有的长都在这个招待所里喝酒。他们事先似乎知道谁谁在哪间餐厅喝酒，酒过三巡，厅与厅之间就开始走动着敬酒。所有的长们都喷着酒气，说着酒话，走着酒步，似乎从来就不曾清醒过，也无须清醒，人就是为酒而存在的。

离开那个县城，我去了威虎山，并在那里喝过一次酒。不能不喝，劝酒人手持一个杯子，倒一杯，你喝，再倒一杯，他喝，一杯一口喝干，人人如此。喝了一杯又一杯，喝完白的喝啤的，个个如鬼。那天我将自己豁出去了，有劝就喝，直到喝昏。有生以来第一次这样喝酒，一直到第二天中午才苏醒过来。一照镜子，整个脸都变形了，我已认不出我自己。去威虎山是为了追踪那个已经消逝了的土匪时代，因为东北确曾有过一个土匪时代。没想到，那座山雕许大马棒什么的早已死干净了，所谓的匪气也应该随风飘散了，但是看威虎山人的架势，匪文化的余绪似还缠绕在山头上。否则，现在的东北已不那么寒冷，森林或伐或烧已不那么茂密，城镇化水平已居全国之首，还有什么理由大喝特喝呢？

再后来，我就走到了大兴安岭。在一片被那场大火烧过的森林里，有人介绍我与一个男人握手。当我的手与他的手相碰时，我的身体不由自主地抖了一下。我握住的是一只只有一根手指的手掌。因为是大兴安岭林区，我以为他的手是被数年前的那场大火烧的，我以为我是与一个英雄握手。后来才知，他是在别人家喝醉了酒，深夜倒在了雪地里，将脚趾和手指几乎全冻掉了。

我还听说，他算是幸运，许多男人就这样冻死了。

郭小川肯定也听说过这类故事，但他却在小兴安岭的森林里写出一首《祝酒歌》。现在读这首诗，我真的有点毛骨悚然。那是1962年冬天的小兴安岭。在那个饥肠辘辘的年代，人已经笑不出来，诗人却以诗劝酒。当那首诗在大森林里传诵开去，在诗人的怂恿下，又有多少面黄肌瘦的男人醉倒在雪地里？

酒是一个永远无法轻松的话题。对东北人尤其如此。看东北人喝酒就像看梁山好汉喝酒，乍看的确挺刺激，看多了就令人反胃。我又想起那个能喝酒的辽穆宗。酒其实仍在书写历史。醉着必然睡着，醉和睡的时候长了，人就颓败，就会变得外强中干。我始终觉得，许多东北人徒有一个剽悍的外表，内心其实是很虚弱的。东北人长得高大，说话嗓门大，拳头也大，多属于以气压人，而少以智胜人。借酒浇愁，喝酒盖脸，许多东北人常常用酒来遮掩面子上的尴尬。酒给了东北人大美的同时也给了大丑。什么时候，酒桌上的东北人能像上海人那么精明，像英国人那么高贵，东北就一定不是现在的东北了。

好在，如今大多的东北人在喝酒的时候，不用别人告知，就感觉出自己是悲剧气氛里的悲剧人物，酒量自然就减了。

火　炕

　　在城市里已经住了20年，一直是睡床。最初是睡女生宿舍那张双层的铁床，我在下铺，靠着北窗。窗外是渤海湾的一片浅滩浴场，冬天时岸边便堆满了雪白的冰。冰是波浪形的，带着大北风的痕迹。不远处就是不冻的灰蓝的冷调的海，咆哮着要登岸似的闹人。那张铁床就像搁浅在结冰的海滩上，人仿佛随时随地就能被风刮进海里，是一种彻骨的凉。宿舍每个女生都有一只热水袋，去教室上晚自习之前，必是先将装满水的热水袋放在被窝里，这样上床睡觉的时候手脚就能伸开了。毕业后便是在这个城市安家，铁床换成了席梦思。然而总归是床，最冷的日子，即使回到了家里，满屋子转来转去，也找不到最温暖的那一隅。

　　这时候我就会想念乡村的火炕。虽然北山墙上挂着厚厚的霜，风吹得门窗直响，但坐在火炕上，就不觉得冷。因为有火炕，乡村的男人女人都会盘腿。家里来客或是上谁家串门，进屋就上炕盘腿坐着。男人抽烟，女人做针线，一坐就坐大半天。乡村的孩子是坐不住炕的，他们要去河里滑冰车，到街上打雪仗，去茅厕时才发现手冻得连裤带都系不上了，便提着裤子跑回家，把手伸给正坐在炕上做针线的母亲。做母亲的则欠欠身子，将那两只红馒头似的小手坐在屁股下面，不一会儿就给焐热了。

乡村的火炕在北方的冬天里就是投靠和归宿。火炕让你有家，让你出去了还要回。床则像房间里的一个布景，不能随意触摸，也不能依赖。床让你永远是客，不论什么时候，打起行装就可以走。

对于我，想念火炕就是想念童年，想念纯朴的母爱，想念只有在火炕上才能发生的风景。在乡村里出生的孩子，离开母体之后第一个承接他的不是医院里雪白的产床，而是火炕。老式的火炕上面铺着苇席，苇席下面再铺一层谷草，谷草蓄热而且暄软。乡村的男人和女人，一生都在这样的火炕上纠缠。他们在灼热的火炕上毫无节制地纵欲，然后一个接一个地让孩子诞生。火炕太能容纳了，每一铺火炕都人口密集。那年我七八岁，我问二嫂的肚子为什么一天比一天大，二嫂说那里有一个即将出生的小人儿。果然那天早上再去敲门时门就不开了,我扒着窗子向屋里看,二嫂家的炕席被卷起来了,她赤身躺在谷草上,在那焦黄的谷草里,蠕动着一个鲜红的动物般的小身体。二嫂的婆婆也就是我的伯母端来一盆水,她一眼发现我在偷看,立刻爬上炕拉严了窗帘……我想,这大概也是我出生时的情景。火炕上谷草焦黄焦黄,我便如母亲说的那样,落草为人。

直到现在,乡村的男人女人虽不再为生育而繁忙,却仍贪恋着火炕上的情欲,仍在火炕上无尽地纠缠。火炕是他们的圣地,是生命的摇篮。

火炕是母性的,它更多的时候属于女人。在东北的乡村,分炕上活儿和地下活儿。东北寒冷,东北男人多女人少,东北的男人宠惯女人,而早年的女人又是小脚,地下活儿大多由男人干,拉犁种地收庄稼挑大粪跑买卖,男人大包大揽。女人做炕上活儿,缝衣絮被绣枕头纳鞋底儿,女人们都是在炕上完成的。女人比男人更能坐炕,女人坐炕坐得滋润,她们那两条腿即使穿再厚的棉裤也能柔软地盘上。

未出嫁的姑娘冬天里爱聚堆儿,她们互相抄花样子,绣枕头绣门帘绣各种各样的罩子。我姐姐出嫁时绣了两种枕头:一种是洋枕,细白布,带飞边儿的;一种是方枕,家织布,从在旗人家里学来的。我家那地方把满族人叫成在旗人。在旗人的方枕六个面八个角,两头的沙式刺绣很好看,就是枕芯太硬,出嫁的姑娘并不枕它,但柜子上一定要有它做摆设。她们没白没黑地绣,把炕坐出坑了。已经做了嫂子的女人把饭端上桌子,她们才把绣架一放,坐过来吃现成的,那做哥哥的就拿眼角白她们。她们出嫁那天,拜完天地就坐炕,婆家人在褥子下面放一把斧子,再硌人也得把"福"坐住。

做了媳妇的女人,冬天里最忙的活儿是做鞋。给公公婆婆小叔小姑做,给男人和孩子做,最后才是给自己做。穿了一冬的棉鞋棉乌拉,在大年三十晚上吃年夜饭时一定要换上一双家做的新布鞋。家口大的,一个女人要做十几双鞋。这个活儿其实从夏天就开始了,选在大热天的中午,打好一盆面糨糊,拿出洗得干干净净的旧布,摘一扇堂屋的门板,然后就一层糨糊一层布地裱袼褙。当那一块一块的袼褙在夏天的大太阳底下晒透了,便卷起来留到冬天做鞋底子。纳鞋底的麻绳也是在夏天就备好了麻匹,冬天要做鞋了,提前几天几夜地赶着搓麻绳。搓好了就拧成麻花劲儿串起来挂在墙上,纳鞋底时一根一根扯下来用。纳鞋底是力气活,未出嫁的姑娘怕把手勒出泡,瞪眼看着嫂子挨累也不伸手去帮。那做嫂子的坐在炕上简直就是牛马一般,任那麻绳勒破手。她们已经嫁了,粗糙就粗糙吧,好在男人并不嫌乎。男人做地下活儿就一阵儿,女人的炕上活儿没有头。男人晚上回家吃完饭就上炕睡觉,女人还在灯下纳那纳不完的鞋底。知道疼的男人会说一句:炕上活儿比地下活儿累多了。灯下的女人听了,鞋底纳得就更欢了。

睡火炕可以看见男人的权威。火炕分炕头炕梢,炕头靠锅台近,炕一宿到亮是热的。炕梢离锅台远,不到半夜炕就凉了。乡村人睡炕不铺褥子,身子就贴在炕席上。大人认为小孩火气旺,不怕睡凉炕,所以占据炕头的总是这个家的男主人。挨着的是女人,女人的旁边才是孩子。如果孩子多,就从最小的开始往下排,炕梢当然是最大的孩子或者是女孩子。女孩子未成年时还能与父母兄妹在一铺炕上挤,成人了便要独自去里屋睡。里屋炕更凉,凉也要去,女孩子天生喜欢有一间自己的屋子。

炕头永远是男人的。二亩地一头牛,老婆孩子热炕头。这是东北乡村男人的幸福观。白天与牛在地里忙碌,晚上与女人在炕上忙碌,那男人终于累了,他就理所当然地睡在那炕头。用热炕头去烙他那疲惫的腰身、酸痛的筋骨、困倦的精神。经过这一夜的烘烤，第二天起来又是一条硬汉。每天每天，日子就这么重复地过着，直到他在那个热炕头上再也爬不起来，成为行将就木的老人。

烧火炕用的是柴草。我小时候，最累的活儿就是拾草。我的老家不在平原，也不在山岭，而在光秃的丘陵之间，小孩子放了寒假唯一的活儿就是拾草。所有的孩子都拾草，那些光秃的丘陵就更加地光秃。近处的草拾净了，就向远处出发，每天早上天还没亮我们就已经走到几十里地以外的山场子了。山场子的柞树也并不茂盛，地上的叶子很快就光了，我们就用手去摘树上的叶子。树上的叶子也摘光了，我们就刨树下的草根。草根刨光之后，土就露出来了。山场子一片破败，而我们拾草的队伍还是浩浩荡荡。那么小的孩子，要管全家的烧草，叫"供锅底儿"。

我曾经为此专门写过一篇文章，题目叫《祈祷》。我的祈祷非常单纯，不是福也不是财，就是请上帝赐给我一个有力气的大兄长，让他帮我拾草，或者让他在我拾草回来的路上迎一下，替我背一会儿沉重的草包。那时，我的背上总是有一个大锅般的草包，鬼一样地在山路上慢慢移动，累了也不敢放下，而只能在有短墙或斜坡的时候倚靠一会儿，因为没有人来迎。

那时我太羡慕那些有哥哥的人，有一个庄稼院的老父亲也好。记得每次回到家里，饿得那么厉害，扔下草包并不是想吃饭，而是先大哭一场。那是一种刻骨铭心的累和孤独，直到现在我一边写它一边还在流泪。

我之所以哭过之后还是要去拾草，都是为了母亲。父亲在城里工作，过度辛劳的母亲得了腰疼病，我必须拾很多的草，让母亲做熟一家人的饭，让母亲能睡上热炕。如今我早已不再拾草，然而我不论走到哪里，只要看见一丛茂密的蒿草、一块深秋的苇塘，只要那是可以当柴烧的，我就想去拔去割去搂，那态势就像卓别林到处追赶着拧螺丝。我的某一根神经至今仍停留在童年的贫乏和痛苦之中。

关于火炕的记忆太多了，它已经温暖了我们2000多年。更重要地，火炕是东北土著沃沮人的发明。我是在翻阅团结文化的有关章节时发现这个秘密的，读到这段文字时，我曾经手舞足蹈地兴奋了好久。我觉得火炕就应该由东北人发明，东北人就应该给人类创造出这样一铺火炕，这是顺理成章、理所当然、自然而然、责无旁贷的事。试想，在人少兽多的时代，为躲避凶猛野兽，祖先们只有在树上巢居，美其名曰有巢氏。当他们学会制作石刀石斧之后，才从树上跳下来住进洞穴。大东北有很多古人类洞穴，金牛山洞、鸽子洞，还有古代大鲜卑山上的嘎仙洞，都曾是东北人祖先住过的家。但那时他们只能围着篝火睡觉，还不曾有真正的安眠。直到从山顶走向平原，在平原上挖出地穴或半地穴式的居所，才睡上了火炕。或者说，有了火炕，才有了地穴居或半地穴居。

这是东北古人类的一个新纪元，是严寒和冰雪赐予了他们灵性，他们又以火炕的方式拯救了自己。因为当火炕在地穴深处散发出热量，他们才试着从地穴里升出地面，让古老的荒原上出现了亮亮堂堂的房屋。房屋绝对是火炕催生的风景，它使人类的居住史发生了巨变，使人类从此有了尊严，从此见到了阳光，终于由胆怯的动物般的生存，过上了人的体面的生活。

火炕是真正的东北土著文化。虽然我只能从所剩无几的历史遗迹里去猜想2000年前的火炕造型，但这并不重要。重要的是火炕一旦被知道，被效仿，它就变成了华夏文明的瑰宝。事实上，正因为有了从大东北传来的火炕，才使华北、西北以及整个北方各民族的人们一同从地下爬出地面，这世上才有了各式各样的火炕。只是，那时不会有人知道这是沃沮人的发明，也就不会有人向发明者道声谢谢，文明是共享的，沃沮人当初不是也曾享用过中原人发明的犁铧吗？

反正那些日子，不由自主地，我总是暗自为火炕惊叹！

我发现，即使在东北，火炕的样式也是不同的。我曾在镜泊湖边的瀑布村住过一夜。这是一个朝鲜族村庄，读史的时候，我觉得朝鲜族的祖先大约就是沃沮人，那么，朝鲜族人家的火炕就应该是最正宗的火炕了。

瀑布村中央有一座朝式基督教堂，村里有一半是新盖的瓦房，另一半是保留了朝鲜族风格的稻草房。叫瀑布村，是因为它在镜泊湖瀑布之侧，在一片黑色的玄武岩上。它是一个移民村，20世纪60年代末从宁安南鹿道集体搬迁过来。盖了新瓦房的人家，是给去镜泊湖旅游的人照相发的财。仍住稻草房的人家，是因为不会照相。然而不论什么房子，他们的炕都是一样的。那是多么大的一铺炕呵！它布满了整个屋子，走到哪里都是炕。衣箱、被子、缝纫机、电风扇、锅碗瓢盆，所有的东西都在炕上。灶台和炕居然在同一平面，锅仿佛坐在炕上，灶门那地方是一个地坑，烧火时蹲在里面，不烧火时用木板盖上。烟囱在房子的侧旁独立地竖着，比房子高出一些，很别致。屋子看起来挺大，到了晚上，屋与屋之间便用木制的拉门隔开。我看见这个村的每个家庭都有一只很大的橱柜，里面全是红红绿绿的塑料盆搪瓷盆，它们一正一反地扣着，像小卖铺摆设给人看。后来才知这是风俗,盆多,表示富有。朝鲜族女人的手中永远握着一块抹布,她们坐在炕上,将那些盆擦得雪亮。

我住的那家女主人手中也有一块抹布,一边与我说话,一边不停地抹着炕边炕角的灰尘。抹过,抹布仍是白的。尽管她对我说的是汉语,穿着与我一样的汉式衣裳(将朝式衣裙装进柜子里,出门或过节的时候才拿出来),一看那火炕,就知道她有自己的文化背景,我和她不一样。那晚,她给我做的晚餐是一盘油炸辣椒,一盘干豆皮炒黄瓜,一碗大酱汤,那一顿晚餐,吃得我流汗。夜里躺在火炕上,腰和腿舒服极了,却无论如何睡不着,屋子里飘散着大酱汤的味道,那特有香味,既亲切又陌生。

镜泊湖的土著是满族人。从清代流人吴振臣写的《宁古塔纪略》里可以看出,满族的火炕与朝鲜族的火炕不同:"房屋大小不等,只一进或三间、五间,或用草盖。墙厚几尺,然经寒气侵入,视之如霜。屋内南、西、北绕三炕,炕上铺大红毡,炕阔六尺,每一面长二丈五六尺。夜则横卧炕上,必并头而卧。无凳椅,有炕桌,俱盘膝坐。客来俱坐南炕。"流人杨宾的《柳边纪略》说得更详细:"屋皆东南而立。土炕南七尺五寸,周南、西、北三面,空其东,就南北炕头做灶。上下男女各据炕一面,夜卧南为尊,西次之,北为卑。晨起则叠被褥,置一隅。西、南窗如炕大,糊高丽纸,寒闭暑开。"

他们都说的是满族人的火炕。满族人的祖先在渤海时代还有许多是地穴居或半穴居,只有首都上京龙泉府墙高坊齐车马喧。到了金代,完颜氏掳辽天祚帝、宋徽钦二宗居金地时让他们住的也不过如此。宋徽宗从未见过这样的房子,所说的每日坐井观天,其实坐的就是半穴式地窨子。徽宗在一首诗中写道:

彻夜西风撼破扉,萧条孤馆一灯微。
家山回首三千里,目断天南无雁飞。

有"扉"说明是半穴居。住这种地方,即使有火炕,徽宗的心情也不会太好,他在金国的五国城只活了八年就病死了。和他一同被掳去的儿子钦宗因为年轻,在金国活了30年,在最后的几年里,他终于可以不坐井,而与辽帝同囚于一座寺庙了。

这个民族走到清代,才睡在了有规有矩的"冂"形火炕上。这样的火炕我在吉林的乌拉街见过。乌拉街是一个镇,我在那里看见了古代乌拉国的土围子，看见了金兀术妹妹百花公主的点将台，看见了慈禧太后用来烧烟袋的灯芯草，当然也看见了吴振臣、杨宾笔下描述过的火炕。不过古老的三面炕已经很少了，多数人家睡的是南北炕，有的就是一铺南炕，与汉族人家的火炕一个样式了。坐在满族人家的火炕上，我感到的是这个民族一直在努力改变着自己，又总要保留一些自己，既渴望融合，又顽固地存异。然而，事实上属于满族人自己的东西越来越少了。

在东北，火炕一直是有姓氏的，分种族的，又一直是属于乡村的。东北的冬天太长，火炕太热，养出了东北式的懒汉。乡村的男人在冬天里过于迷恋自家那个热炕头，即使坐在热炕头上，他们也习惯地将两手抄在棉袄袖子里，做出一种猫冬的姿势。我常常拿东北的男人与南方的男人相比较，南方或许是天热的缘故，男人长不高大，很瘦，总给人勾着身子忙忙碌碌快走的印象。他们说话的节奏也快，话语琐碎，像女人。东北的男人，尤其是乡村的男人，走路时爱仰着脖子，脸上有一种无知的高贵。他们不苟言笑，似乎胸有大志，却一动不动，懒得去动。东北的水土太肥沃了，插根筷子能发芽。不愁吃的，所以就有稳坐炕头的理由。进屋一看，缸里盆里，只不过有一些粗粮，温饱而已。

这是火炕让人伤情之处。火炕在解救人类的同时，又与寒冷一起阴谋，将人类的精神捆绑得苟且卑琐。

冬天到了，我的几位朋友一再要我带他们去乡村吃猪肉炖粉条、小鸡炖蘑菇，更主要的是去睡一睡乡村的火炕。他们说，城市的床和城市的喧嚣已使他们身心俱疲，太需要在乡村的火炕上松一松筋骨。我为此想了很多。乡村并不远，乡村的火炕依然那么温暖，但我真的害怕乡村的火炕让这些城市人也恋恋不舍。

烟的童话

那天，我在宁古塔故地匆匆行走的时候，身边是一望无际的绿色原野。我并没在意那片绿色是什么，它在我眼里混沌一片，我只是大口地呼吸那种如水的清澈和空旷，它给了我从未有过的放纵感。

突然，有一种熟悉的气味仿佛从很远的地方蔓延过来，并一直流进我敏感的鼻腔。我的目光顿时像一个寻奶的婴儿的嘴，急切地逡巡路边的田垄。田垄上的绿色居然是一片久违了的烟叶子！嫩绿的烟叶子，嫩绿的童年，呵，我的肺腑里一定有个角落贮藏着以往许多个夏天积淀起来的烟叶子味儿！

我记不清究竟是从哪一天的中午走进了母亲的烟地，却能准确地回忆起第一次打烟杈子时从叶根散发出来的那股刺鼻的气息。我的人生从童年开始就是劳累的，几乎没有玩没有游戏，每个季节，都必须面对属于那个季节的繁忙。夏天就是厮守母亲的那片烟地。那时的乡村人吸旱烟,家家都有自己的烟地,我家就有一块很大的菜园子被母亲用来栽烟。烟苗是从集市上买来的,母亲将垄打好后,她便在前面一棵一棵地栽烟苗,我便跟在后面一窝一窝地浇上水。夏天就这样来到了。

雨季之前,烟叶子疯长,母亲只给我示范一下哪个多余的杈子该打去,就把那片烟地交给我了。我像一个被庄园主雇来的童工,赤红着脸,赤裸着胳膊,将烟头和水杈子一个个折断,让所有的水分和阳光都给那旁生斜出的圆整的烟叶子。折断烟头和水杈子的那一刻,便有一股清冽的烟味扑上我的脸、我的喉。如果是阴天,那味道能把我灌得醉醺醺的,像喝了一种烟酿的酒。如果是晴天,大太阳将烟叶子烤蔫巴了,用手折它,那干干的烟味就会把我呛得咳嗽不止,直流眼泪。烟叶子有时还会划破我的胳膊,烟的辣气便让那伤处像着火了一般灼痛。我还是个孩子,味觉和痛觉都十分敏锐。

烟叶子最大最肥厚的时候,北方的雨季也就到了。母亲又走进烟地,告诉我什么样的叶子可以打下。地头放了几只柳条编的大扁筐,我把那些丰满的大烟叶子一片一片小心地装进筐里。傍晚,全家人边乘凉边将烟叶子穿在稻草绳子上。第二天早上,院子里便拉起了横一道竖一道的烟帘子。这曾经是辽南乡间一道传统的风景，这个时节不论走到谁家，一进院子就会被那重重的烟帘子挡得找不着缝隙，想串个门都费事。

这样的季节晒烟，总能遇上几场雨。只要天阴，我就紧张得要死，如果我在离家很远的地方，我就得没命地往家里跑。先盖大酱缸，然后就是往家收烟帘子。这时听一听邻家的院子，鸡飞狗跳墙，大人孩子也都在忙收烟帘子。然而总归是伏里的阳光，汁液饱满的烟叶子几天就由绿而黄，最后变成干烟。于是我再将那晒干的烟叶子从稻草绳上摘下，一小捆一小捆地捆成烟把儿，重新装进几只专门存放烟的大扁筐里。这时母亲就会主人一般从我手中将烟筐接过去，把它们放在西屋用木杆搭的吊棚上。

关于烟，我的劳作就算完了。一个夏天，打烟杈子，晒烟叶子，我的头发、我的手指、我的汗毛孔，以及我呼出的气息，全是烟味儿。我绝不会想到这些琐碎的有关烟的情景日后会在一个时刻被引发出来，而且变成文字。但我知道，只要我走在东北的原野上，我总会与那味道不期而遇。

在那片烟的原野上，坐着一对中年夫妇。他们背倚着背，像是在地里刚刚劳作过，感觉累了就在地头上坐下来抽根烟。

他们各自悠闲地抽着烟卷儿，喷吐着薄薄的烟雾，彼此并不说什么话，可我感觉那是世界上最令人向往的人生，他们是人世间最幸福的一对夫妻了。

我尤其爱看那个抽烟的女人。

关东女人、关东烟，这是贴在大东北门楣上的两个特殊符号。熟悉关东风情的人，便熟悉这两种存在，并因此而感觉乡土的迥异和亲昵。

女人抽烟，在别处也有。然而，姑娘叼个大烟袋，确是关东独有的乡俗。在我独自走的那些日子，我一直特别留意关东女人的嘴角。在偏僻村镇的大树底下，在边远的县城的小招待所里，在林区小火车站肮脏的长椅上，走到哪里，都能看见女人坐在那里抽和男人一样牌子的劣质的香烟。不管老的、少的、美的、丑的，都在抽。我看见，在那个小站的候车室里，女人吐烟的姿态以及她们夹烟的手指，十分男性化，手也与男人一样大一样粗糙，弹烟灰就像织毛活儿一样老到娴熟。她们站起来离去的时候，只拍拍落在身上的烟灰，并不管丢在地上多少烟头。

她们是现在的关东女人，已经不叼大烟袋，而抽卷烟。她们是风俗最后的部分，一些隐秘、一些沧桑，在脸上，在指上，依稀可见。那天，她们已经离去了很久，我却仍对着那条空落的长椅凝望。我总觉得，关东女人抽烟，是因为关东的土地宽容。关东的男人大多是流浪汉，他们自己的人生无规矩，也不去规矩女人，他们宠惯女人的方式，就是任由女人抽烟。关东女人抽烟，还因为关东的土地过于沉闷。女人与男人一样过着漫长的冬季漫长的夜，寒冷和黑暗，同样也折磨着她们。这个时候就需要有烟，烟是苦难里的慰藉。所以关东女人几乎都有抽烟的历史，走近抽烟的关东女人，她们的衣襟、发梢、话语、笑，都带着一股浓浓的辣辣的烟味儿。关东女人抽烟，绝不是为了思考，关东女人抽烟就是抽烟，不会弄姿，不会矫情，抽烟是日子里的实质性内容，个个显得老辣。她们距城市太远，只属于乡土。走近抽烟的关东女人，你感觉是走近纯朴的祖先，走近自己的家园。

这个世界有许多女人抽烟。我这样浓墨重彩地描写关东女人抽烟，是因为像关东女人这样抽烟毕竟稀罕。

在我的记忆里，我晒的那些烟叶子并不拿出去卖。当陈年的烟叶子抽完了，母亲就会再到西屋的棚上取下几片烟叶子放在热炕上烘，烘到能一搓就成粉末的时候，便将那烟面子装进一个柳条编的烟笸箩里。烟笸箩里边涂过油，烟面子不漏。会抽烟的人来了，母亲就会把那烟笸箩往客人面前一推，意思就是请你抽烟。那客人若是男人，他就会从后腰取出一根尺把长的小烟袋，将大大的烟锅伸进烟笸箩，用粗糙的手指按满，再划根火柴点着。那客人若是女人，女人随身带的必是一根二三尺长的大烟袋，她盘腿坐定，不用靠前，那只小巧的烟锅便在烟笸箩里自己装满了。女人因为烟杆儿长，不用火柴点烟，而是屁股一扭，那烟锅便伸进了旁边的泥火盆里，猛吸几口，那通红的炭火就将烟点着了。一个烟笸箩，一个泥火盆，是东北乡间土炕上最常见的、几乎是固定的景物，再穷的人家，也有这两样东西。泥火盆一冬天烧着红红的炭火，它除了用来烤手，烧土豆、地瓜或小麻雀，再就是点烟。

男人的烟袋，烟锅大，烟杆儿短，便于出远门或干活。女人的烟袋杆儿长，烟锅小，是因为女人秀苗闲散。记得老太太出门时手里的那根大烟袋像拐棍似的，大姑娘的烟袋则害羞似的藏在袖口里。乡村人也有出门不带烟袋的，到谁家里，就用谁家的烟袋。烟袋嘴和锅一般是铜做的，也有翡翠的，烟袋杆儿大多是乌木的。母亲的烟袋比她的手臂还长，夏天，炕上的火盆撤了，划火柴点烟的时候，她就头向后仰，手往前伸，嘴里一口接一口地吸，好不容易才把一袋烟点着。因为她每天无数次抽烟，就无数次这么累地点烟，那样子真是好笑。晚上熄灯睡觉了，她也一定点上一袋烟，烟锅里的火明一下暗一下，母亲的嘴巴也是一会儿吧嗒一下，那星烟火什么时候灭了，吧嗒声也就什么时候静止了。这时母亲便将烟锅朝下，在炕沿上磕几下，喘一口粗气，准备歇了。如果这时我和弟弟们还叽叽喳喳不睡，那烫人的烟锅便像老师的教鞭一样从炕头那边伸过来，准确无误地敲在我们每个人的小脑门上。那样的夜晚，母亲和我们都是喜剧演员。

母亲是从父亲当兵走的第二天开始抽烟的，那年她23岁，如今已有50多年的烟龄。母亲抽烟是因为寂寞。我想，即使不寂寞，你是关东女人，你就会抽烟。母亲却非要找个理由说，那时乡镇最热闹的地方到处都挂烟幌子，那幌子还分烟铺幌子、烟袋幌子，甚至还有烟袋嘴幌子、烟袋锅幌子、烟袋杆儿幌子。满街都是烟，就像现在城里满街都是歌厅，不由你学不会。前几年，母亲咳嗽，我劝她戒烟，母亲说，已经抽了这么多年了，烟已经当饭了，饭可以不吃，烟却不能不抽。这就是关东女人，烟对于她们已经是生理需要。看过关东女人抽烟，你就会明白关东女人的嗓门为什么开朗，为什么火辣，而看过关东男人抽烟，你就会明白他们的棉袄棉裤为什么穿得那么久又那么油腻。

记得友人写的小说里有一个十分精彩的描写关东男人抽烟的细节：村里的几个男人，每天叼着烟袋蹲在村头的墙根底下，一边晒太阳，一边盯看村外边有谁来了。来的大都是本村的熟人，只要那人影出现了，大家就争先恐后地猜说：那人肯定是谁谁。那人走近了，一看不是谁谁，众人就低下头去继续抽烟。不一会儿，远处又有人影出现了，大家又争先恐后地猜说：那人肯定是谁谁。当那人走近，一看并不是谁谁，于是众人又低下头继续抽烟。几袋烟工夫，一个白天就过去了。每日周而复始。在关东男人那里，日子和时辰，是用抽了几袋烟来计算的。

小说真是力透纸背的东西。这样的情景我见过一千次，却不曾去描写它。读了这篇小说，我对烟开始恐惧。我发现关东人的麻木和懒，烟有不可推卸的责任。

这世界为什么要有烟呢？然而这世界又怎么可能没有烟呢？

从关东女人嘴里吐出的烟圈源远流长。一切都是因为远古的印第安人每天走动在原始的旷野里，旷野里有许多散发出浓烈刺激气味的野生植物，在那千万种叫不出名字的野生植物里，他们看见了那丛野生的烟草。而且，从此不论走到哪里，只要闻到那股熟悉的令人兴奋的气味，一眼就能识别出它。就这样，印第安人为人类发现了烟草并栽培出烟草，并让这个世界发生了关于烟的故事。

那是许多年前，我从一本书的画页里看见了那座建于432年的墨西哥帕伦克一座神殿里的浮雕，那座浮雕表现的是玛雅人的祭司在举行典礼时以管吹烟的情形。它是目前发现的人类吸吐烟草最早的记载。据说哥伦布发现美洲时，曾经无比吃惊地注视着当地印第安人吞云吐雾的神态，他把他们叫成"吞云吐雾人"。当然，欧洲立刻就知道了在美洲新大陆有这样一个独特的人群，于是就有无数的海盗接踵而至。1560年，法国驻葡萄牙公使把从葡萄牙人那里获得的烟草种子带回法国献给女王。那时烟草在欧洲还属于上层人物庭院里的观赏植物和药用植物，后来终于有人忍不住而大片种植，欧洲的文明人从此学会了吸烟。

那烟在欧洲已经吸了100年之后才传进中国。明代张介宾的《景岳全书》载："此物自古未闻也。近自我明万历时始出于闽广之间，自后吴楚间皆种植之。"这是中国最早关于烟草的记载。烟从走进中国就变得不朽，它让这个黄皮肤人种从此陷入一种迷乱。烟自万历始，首先就把万历皇帝给熏倒了。万历皇帝亲政38年，竟有大半时间是躺在烟榻上。他抽着烟，喝着美酒，拥着女人，从执政第十八年就不再临朝，大臣的折子和他的圣旨全靠内监传达，甚至连郊祀也不去，而让家人恭代。直到万历四十三年（1615年）发生了一个大案子，满朝文武才得瞻天颜，以后直到他死居然就再也没上过朝，大明江山则从他开始走向了末路。他躺在烟榻上时，欧洲传教士利玛窦曾以贡方物为名，从广州北上京城，给他带来了欧洲人的鼻烟壶。可想而知，当那精致的玩物样的东西摆在他的烟榻旁时，那贪财好货的皇帝该是多么欢喜。可想而知，200多年后，当中国从城市到乡村处处开设烟馆的时候，欧洲人怎么能不开着大船举着大炮向中国兜售鸦片？

烟草的种子当初是分南北两路来到中国的。闽广的烟，走的南路，由出海的人从菲律宾吕宋岛带回来。清《野史大观》载："烟一名相思草，汉文曰淡巴菰。初出吕宋，明季始入中国，近日无人不用。虽青闺稚女，金管锦囊，与镜奁牙尺并陈矣。"说明烟在清代已经是时尚了，且连深闺少女都在享用。

关东烟，则属于北路，由日本岛、朝鲜半岛一点一点移植过来。据《吉林外纪》载："吉林城北一带，种麻者居多，每岁所收，不减于烟，秋后入店售卖。贩者烟麻并买，转运内地，名为烟麻客。此吉林出产一大宗。"《黑龙江外纪》则记载了达斡尔人种烟的情景："自插秧至晒叶，胼胝之劳，妇女任之，皆自鬻于城市……其烟以庹计，流人改一庹为数束零售，谓之把儿烟。店肆复有所谓台片者，淡于达斡尔烟而价贱，土人馋而吸之，盖宁古塔产。"我那天正走在宁古塔故地，我望见的那片绿色的烟叶子可是仍叫台片？记得母亲当年栽的是老鞑子，我曾经问她为什么总是种老鞑子，她说，老鞑子烟有劲儿。老鞑子是对关东土著人的称谓，可见烟在关东落地生根之后，这里就成了它的故乡。

但不知为什么，在清人陈琮的《烟草谱》里曾记下中国各地烟草的种类，就是没有关东烟。衡烟出湖南，蒲城烟出陕西，油丝烟出北京，青烟出山西，兰花烟出云南……那么长的烟谱，唯独不给关东烟留个席位。这也难怪，中原的文人对关外一向是漠视的，惜墨如金，他们自然看不见关东烟。台片也好，老鞑子也好，你关东人自己默默地种、默默地抽去吧！所以几百年过去了，关东只出烟民不出名烟，关东人一直就抽着自家产的这不上讲究的关东烟,以至抽出了关东烟文化。

烟曾经是神圣的。摩尔根在其《古代社会》中记述说,原始印第安人部落在召开酋长会议时,要举行隆重的吸烟仪式,其他重大的事情如访问或解决部落争端,也都以吸烟为开始。他们发现了烟,他们也开创了以烟为礼的先河。但是舶来的烟草、神圣的烟草,离开印第安人的土地之后,就变成了尘世间的污浊之物。先是英国人最早从美洲的弗吉尼亚引入黄花烟大量种植,然后是俄国人在哈尔科夫建起世界上第一座制烟厂,再后来就是欧洲的烟贩子以鸦片为黑色的子弹向中国射击。曾几何时,烟改变了世界,改变了人类。如果它能永远停留在神圣的仪式上,停留在观赏性植物或药草的功用上,如果它不为政治所用,不为战争所用,这世间恐怕就是另外一种景象了。

拂去那团阴影,我更怀念辽南老家当年的装烟礼。那是满汉人家都时兴的一种婚俗。订婚以后,女去男家第一次见长辈的人要装烟,而且要给烟点着,做长辈的接过烟,就要给未过门的媳妇装烟钱。因为姑娘回来了,家里人头一句话就问装没装烟,男家给了多少装烟钱。办婚事那天,新娘子要更加隆重地给新郎家的长辈人装烟,那些长辈照样要给装烟钱。婚后的第一天早上给公婆行礼时，新媳妇还要给公婆各装一袋烟，表示侍奉晨昏之意。到了第九天，新郎新娘要回拜女家双亲。新娘回到娘家也要为自家长辈装烟，长辈手里则早已握了一张钞票，只等新娘将烟点着了才赏钱。母亲说，她嫁给父亲之后，不是一个早上，而是每天早上，起来必是先给公婆装烟点烟，然后才去做一大家人的早饭。孝敬公婆是女人的本分，装烟更是。

我说装烟，是因为那时关东人抽烟用的都是烟袋。如今在乡间的婚俗里虽还保留着古老的装烟礼，只是人们已不再用烟袋抽烟，也不再撕一片纸自己卷烟抽，而是抽那现成的带牌子的香烟。现在的女人行装烟礼比过去省事儿多了，但也没了当初的庄严。

写这篇文字的时候，我无比地怀念童年的夏天。我还想为母亲打烟杈子，晒烟叶子，闻那股醉人的烟草味儿。可是在辽南乡村，如今早已看不见谁家栽烟了。只能在集市上偶尔见两个不知从哪里来的烟贩，面前摆了几扎叫不上名字的黄烟叶子，吸引那些买不起香烟却已抽了一辈子烟的老头老太。想不到的是，在牡丹江宁古塔旧地空旷的原野上，我与童年的烟叶子如此地贴近。我像一个与它失散的孩子，凭着气味，我又找到了家门。关东烟犹在，那与关东烟相关的一切，如今也都在吗？

移民者的歌谣

　　心里很静的时候，我常常能听见自己正在无声地哼一个曲调。我发现，在我的身体里暗藏了一根老弦，一不小心就碰得它咿呀作响。没有确切的词，只是一个熟得不能再熟的曲调，虽然七扭八拐、抑扬顿挫、一口气唱不完，我还是能摸索着一个音符一个音符地哼下来。当我迷失一般被它牵引着走去时，我才知道，人其实是活在一种特定的旋律里的。如果你是一个在东北乡村长大的人，那么即使你后来侨居到了维也纳城里，你照样顶着一头高粱花子，那个只有东北才出产的二人转，则如大豆摇铃一样，响彻你的灵魂。

　　就是这样，大豆、高粱，还有二人转，都属于东北。不论什么人，只要你走进东北的大平原和大山岭，一路跟随着你的背景音乐，就是二人转。所到之处，总能看见那大红的扇子、大红的手帕，以及扇子手帕下的红男绿女。那熟稔的曲调、熟稔的乡音,如母爱,如家族的歌谣,让你的心为它摇荡。你会发现,一方水土养一方人,当然也养这方人的嗓门。苏州人唱评弹,嗓子像被拙政园里那一扇一扇的月亮门给挤了,又扁又细。陕西人唱秦腔,嗓子像叫那窑洞里的炭火烫了,或者叫那厚厚的黄土面子呛了,号得出血。东北这地方,夏天绿野千里,冬天冰坚雪狂,游牧、渔猎、淘金、伐木、垦荒,人粗力豪,自然喜欢大酒大肉、大歌大舞。尤其是冬天,夜长日短,皮靴皮帽皮袄,只有这嗓门直肠子热的二人转能暖透冻得僵硬的心情了。

我的儿歌是"拉锯扯锯,姥姥门口唱大戏"。那大戏就是辽南最有名的高跷和秧歌,我并不喜欢。虽也是大红大绿,但太吵闹,听不见故事,不一会儿,我就被傻呵呵看呆了的大人们挤出很远。好在那种吵闹只在赶庙会送殡过年的时刻发生,天长地久的,能听出喜怒哀乐的,还是二人转。

最早把那曲调植于我生命之中的,是一对突然间住进屯子里的外乡夫妇。

我家那地方把村叫成屯。我至今不知他们从哪里来,我的母亲也说不清楚。那男人叫张代五,那女人没有名字,母亲叫她"张代五家的"。我家那个屯所有的人追根溯源老辈子都是从山东老家逃荒来的，但是这个移民者部落对这对最后的移民者采取的却是一种鄙视态度。

他们养了一大群孩子，背着抱着的，地上走着的，分不清老大老二、男孩女孩。忘了他们住的是谁家闲置的破厢房，屋里空空的，没有一件家具，张代五家的整天半裸着胸，两只硕大的奶子耷拉到裤腰以下，孩子站在地上就可以吃到奶，如果那孩子是趴在她的背上，她便将那大奶子甩到肩上让孩子吃。屯子里的人一开始是来观看张代五家的大奶子，后来发现这两口子居然会唱二人转，他们那简陋的包裹里居然有一套演二人转的家什，态度立刻就不同以往，屯子里立刻就有了一种微妙的震颤。过去只有在隔三岔五迎来一个说书的或演驴皮影的草台班子时才激动那么几天，如今阔气得像自己家养了一个剧团。

于是，人们白天忙活计，晚上就去张代五家。张代五家成为一个去处，成为男人女人晚上离家的理由。张代五家从此有了意义，它使沉闷的乡间生活终于有了欢乐的企盼，这种企盼又并不难得到，只是从早晨过渡到中午再过渡到下午，就是晚上了。那时我还是孩子，孩子可以不受白天晚上的限制，用母亲的话说，我天天长在张代五家了。在我的记忆里，张代五和张代五家的从没出过一天工，刨过一垄地，两口子整天头不梳脸不洗懒在炕上逗他们自己那一群孩子玩,偶尔也给我们这些癞皮狗般候着的本屯孩子讲些狼虫虎豹、妖魔鬼怪的故事。到了晚上,他们就变了个人似的,浑身上下都是戏。屯里人早已变得大度,懒就懒点吧,只要他们能唱二人转,东家一瓢米西家一瓢面,大家将就将就,这家人的日子就过下去了。

那两口子的真正面目如今已模糊不清,我只记住了他们经过描画了的脸。他们好像天生是为二人转才结为夫妻的,张代五奇矮奇丑,正好演那个丑男;张代五家的什么都高都大,尤其惹人注目的是那一对母性的大奶子,就演那个浪女。这两口子只有一点最相像,都是大嗓门,铜声铜气的,从没唱破过。他们家是两间屋当中没有壁子,一盘大通炕,那炕就是舞台,地就是看台。地上没有凳子,看的人夏天自带马扎子,冬天就抱一些玉米秸子。其实没有人坐下,能挤个空站着就不错了。听屯子里的女人说,张代五两口子唱的二人转有不少偷情养汉的情节,拐带得屯里风气不正,传出不少小叔子和嫂子、大伯子和弟妹,甚至老公公和儿媳妇如何如何的闲话。

那时我太小,我只知道,二人转的那些老曲目,张代五两口子点什么会什么,什么都唱得好。《猪八戒背媳妇》《包公赔情》《井台会》《六月雪》,数不清有多少个,多少天也唱不重样儿。我最爱听的是《杨八姐游春》,佘老太君开的那一长串儿彩礼单,让我们几个小姑娘大开眼界。那时我才几岁呵,回家竟偷偷用那刚刚学会的几个字给自己列了一个彩礼单,不是"一两星星二两月,三两清风四两白云",而是一件金丝绒外套、两条哔叽裤子,还要一台蝴蝶牌缝纫机。因为我看见本家新娶的二嫂有这几样东西呢。我怕这张小纸片被母亲发现,就把它粘贴在家里那个老式躺箱里面的一块板上,有空就把头探进去一个人偷看。那绝对是我的隐私,事情过去这么多年,没有一个人知道我曾在童年的时候写过这样一张彩礼单。

母亲每天只看见我像着了魔似的跟在张代五家的屁股后面学二人转,看见我哪怕走一步路也是踩着二人转的小碎步子,手中永远像握了一把扇子一块手帕似的乱比画,而且不分场合,不管有人没人,母亲说我跟张代五家的学了一身外路精神。母亲这一生,第一不赶集,第二不看二人转,她绝不接受张代五家的生活方式,认为他们不是正经过日子的人,是叫花子打狗穷欢乐。她那时骂我常用的一句话就是:"看你那疯张样儿,活像张代五家的!"直到现在,她训斥我的侄辈,仍用这句话。

童年的日子,以及日子里的二人转,一直铺垫在我的心底。即使后来唱了《天大地大不如党的恩情大》,唱了《红灯记》《沙家浜》《智取威虎山》，唱了《大约在冬季》《再回首》《恋曲1990》，也洗磨不去这张老唱片。

二人转是书。东北是遥远的，东北的乡间更遥远。没有饱读诗书的名士，也没有作画弄琴的淑女，你细听一听，那些抱着鞭杆子赶大车的男人，那些抄着手蹲在墙根晒太阳的老人，那些坐在炕上纳鞋底子的女人，他们嘴皮子上的那点学问，都是从二人转里听来的。南唐北宋改朝换代的故事，三国水浒红楼西游的故事，贪官清官破庙寒窑的故事，二人转里都有。他们通过二人转去辨别忠奸善恶，去感觉悲欢离合，去笃信因果报应，并且根据二人转里人物命运的起伏去本能地激动或惶悚。反正自从有了张代五和张代五家的，屯子里叫出一个男人或女人，都能哼唱几句二人转，都能说说古道道今。至于我这样的小孩子，文化的发蒙，除了祖母的瞎话，也就是它了。

二人转是乐。乡村是粗糙的、寂寞的。乡村的冬天太漫长，一场雪下来，就封冻了，就再也不化，然后就是一场雪接着另一场雪。人就开始猫冬，开始抽烟，话也懒得说。乡间的男人是寡言的，女人的嘴也跟着笨起来。只有二人转，像救命似的，能把那种死气给点着。首先是唱二人转的那套装束，那种大红大绿，就把人的精神照亮了。再就是那男角蹲着走矮子，女角一支一扭浪丢丢的样儿，那种又土又屯的打情骂俏、油嘴滑舌，终于将那些寡言的男人、嘴笨的女人逗得前仰后合。日子仿佛就有了激情，有了乐。许多人从张代五家回到自己的家，还在不断地温习二人转里的故事，男人与女人在夜里寻快乐的时候，也会学说几句段子里的粉话。平时张三李四见了面，也不再是点个头就过去，而是一定要开个挺荤的玩笑，或者骂你一句。总之是乐。而且，好乐几乎就成了乡村的传统。如果你问一个人为什么喜欢二人转，那个人就会说，好乐呗。东北之所以能出说评书说相声的名角，出赵本山、黄宏、巩汉林、潘长江这样的笑星，就是因为有这样一块历史悠久的能酿造出乐子的土壤，这块土壤上的人血液里就既有大人物般的从容和豁达，又有农民式的幽默和滑稽。

二人转是风俗。它在乡间已经成为生活的一个内容，已经是一些人的人生。我家那个屯子的风俗是过年过节红事白事要靠它来支撑面子，装饰虚荣。记得东大地四奶奶死的时候，她的三个儿子五个女儿穿上了孝衫摆好了灵棚，就坐下来商量每人出多少钱给死去的老妈雇喇叭匠雇二人转唱手。停灵三天，喇叭吹三天，二人转就唱三天。这场面，光有张代五两口子是支不起架儿的，就派人到外面去请。请一帮不行，就请三帮。天天不歇气儿地唱，丧事办得像喜事似的。90岁的人老了当然是喜丧，但我总觉得这是因为风俗。风俗只有本乡本土的人懂，别地方的人永远不会懂。风俗是无法之法，是众人拾柴。风俗还是精神方式和生活方式的特殊表达。在乡下过春节，大年初一早上得赶快起来，起晚了就能被叫来踩高跷唱二人转的人堵在被窝里。这是一支队伍，他们是一家一家挨着走的，现在就走到这了。彩扮的跷头子先领着同样是彩扮的姑娘小子踩一会儿高跷造造气氛，然后就该二人转出场了。它是这场"姥姥门口唱大戏"的高潮，也是年的最精彩的那一部分。跷踩完了，二人转唱完了，跷头子就来向主人讨赏钱，五元、十元，一看主人心情，二看当年的年成。直到今天，走进城市已经二十年，只要看见城市上空有一片雪花落下来，我的眼前立刻就全白了，立刻就想起乡村的冬天，想起张代五两口子，想起让二人转唱野了整天不着家的小伙伴们。呵，夜饭的香气已满街弥漫了，爹妈还是唤不回自家的孩子。

　　二人转是移民者的歌谣。张代五一家是后来的时候神秘地离开屯子的，他们拖儿带女，突然就走得无影无踪。听屯里人说，他们多亏走了，否则不知怎么挨斗呢，那些段子哪个不是

"封资修"？许多年过去，当我一个人走在三江平原，走在长白山地，走在辽西大走廊，我一面聆听着那些熟悉的曲调，一面寻找着那两张亲切的脸孔。我明明知道，他们不可能显山露水地站在大道边上，他们也许永远过着寄住的生活，从一个屯子，再辗转到另一个屯子，就在屯子的深处反复地唱着那些古老的段子，但我确是一边走一边四处张望的。张望的时候我就在想，二人转是乡土的，但它是失去乡土之后获得的乡土。它曾经是流浪的、漂泊的，东北有千年万年，二人转只有200年，它是与中原的汉人移民者一起来到的，是大东北移民文化的一部分。那些从关内逃荒来的人群，一路唱着莲花落，一路乞讨，然后与东北大秧歌遭逢。当它既不是莲花落也不是大秧歌时，它就叫二人转。张代五两口子原先也许就是唱莲花落的，那支乞棍，走到关外才扔下，又不知走了多远，才学会了唱二人转。现在想来，他们唱的二人转，仍然充满了乞食和流浪的色彩，只是没了莲花落的凄怜，而有了些吃饱穿暖、知足常乐的喜剧味道。因为来到东北，就再也不用去别处了，这里有大豆高粱，有酸菜猪肉炖粉条子，有烈性的老白干，还有热炕头，不唱二人转唱什么！像张代五两口子这样唱二人转，是驻扎式的。夏日挂锄冬日农闲游走来的二人转草台班子，则是吉卜赛式的，他们走来的时候，比张代五一家更能勾起人们的思乡心绪，因为听的人从唱的人那里看清了自己的来路，望见了关内的老家，心里滋生的，是背井离乡的酸楚。当然，吉卜赛们很快就会离去，人们又会回到张代五家的夜晚。只是那悠长的乡愁，剪不断，理还乱。

在我的叙述中，不知有没有流露出我的乡愁。

二人转给我的感觉是，千军万马就是他俩，他俩永远是边唱边走，即使是乐陶陶的，也给人一种无家可归的悲凉。它让我想念我的祖先。暗藏在我体内的那根神经似的老弦，仿佛是祖先遗留给我的某种暗示。他让那个熟悉的曲调，神秘地潜流在我的血液里，让我时刻知道我是谁，我从哪里来。因为有它，我便能诠释我自己，忘不了自己。

只是，在边走边唱的时候，一代一代，乡愁渐渐地淡了。

1996年夏天的一个晚上，我走进了吉林市一条繁华的大街。我看见一间大厦的屋顶的霓虹灯闪烁出"吉林地方戏院"几个大字，门前的告示牌上写着：东北二人转。我还是第一次在城市里看见这样堂而皇之的戏院，立即买门票入场。演出地点在二楼，大厅内已经坐满了人，台上一对男女正在唱《双锁山》，正宗的老段子，小时候听张代五两口子唱过。高君宝下南唐救主，途经双锁山，遇刘金定立牌招夫，拦路比武。高君宝砸牌骂寨，被刘金定打下马来……立牌征婚，刀按在脖子上求爱，在当代也属传奇。然而，坐在台下看着看着，只觉得那台上男女的粉话简直说得离题万里，扮相也有点淫野难分，不由得反胃起来。

我许久没看真正的二人转了。它就是吗？我突然间为它感到难过，像看见家族内的一个亲人在落魄地以这种方式乞讨。可是台下却分明连连叫好。我回头望望，那是一个十分城市化的穿连衣裙穿名牌T恤衫的人群，他们的叫好声，有一种现代人的好奇和寻求刺激的意味。也许是这间大厅离现代文明太近，离城市太近，乡土的二人转便显得窘迫，成了笑料。其实，二人转是进过城的，许多唱二人转的名角还是城里人给捧红的。张作霖的大帅府，当年就常常有二人转艺人出入。沈阳的小河沿，当年是收留各路艺人的杂巴地，二人转自然也混在其中。因为那时的二人转艺人自己就是走街串巷一路流浪的乞者，他们唱二人转就为了给那些达官显贵太太小姐们取乐消闲，给自己换口饭吃。沧桑过陌，时光漫长至今，那个晚上，我感觉二人转在城市人面前仍然是卑微的，甚至还有点下贱。

吉林的朋友却说，在那间大厅里唱二人转的都是乡村来的滚地包子艺人，每天演早午晚三场，场场都是爆满。市民去看，官员也去看，保守的人去看，新潮的人也去看。我又有些恍然。这些文雅的城市人大多也是移民者的后代，他们或许已经知道，二人转越来越像一个遗产、一件文物，故乡遥远，来路遥远，再不为它叫好，它可能更快地变成枯干的标本，变成易碎的化石了。

无论如何，二人转走进城市了。在城市的舞台上，它仿佛是东北人的一个胎记，比如春节联欢晚会，黄晓娟、高秀敏们嗓门一亮，你就知道谁来了。而城市里随处可见的大秧歌队，大红大绿，大举大动，或在表演，或为健身。星星已不是那颗星星，月亮也不是那个月亮，跑味儿了。

好在东北还有那么大面积的乡土，大豆仍然如期地绿，高粱仍然如期地红，大北风还在刮，雪也还在下，城市传来的那一点点伤感，一时还不会改变乡村人的信仰。他们依然认为通俗歌曲、摇滚乐、迪斯科是外来的，二人转是自己的，是乡村永久的经典。他们也非常明白，二人转已经是他们最后的歌谣。东北，已经是他们最后的家园。

远方墓地

　　天地之间，在所有那些坚硬的建筑物中，家和墓地是人类最亲密的归宿。家是环绕你一生的出入之所，墓地是你一生只有一次能够走进的终极之地。小时候因为听了太多关于鬼的故事，对墓地就有一种本能的恐惧。奇怪的是，每当经过墓地，越恐惧越是忍不住拿眼角去看。在我心中，死亡和死亡者的憩园，不只可怕，而且神秘。既然有了生，就必定要有死。生有千姿，死有百态，墓地便是把死之百态包装起来，让生者思量生命之真谛。

　　后来我几乎是完全变了，我喜欢参观墓地。每到一处，只要有这样一个所在，不管它有名或者无名，煊赫或者平淡，甚至敌对或反动，我都会走过去，以我的方式凭吊或凝望它们。有时即使是坐在驶往异乡的火车上，看见远处的山坡或近前的农田里有几只白色的碑、几座低矮的坟，我也会牵牵扯扯地回头去望。想象着墓里的那个人，那个人生前的故事。在这世间，墓地绝对是一个颇奈寻味的人文景观。

记得在马来西亚首都吉隆坡的市中心，我曾见过一片石碑如林的墓地。城市的喧嚣就在耳边，那墓地却静如深潭。它所提示的是生与死的分界并不遥远。

在海参崴的山坡上，在他们的家和别墅之间，我曾经一眼瞥见了与东方的悼亡习俗迥异的欧式墓地。造型优美的大理石、铁栅、木雕，还有鲜花，给死亡渲染出一种庄严而深沉的诗意。

中国的平民墓地则显得简陋。生得不堂皇，死也便草率。中国最耀眼的墓地是皇陵。去过陕西，发现陕西是皇陵最密集的地方，因为有两个皇帝合葬，72座坟墓，埋了73个皇帝。中国最大的皇陵是秦始皇陵，但是包裹他的陵寝至今没有打开。项羽闯入关中时如果理智一点不放那把火，光是秦陵地表的威仪就够我们看的。即使这样，当兵马俑轰轰隆隆列阵出土，仅此一景，它便成了让全世界大吃一惊的奇观。我在陕西看这些高高大大、挤挤挨挨的皇陵时，便明白了中国在那一段岁月为什么停留得那么漫长。

墓地覆盖着死亡，覆盖着骨骸灰烬、石锄陶罐，也覆盖着历史。因为有墓地,那被岁月淹没了的故事,不知什么时候就会突然与我们重逢。我对墓地的兴趣,大概就源于它有一种深藏的悲哀吧?

1996年夏天,在通化集安,又有一块墓地吸引了我。

墓主是高句丽人。作为一个地方割据政权,高句丽早在668年就被大唐所灭,如今它遗留给我们的全部景致,就是这片沉默了千年的墓地。我是因为要走东北才读东北,读东北的时候,就读到了它。

我知道,对中原而言,高句丽曾是一只烫手的山芋。因为在茫茫的辽东山地,高句丽是持续时间最久的一个部族政权。

早在汉初,自夫余国逃入汉属辽东郡的一支,史称卒本夫余部。公元前37年,夫余王子朱蒙南下玄菟,主动归附西汉王朝,担当卒本部大人。此后,朱蒙便一直随汉军东征西讨,立下了赫赫战功。只是天不遂人愿,朱蒙尚在须眉英年,就被一场大病夺去了性命。

公元前19年,朱蒙的儿子即位,卒本夫余内部却发生了大分裂。分出去的卒本夫余逃离了玄菟,在汉江流域另立一支,改称百济部。新登基的王子并没有动摇,继续率卒本夫余残部随汉军作战。只可惜壮志未酬，身死沙场。

朱蒙的孙子，即第三代卒本夫余王子，与其父祖一样锐气十足，登基不久，就助汉军大破了与其同族的夫余国，并迫其归附大汉王朝。公元32年，汉天子感其有功，册封他为高句丽王。

其实，高句丽是地名，而不是族名，境在玄菟郡治所。所谓的高句丽王，则是继公孙氏、慕容氏之后，中原王朝对东北夷有据可查的第三次册封。

高句丽与中原失和，始作俑者是那个成事不足败事有余的王莽。西汉末年，他独出心裁，贵中华而贱夷狄，将高句丽王诱杀。高句丽怒而起兵，尽占汉之玄菟郡和乐浪郡，中原与高句丽的关系此后便一直时好时坏。

由隋至唐，高句丽狂傲到了极致。隋唐两朝皇帝只好痛下决心，一次次地往辽东派兵，大举讨伐这个顽固不化分子，东征也成了隋唐史上的一个热词。当年的东征大军，总是分海路和陆路而来。走海路的大军，每次都是从山东半岛出发，过渤海海峡至辽东半岛上岸。668年，高句丽终于作了鸟兽散，中原王朝的大征讨也终于止戈收兵。

我的浅薄就在于，以前我不知道集安，更不知道集安有这样一片墓地。当我终于找到了那里,并在那里看见了若隐若现的古墓群,那个已经灰飞烟灭的故事,便又清晰地浮现在历史的地平线上。

最早提到高句丽这个名字,是祖母。她喋喋不休地讲薛礼征东,甚至把唐朝大将薛礼、薛仁贵和王二姐守寒窑里的薛平贵扯到了一起,把我们家糊窗的高丽纸和龙潭山上的高句丽山城混为一谈。我理解祖母,南北朝的时候,那高句丽的野心已经把整个辽东扩张了进去,在老人的故事里,不可能没有高句丽。当那故事顺着老祖母多皱的唇边流出来,在我童年的记忆里,也就不可能不飘摇着高句丽的幽灵。而当童年的记忆与今天的墓地相接,它对我便成了一种奇诡的诱惑。

那时我已结束了在黑龙江的游荡,正要开始对吉林的寻访。集安理所当然是我必定要去的地方。记得,那是整个夏季最热的几天,从大连乘火车直达通化,没听见蚊子叫却被臭虫折磨了一夜。早晨6时终于到了通化,在站前喝了一碗粥,就去和出租车司机们讨价还价。他们见我一个孤身女人要去看古墓,以为我不正常,漫天要价。吵吵闹闹时,就听见一个人说,看着给吧,我去。后来知道,他叫吕财,一个少言寡语却让人永远忘不掉的小伙子。

寡言的吕财成了我的向导。从通化到集安,我们走了将近3个小时。这中间爬了一座老岭,它是长白山余脉,它把通化和集安分出了两个气象,如果通化是男人的那种躁,集安就是女人的那种润。吕财说,咱这儿管它叫小江南。是的,在面目苍老的北方,有一块山光,有一点水色,就一定要说成是北国江南。集安的确像江南,一边流淌着温软的鸭绿江,另一边便是如屏如壁的山峦,那种澄澈和宁谧,让我感觉是悄然闯入一个梦境。

这是我在东北极少见到的美丽而又富足的小城。杨柳低垂,街道笔直,楼房不高却鲜艳夺目。全城只有五万人,那种疏朗和幽静,是世外,是脱俗,还是安详饱满。来到这儿才明白,高句丽第一代王的都城,建在本溪桓仁的五女山上,第二代王便将都城从桓仁迁到集安,并在这里居留了四百多年。

如此漫长的日子,当然会有生离死别。于是在集安县城的周围,坟墓累有万座。据我所知,没有哪一个地方,像集安这样悠久地被墓地包围。那墓太密集了,遍布于沟谷平川、江堤河岸。它们各种各样,因为身世不同,也因为不是在同一天离去。石坟和土坟,层层叠叠地错落着。今人已给它们分成六个区，它们几乎就是高句丽由盛而亡的编年史。

《三国志·高句丽传》载："其俗淫，男女已嫁娶，便稍作送终衣。厚葬，金银财币尽于送死。积石为封，列种松柏。"厚葬看来是高句丽的习俗，中原人却认为太奢侈，称其俗淫。一个民族为另一个民族作传，旁观中有不屑。然而无论如何，总算有人写下了这段文字，让我终于明白，在这里为什么会有数量如此之巨的墓地。

墓也有芸芸众生。它们是那些低矮的小坟墓，此刻就与草芥相拥着，我知道它在，但我几乎看不见它。吕财说，这儿的人叫它"一脚踢"。一脚就可以踢了，是多么的微小，即使厚葬，能装得下什么呢？多半还是活着的人的那份心情，可能有一只装米的坛子、一枚平时没舍得花的古币，家人硬给塞进那小得不能再小的墓里。我这样猜想的时候，竟为陌生的逝者生出一片浓郁的悲凉。

芸芸众生们活着的时候，是达官显宦身后的呐喊者，死了也是他们的陪衬。七月是草长季节，走到哪里都能看见的是王侯贵族的陵墓。将军坟、太王陵、千秋墓、冉牟墓、舞踊墓、四神墓、五盔坟，一座一座在我眼前闪过，真正享受厚葬的是他们。因为所有的宗教都告诉人类有来世，所以今世当王的人,来世还想当王。我不知道他们在来世活得究竟怎样,他们那来世的殿堂,却成了我今世的悠游之地。

在这片墓地里,"将军坟"是一个代表作。

我见过许多王陵或皇陵,它与所有的都不同。我在书中看见过它的形状,到了它面前仍然感觉陌生。它是一座方坛阶梯石室墓,踏着一级一级台阶,可以通向坛顶。方坛共七阶,墓穴安在第五级台阶的正中央。高句丽人也相信灵魂不灭,他躺在高处,大概为了听得见水声,望得见白云,让他的臣民时时觉得他在,并永远战战兢兢。所有走进墓穴的富者贵者,心里怀着多少不甘多少遗恨呵!在外面作威作福的时候,应有尽有,走进去就不再拥有。这种富贵的死,其实比百姓的死要疼痛一千倍。尽管那石质的墓有一种逼人的森严,但还在四边倚上几乎与陵一般高的柱状护墓石。我感觉它们更像一双双手,在为"将军"轻抚那永远也止不住的悲伤。

它的另一个名字叫东方金字塔。埃及金字塔在尼罗河畔,玛雅人的金字塔在中美洲海岸,将军坟在大东北的鸭绿江边。在信息不畅的远古,为什么会有如此灵犀相通的巧合?唯一的解释,就是人类在创造文明的过程中,很多念头其实是大同小异的。将军坟就因为它也是金字塔状，便穿过长夜和黄沙，与那些世界级奇观列在一起。

将军坟，这个名字是清朝时被当地老百姓叫出去的。那时墓里可能还有几把生了锈的剑戟，或者一副已看不出模样的盔甲，就觉得他一定是将军。如今墓室内荡然杳然，不见将军踪迹。有学者说，他应该是高句丽第二十代王长寿王，因为第十九代王好太王已有陵墓，且距将军坟不远，且墓道遥遥相望云云。这是学者们的猜想。我只知道，高句丽有二十八代王，这些王在7个世纪里指挥过12次大规模侵略邻族的战争，在这些战争中，最得意的战利品就是掳夺来的人，他们把这些人沦为奴隶，并且让其中的一部分奴隶在鸭绿江边守护王家的陵墓。这些守陵的奴隶，他们叫烟户。

这是一个很奇怪的称呼，这个称呼见之于"好太王碑"。在这片古墓群里，好太王碑像一盏突然熄灭的灯、一只骤然垂落的手臂，有一种抓不住的冰凉和僵硬。

碑是儿子长寿王为父亲好太王立的。父慈子孝，细看那黑脸的碑，的确有慈祥的绿荫罩下来。它是一块未经雕凿的巨石，石的四面刻有工整的汉字，是这个民族第一代王"剖卵而生"的神话,是好太王征战攻掠的业绩。在那些密密麻麻的文字里,我看见了烟户这个名词。厚葬之后,还有厚待,高句丽王们太恐惧天堂里的孤独,所以专门设一个制度,设一帮人,为自己洒扫陵墓。在这片墓地里,好太王碑与将军坟是一幅连贯的风景,冥冥之中,那一对享着清福的父子配合默契,把高句丽人的霸气王威张扬得昏天黑地。

碑曾经被推倒过,当然是最后的那一次战争。所有曾经疯狂地侵略、疯狂地占有的帝王,身后都受到过这样的报复。那碑就在荒烟蔓草里湮没了近千年。清光绪时桓仁有个叫关山月的书启,爱金石古迹,无意中发现了长了绿苔的古碑,便拓下碑文传入北京。人们才知道,在这一脉山泽水涧,曾经有过冠盖百家、钟鸣鼎食的繁华岁月。更重要的是,这块碑让这片无语无主的生命有了种族,有了历史和归宿。

然而,将军坟和好太王碑毕竟生硬了些。它们是高耸的政治,因为好战,因为叛逆,而遭到历史的惩罚。

最有人情味的是艺术。"五盔坟"里的壁画,让我看见了这个民族温存的一面。

至今无人知道墓中葬的姓甚名谁,一共是5个,就看图说话似的叫五盔坟。五盔坟,已然是一个村庄。有意思的是,集安乡下的百姓居然就在它们中间花插着盖起了房子。那石室土封的墓是圆的,那房子是方的,它们一般高,且各有各的院落。阳世与阴间互作芳邻,我生平还是第一次见到。它们就坐落在集安市郊,可惜我忘了问那个村庄的名字。

我走进了其中的一座坟。它的墓室在地下,当然是空荡的,但它有壁画。吕财说,就剩壁画拿不走了,盗墓的人都是些疯子!

能留下这壁画就该知足了。它在潮湿的地下深埋了1000多年,色彩仍鲜艳如初,这本身就是一个谜。它直接绘在墓室壁上,绘的是与中原文化相近的朱雀玄武青龙白虎,还有这个民族自己的人和神、自己的服饰和歌舞。那个正在空中歌舞着的女子,是高句丽的飞天,如一片款款飘过的落叶,让我的思绪扯着她的衣襟,追回到远古去看这个民族曾经的妙曼。

高句丽男人好战、好酒,而女人善舞。其实男人也善舞,男人的舞曾经传到隋唐的宫廷,武则天时代的御史大夫杨再思就曾在宴会上忘形地跳过他们的舞,李白还乐颠颠地为他们的舞写过一首诗,诗曰:"金风折花帽,白马小迟回,翩翩舞广袖,似鸟海东来。"

在这片山野里，这样的壁画墓有20多座。我更想看的是舞俑墓，但那天的阳光是令人窒息的那种灼闷，我实在没有力气走路了。好在我手中有一本画册，让我知道舞俑墓里的舞是纯正的民族舞，它比五盔坟里的飞天更接近高句丽的本色，那女舞俑的神态，真就如一群花斑鸟，翩翩欲飞。

这就是1996年夏天的那个中午，我踩着一个古老民族逶迤的脚印，走了很远，走得很累。于是，在鸭绿江边，我把汗湿的脚伸了进去。

乡　愁

在索尔其干河边，我和同行的友人老白停下了脚步。

那个村庄就在我们眼前。它确有一点儿特别，在小兴安岭最北的一块山间空地上，整整齐齐的几排红砖瓦房，就组成了一个村庄。村庄与山岭之间看不见田野果园道路之类的过渡，房子旁边就是山，山上就是森林，村庄像是后来被谁用心安置在这里的，更像哪部片子里的布景道具。

"高高的兴安岭，一片大森林，森林里住着，勇敢的鄂伦春。"这是鄂伦春自己的歌谣。鄂伦春，山岭上的人。这是鄂伦春对自己的注释。

如今鄂伦春们已从山岭和森林里走出来了，走进这座崭新而又突兀的村庄。在我逗留并在黑龙江边反复留个影的时候，鄂伦春仍是一个遥远的传说。现在，当我走到了它的近前，它以一个村庄的形式展示给我时，让我仍有一种不真实的感觉。

沿着河边走过来一位年轻女子，普通的衣装和发辫。老白说："她就是鄂伦春，你看她胸前挂的什么？"那是一个桦皮摇篮，摇篮里睡着她的孩子。刻有花纹的桦皮摇篮，有着沙发那样的弯度，宽宽的带子从身后绕过来。是一种陌生的质朴，立刻使人闻到了马鬃和兽肉的气息。我知道，只有鄂伦春女子才这样养育婴儿。出去打猎，把摇篮挂在树上，野兽无法袭击；迁徙的时候，把它吊在胸前，不妨碍骑马跟随队伍。现在大概是因为有了村庄，这个鄂伦春女子便以怀拥着摇篮在河边行走。她走得自在自如，闲置的手中还提着一串红辣椒。老白又说，是鄂伦春女子回娘家，娘家与夫家可能就是前街和后街，但她一定要绕到河边走，你知为什么？为什么要沿着河走？

我没有回答他，没有时间。那一刻，我正与那女子擦肩而过。擦肩而过时，我突然觉得她应该是骑在马上，她的手中不应是红辣椒，而应是一只皮鞭。

鄂伦春是属于山岭的。

40多年前他们还在山岭上打猎，他们的家是一个用桦木杆搭成的撮罗子。他们逐兽而居，天生的勇敢。世世代代享受的快乐就是与兽的对峙和对兽的战胜。大东北的山林在养育了他们的同时也养育了兽,他们和兽则以山林为背景血腥搏杀,以搏杀回报山林的养育之恩。这世界已经从远古走到现代,已经发生过两次世界大战,他们对这些全无所知,一如既往地打猎,一如既往地原始。其实,如果不是俄人翻过乌拉尔山,西伯利亚乃至库页岛的山脉森林,都是鄂伦春的家园。他们的南迁,是因为遭遇了比兽还凶猛的人。同样是人,他们在那些人面前显得比兔子还惶恐。虽然他们也曾举起过钢叉和弓箭,但最终还是抵挡不过。他们只有走。走也是在山林里,山林是他们的国,部落是他们的家,酋长就是他们的领袖,至多还有萨满,还有自己信奉的那个神的图腾。

一步跨过千年,他们有了村庄。那些穿着褪了色的军装的干部们一座山一座山地寻找他们,而且是盖好了一个村庄等他们来住。因为解放了,政府不能眼看这群游猎者在山林里继续过着吃不饱穿不暖、动荡不安的苦日子。幸福生活在呼唤着鄂伦春。

他们肯定是要拒绝的。他们是野人,还处在原始社会。他们压根就不知有汉,无论魏晋。在那片大森林里,鄂伦春们与汉族干部僵持了很久,最终还是下山了。文明总是要战胜野蛮的。

1953年秋天，神秘的鄂伦春走进了汉式的村庄。

老白说，有很长一段日子，鄂伦春们对村庄生活不适应。他们怕房子倒了砸着，晚上趁干部走了，就在院子里搭个撮罗子睡。他们不会种庄稼，把玉米碴子当种子撒进地里。他们至今不习惯芦席，许多老鄂伦春仍然铺兽皮、盖兽皮。

老白说，有次他到村庄里来，一群姑娘约他晚上到河边露宿。他相信她们是无邪的，于是如约而至。在索而其干河边，她们围着篝火唱歌跳舞、喝酒吃烤肉。当酒把她们点燃了时，她们便彼此打嘴巴，彼此笑骂。打够了笑够了骂够了，再喝酒再跳舞，直到烂醉如泥，全体倒在河边。老白那晚没醉，老白心里难过。因为他知道，即使不跳不醉的时候，她们也常常到河边露宿，或者像我见过的女子那样绕着远也要到河边来走。只为能听见河水唱歌，听见虫子嗡鸣。她们的父母分别是从七条河流十三个部落聚拢到这一条河边，当然怀念自己的那条河，那条河是外婆，是祖母，是童年的梦。虽然她们出生在当代的村庄，但父母却是一个地道的原始狩猎者，她们的血液里还汹涌着大森林般的野性，不可能不颠不狂。

老白似乎还说过这样的意思：鄂伦春们从前不知道什么叫

故乡,更不知道有一种东西叫乡愁。当他们有一天坐在了红砖瓦房的窗前,看着兴安岭上空纯净洁白的云彩,突然就明白了故乡这个词的含义,思绪一下子就掠过晴空向那片大森林延伸而去。他们想家了。

老白是鄂俗专家,他的家族却是蒙古、达斡尔和俄罗斯混血。在他身上,我找不到他的故乡,却能看见乡愁。

有一种法则左右着人类,让人类无奈,也让鄂伦春和老白无奈。我想,即使共产党不叫鄂伦春下山,有一天他们也会自己下山,因为山林越来越稀疏,野兽越来越无处躲藏,也就越来越少。这一切都是人类自己亲手干的,自作要自受。只是我们提前让他们下山了。这原本是一种解救,也是人类文明进步的必然,但对一个与山林相依为命的民族,经受的却是无根的悲哀,走到哪里,也挡不住他们怀想过去。

这天不是任何一种节日,所以村庄非常平静安详。我们从那些规矩的红砖瓦房里进进出出。然而走了半天,也没有与一个真正的鄂伦春男子打过照面,更不用说交谈点什么。屋子里都是女人和孩子。街上偶尔走过一匹马,像这个村庄的老住户似的熟练地选择着路径。它太高大太雄壮,那条街因为它走在其中而显得狭窄,那些红砖瓦房也顿觉低矮。马走到街的尽头就上山了,像有谁在山上约了它,一会儿就隐没在那片墨色的森林里。

直到望不见那马的背影,我们才推开叶子家的门。

叶子是个10岁女孩,她与母亲正在院子里翻晒木耳和蕨菜。叶子的脸是红的,是阳光照透了的那种强烈的红。她的家也是红的,父亲是出色的鄂伦春猎手,这使她家的墙上有一张父亲与中央领导的大合影。当年叶子的祖父曾经把一张虎皮敬献给毛泽东,但现在只有那张虎皮的照片,没有祖父和毛泽东的合影。

叶子的家富丽堂皇,仿佛随时随地都准备着有人来参观。来参观的人可能没有像我这样不打招呼也不前簇后拥的。叶子大约是喜欢这种清静的来访,也喜欢来的是个朴素随意的阿姨,她默默地走进里屋,又默默地将一只桦皮针线盒送到我手上。它精致得像一座金色的小城堡。也许是我的惊喜怂恿了她,叶子又从里屋拿来一个颜色旧了些的玩具小摇篮,与我在河边女子胸前见到的是一个样式。不同的是,在摇篮的背后还拴了一串野猪牙。老白说,这是为了拍孩子睡觉时弄出些细碎的声响,更主要的是吉祥。

叶子把古典的鄂伦春式的祝福给予了我。这种感觉一下子把我压得很深。尤其当叶子的母亲说这只小摇篮是姑姑送给她的生日礼物时，我想，这个家庭所有的接待场面都可能具有表演性，唯有这个细节吐露真情。所有的场面里叶子都不可能是主角，今天她第一次走上了前台。如今我和女儿的房里各有一件叶子送的礼物，我把针线盒留给了自己，把摇篮给了女儿。在我和女儿的房间里，它们像两片纯净的叶子，静静地弥散着大森林如乳的深情。

老白推开又一座院门时，屋里只有一个正在吹鹿哨的男孩。

老白说，我让你看看鄂伦春的冬天。他轻车熟路地取出一大摞影集给我。几乎全是艺术摄影，而且几乎全是冬天景色。在这里我看见了鄂伦春男人的凛冽，看见了猎马猎刀猎犬衬托出的鄂伦春猎人。这个民族似乎就应该属于冰天雪地，只有冰天雪地才能焕发出那种沸腾的奔跑和追逐，才能有那样一双虽然总是眯缝着却能穿透一切的眼睛。我问老白，鄂伦春猎人的眼睛为什么一律地细小？老白说，这和冰雪与阳光的反射有关，与总是瞄准有关，世世代代狩猎，便成了遗传。猎人首先要有这样一双眼睛，其次才是枪法。老白简直句句是真理了。

我从照片上看见了墨尔根乡长。他在村庄里是个正襟危坐的角色,回到山上,就是一个猎人。他一人猎取过7头野猪,然而与同属一个族源的康熙不可比。避暑山庄的门楣上写着:康熙大帝自幼至今已用鸟枪弓矢获虎153只,野猪133口,一日内射兔318只,其他无计其数。我想,墨尔根与康熙的狩猎技巧不会相差太大,不同的是年代和背景。一个是17世纪肥沃的木兰围场,一个是20世纪瘠薄的小兴安岭,更何况,这位鄂伦春摄影家镜头下的墨尔根是已经走进村庄的猎人呢!

小男孩一直不停地在吹鹿哨,后来他终于从嘴里吐出那个小东西给我看。原来是一片折叠着的桦皮。它让我想起了辽南乡间的柳哨,小时候我吹过它,只是为了玩耍,为了让寂静的乡间多一种音乐。猎人吹鹿哨却是为了诱捕那些寻找亲情和爱的鹿。在大东北,所有的农人都冬闲了,只有猎人端起了枪。

然而这是夏之初,距狩猎的季节还远,我却见不到那个也摄影也端枪的猎人。男人们去哪里了呢?

走近吴家两姑娘,我立刻想起河边露宿的故事。她们肯定也在其中,只是现在已丝毫看不出那股子野气。她们几乎是争先恐后地介绍自己。姐姐说,她曾经从上海贩服装回来卖。妹妹说,她是村里的鄂语教师。这是个只有语言而没有文字的民族,妹妹用国际音标注自己民族的语言,教给鄂伦春的孩子。姐姐则是大批量地从外面引进女士时装和男士西服这在村庄里卖。这个民族有自己的服装,服装是最能表现一个民族的神韵的,但这个民族已全部穿上了与汉人一样的衣服。他们既思念自己的那条河,也喜欢遥远都市里的流行和时尚。

我望着她家的柜子问吴家姑娘,有鄂伦春的长裙吗?姐姐打开柜子翻找出一件大红、一件淡紫。她说,只有在过节的时候,才穿它跳舞。它们的确更像舞台上的戏装,这个民族从走下山岭的那一刻,便旋转在一个舞台上。他们只有在吃生狍子肝喝生狍子血的时候,是本色的鄂伦春。在村庄纪念日或篝火节时,是演员。他们集体表演马队的剽悍,集体跳罕贝舞,表演场地就在索尔其干河边。河边至今还有几个布景式的撮罗子,几棵老态龙钟的树。可以想见他们全体是演员、全体被打扮起来时,大概连他们自己也难认出自己是谁了。

从吴家走出已是天晚,吴家姐姐要去了我的地址和电话。她说,大连是服装城,有空我去大连找你。她是可以离开故乡去闯世界的鄂伦春。

吴家门前,就是一座民族博物馆,陈列着鄂伦春的渊源和风俗。我对老白说,为什么不能让他们每天都穿着自己的民族服装,说着自己民族的语言,过着鄂伦春式的日子,让这整个村庄就是一座博物馆,成为一个民族的标本呢?

老白笑了。我知道这不可能,民族的界限最终都是要消失的,文明会同化掉一切族群差异,只是个时间问题。鄂伦春在时间里面鲜活着。

那一天直到傍晚离去,真的就没有见到一个鄂伦春猎手。他们当然不会老老实实待在红砖瓦房里,我只是想听他们说点什么。还想看看那双眼睛,虽小,且总是眯缝着,我相信我能读懂。

依然野性的猎人呵,此刻你们在哪条河边思念你的山岭呢?

女人的秋千

我走过许多村庄。它们大都老态龙钟，沉重地匍匐在黑土地上，仿佛并不害怕雪压，更害怕被风卷起。从那些村庄旁边走过的时候，即使在酷夏，也觉得它们仍在防范着严冬，那根僵硬的神经从未松弛过。

就这么向前走着，走到了一个边缘。

在向那个村庄走去的时候，我已在心灵的打稻场上为自己竖起了高高的秋千架。一种欲飞的感觉涨满了我。

春天坐在家中的书房，就知道我会在夏天的某一时刻走到那里，那里有一个并不很大的打稻场，场上有女人的秋千。只有我自己明白，走了这么远，其实就为了它而来。

远方的秋千。

秋千其实是个很老的东西，是一件古玩。远古的人类上树采摘野果或爬山猎取野兽，需要攀缘和奔跑。于是就抓住一根粗壮的野藤，身体用力一摇一荡，就能从一棵树飞到另一棵树上，就能从这山飞到对面那山。那根野藤，便是最早的秋千。人类那时还正在茹毛饮血，荡秋千不是为了玩耍，而是为了生存。抓紧那根野藤的大多是男人。

秋千与女人连缀起来，才有了一种特殊的生动。

也并不是所有的女人与秋千在一起都是美的。常在古典的诗里或古典的画里看见深闺的女人坐在秋千上，愁容满面，或肝肠寸断，凄凄惨惨戚戚，虽也听见一声两声娇笑飞出墙外，仍有一些病态。那是孔府的女人，她们只能在后花园里，想象大门二门以外的世界。孔府的秋千对于孔府的女人，只是一个伴、一件玩具。当它踩在朝鲜族女人的脚下，就成了一种对生命的支撑和托举。

记得我曾在电视里看见过延边朝鲜族女人荡秋千的场面，那个场面曾让我激动不已。它似乎触动了我生命里沉睡的那一部分，从此就有秋千带起的风在那里鼓荡不止。生命的风。

终于，那女人荡过的秋千出现在眼前。

它真的是太远了，一直就躲在长白山北麓那片黑森林里。走到那块打稻场的时候，天阴了起来，四周升起了很大很浓的雾，雾气很快就将四周的房屋和树的轮廓模糊成梦境一般。但我远远就看见了那座熟悉而又陌生的秋千架。雾气从它的空白处穿流而过，它孤单而深情地悬吊在那里，仿佛就在等待着我这个远方的来客。

那里没人。我就坐在那片空地上仰望。

它简单极了。在两根木杆之间垂落下两根稻草绳，稻草绳连接着一块木制的踏板。那踏板与地面有一段距离，为的是让站在踏板上的女人悠荡起来。

我便又想起了电视里那个年轻的朝鲜族女人，想起了她那雪白的衣裙、粉红的飘带、漆黑的发髻。秋千越荡越高，她也越升越高，仿佛是在放飞自己。天上人间，在那一刻肯定已分辨不清了。

古人说，秋千释闷、驱邪。我想，女人在飞起来的那一刻，当然就不会再觉得压抑和沉重了。那铅一样的阴霾，不知什么时候就无影无踪了。一悠一荡，便是大起大落，那脆弱的女人居然可以承受，居然在大起大落之间发出快乐而野性的大笑，说明女人原本就是健康的，仿佛听她在说，如果能飞进天堂，即使落到地狱也心甘。的确，女人是最有宗教感的。秋千是女人的宗教，爱也是。女人对爱的虔诚，使任何人也诋毁不了她们，女人因为爱的无私而永远拥有自己的儿孙。女人身体里的韧、灵魂里的高,让她与男人一样顶天立地。所以,秋千上的女人不但无闷,那种凛然更是无邪可欺的了。

我想,古典的男人有了马之后,把秋千交给了女人。于是女人就让秋千成了自己的坐骑。男人骑在马上喝酒消愁,酒能让他们灵魂起舞。女人站在秋千上忘忧,所以女人天生比男人浪漫。女人在秋千上放纵情感,张扬生命之尊,其实是对旧有的超越和背叛。因为女人从走进父系时代就总是内敛,总是克制,举案齐眉,胼手胝足,精神和肉体从未真正地松弛过。女人站在秋千上,才回归为人,才与古典有了距离。秋千是女人做梦的地方。当秋千将矜持的女人托起,她们便风情万种,用身体触摸风,触摸云,触摸无限和空,于是发现了生命最原始的秘密。

美丽的朝鲜族女人呵,古老的秋千,最后被你拥有了,被你悠荡出一个民族的风俗。女人的使命似乎就是创造风俗,并让那风俗永恒。

那个荡秋千的女人或许就住在这个村庄,她或许已经是一个中年妇人,腰身不再那么窈窕,黑发也不再那么稠密。她不会知道,许多年前她在秋千上的表演,曾给远方一个陌生的女人留下多么深的印象,而那女人现在就痴迷地坐在她家乡的秋千下。

雾渐渐消失在黑森林里。周围的景色清晰起来。我没有揭穿一个秘密,就是我并没有坐在打稻场上,面前也没有烟火缭绕的朝鲜族村庄。我在那样的村庄停留过,那里没有我要找的秋千,我才走进了帽儿山下的民俗村。它更像一个大公园,在公园的一角,布景似的有几处古朴的朝鲜族院落,还有一辆木轮的脚踏水车。草坪上,一对老夫妇在跳长鼓舞,两个姑娘正在跳跳板,其中一个此刻就以跳的姿态停留在空中。我站在那里等她从空中跳下,但她就那么凝然不动。

我知道,与秋千一样,跳跳板也是朝鲜族女人的游戏。很早以前,深闺里的女人在跳跳板时看见了墙外的景色和男子,于是她们就通过跳跳板将身体探出去远望。

女人无翅,却总是想飞。

我曾经想加入进去,但那跳板上已经有两个姑娘在跳。那长鼓也牢牢地挂在老夫妇的腰间。于是我试着去踩水车。就在这时,我看见了我要寻找的秋千,我也就坐在了我想象中的打稻场上。

秋千一直空荡着。我终于从地上站起来走近了它。两手抓住草绳,两只脚先后踏上踏板。屏住呼吸,轻轻一荡,我整个的人便被带走了。一个汉族女人,在朝鲜族的民俗村里荡起了秋千。我发现,虽然我的身体不够灵活,我的心在那一刻却轻盈无比。我在飞。

在秋千上，可以看见在民俗村里零零星星走动的人。他们与我一样远道而来，来看自己从未见过的生活图景。不知为什么，飞的快乐突然消失，我看见了他们空茫的脸色，他们的脸色让秋千上的我一下子没了荡的心情。

民俗村是商业操作，而不是那个民族真实的村院。曾经去过海南，从三亚回海口的路上，被导游引领着走进了苗寨和黎寨民俗村，它们标本一般摊在路边，粗糙而花哨，你只能大约知道它们是哪个民族的，导游带你来，就是让你掏钱买门票，让你看已经不太真切的苗家和黎家的舞姿，让你买说不清是哪座山上出的药材以及哪个寨子做的花布兜。民俗一旦以民俗村的形式出现，你便不由得要为那个民族惴惴不安了。汉文明毫无疑问具有同化一切的魔力，然而每个民族都是伟岸的，每个民族都有自己雄奇的个性，他们却自己将自己慢慢地消失在历史的隧洞里。民俗村变成了对自己的纪念，变成了做给别人看的图式。这真残酷。

我不断地给自己鼓满力气，为的是让自己在秋千上待得长久一些，荡得再高一些。但我总也荡不到最高处，每一次都觉得快要接近那个高度了，每一次很快就跌落了下来。

我说过，在看见这个秋千之前，我去过附近的村庄。那个村庄因为曾经来过许多大人物而有一种虚荣的气氛。我在大人物坐过的火炕上盘腿儿坐过，那铺火炕也似乎沾染了一些虚荣。那家的女人很胖，很忙碌。我曾问她是否荡过秋千，她说那是年轻的时候，如今村庄里已经没有秋千。我问她的女儿荡过秋千吗，她说女儿进城去了。我当时就想，城市也许会让那个朝鲜族女孩忘记秋千。

美的秋千，纯朴的秋千，如今不在打稻场上，而在电影厂内景棚一样临时搭建的民俗村里。那天，我就一个人在那里寂寞地荡着古老的秋千，百里千里的寻找，好像就为了有这一次尽兴尽情地荡。

终于有个人走过来对我说，想看精彩的秋千表演么？体校的女学生会荡给你看。我说，那不是我要的秋千。那人说，那么你走得再偏远点，或许能看见你要找的秋千。

那人的话打疼了我心里的一个地方。我悄悄地说，亲爱的朝鲜族女人呵，在我眼中，你与秋千是密不可分的，你的美多半是秋千赋予的。守住你的打稻场吧，它是你以及你的民族的精神家园。假如这世界有一天果真没有了秋千，你一定要在自己的心里竖起它，让灵魂永不止息地飞。

无家的萧红

20世纪70年代末的一天，记不清是上午或是下午，也记不清天气是冷是暖，我走进学校图书馆的旧书库。光线很暗，书都是泛黄的，发出一股久不见天日的霉味。它们显然被当成坏书封过，现在可以摆上书架，却没有人来给它们分类。就在这个时候我进来了，并且就在这个时候我看见了一本书皮已经破烂的《呼兰河传》。

我以为是谁在写草原上的故事，呼兰河像是草原上的河。本来随手翻一下就想扔掉的，突然发现写书的是一个名叫萧红的女子，又发现写序的居然是茅盾，他说写这本书的女子是寂寞的，写这本书的女子出生在东北一个叫呼兰的小县城。我的眼睛立刻就离不开那书了。

书并不厚，那天我再就没有走出那间屋子，找了一个稍明亮点的角落，一口气将一本十多万字的小说看完。在此之前，虽然远居封闭的乡下，千方百计，还是读过许多的中外名著。因为是女人，读到最后，最喜欢的书是《简·爱》，最感觉神秘的人是夏绿蒂·勃朗特。可是那天一下子就改变了，我面前只有萧红和《呼兰河传》。

从此以后，就开始寻找有关萧红的一切。

我不仰望任何人，却不能不仰望她。我始终觉得她站在一个高处，那个高处是她燕子衔泥般用萧红式的文字筑起来的，她是那上面的女神。生命虽苦难而短暂，却让幸福而长寿的人反躬自问曾经做过什么。写的东西虽箕中豆粒般历历可数，然而著作等身者未必有一本书能如她写的那样不朽。

不能想象，自古至今，东北文学的原野上，如果没有萧红这一朵奇异的花开放着，将会是怎样的荒凉和空寂。许多人在写，没有谁可以与萧红伦比。也有人试图模仿，但萧红是空前绝后的。读萧红，让我相信有天生。

可是，读萧红读得心疼。从古代的深闺诗人，到现代的所谓才女，没有一个人像萧红那样悲剧。她的寂寞是因为无家无爱，如风中的蒲公英，一生漂泊。她并不是娜拉式的出走，而是萧红式的流浪，从上路那天起就一直是亡命般地逃。

不知为什么，读了萧红，萧红就成了一个与我失散多年的亲人，我一直在等她归来，并且在心里无数次为她伤感。萧红，你在哪里呢？

在寻找的日子里，我曾去过萧红出生的那座小城。

那是1978年春天，我来到了呼兰，看见了呼兰河，并且急急忙忙写了一篇小文，题目叫《黑土原上的太阳》。

我在那里写道：

你的故乡在呼兰，它现在是哈尔滨市属的一个县城，穿过松花江新修的立交桥，再向东北行半小时就到了。正是小城三月，黑土原上的风很大，很高。街两旁五颜六色的幌子让风给扬得底穗朝了天，像倒挂的灯笼。街路不都是柏油铺的，偶尔赶过来一辆拉秫秸的马车，飞卷的尘土把车老板的眼睛迷住了。居民住的也不都是砖瓦房，还有泥草房。泥草房的院子也不都是石砌砖垒的，有的竟是用锹挖的黑色黏土一块一块坝起来的，很别致。我们坐的车子猛地颠簸了几下，有人说，这条路叫萧红路。几乎是不由自主地，我想起了1930年秋天，那个更深人静的夜晚。19岁的你，离开了那个整天斜视着你、骂你要骂到使人发抖的程度的父亲,离开了那个你永远都不能原谅的阴毒的继母,离开了那个想把你勒死掉的伯父,离开了唯一属于你的后花园,从此踏上了坎坷的流浪之路。那天夜里,你是怎么到的哈尔滨呢?是蹲在你写过的那部东洋驴子上吗?你孑然一人,身无分文,拉车的肯吗?

……如今我来到你的故居。你的故居在城南。几十年前,这儿曾是一座宽大堂皇的地主宅院。一进门,便见得五间青砖大瓦房。木格窗棂,颇有北方的古旧味儿……故居里已没有你的亲属。房内只保留了一铺土炕,一块砖铺的地板,几把旧式桌椅和一个炕柜。

壁上挂满了名人题字。一个外国人称你是乡土作家。或许,就因为你与乡土的贴近,人们才格外地敬重你罢。20世纪30年代的文坛,欧化几为时尚,可你就那样执着地,凭着记忆,凭着依恋,写你温馨的小城,写你梦般的呼兰河……

现在看来,这真是一些幼稚的文字。那时的我还不能准确地表达对萧红的理解。1996年春天,我由哈尔滨去阿城拜访金源故地。本来可以再去一次呼兰，但我终于没去。我害怕再见那个院子，害怕再与萧红书中的景物遭逢。我认为呼兰如今只是以萧红故居的方式存在着，那里面没有萧红，它是一个让萧红伤心伤情的所在，因为从它放逐了萧红，萧红就再也回不去了。

的确，萧红曾经是有家的。在东北，呼兰就算是个很有些历史背景的城镇了。黑龙江将军建瑷珲古城的时候，就在这儿设镇。它的名产是珍珠，专门送给京都皇上皇后们享用。慈禧的首饰盒里就有呼兰的珍珠。当初康熙乾隆修筑柳条边阻挡关内流民，除了怕他们挖长白山的人参，还怕采了呼兰的珍珠。呼兰的确不是一般的地方，可谓地灵人杰。萧红是属于呼兰的，萧红与呼兰，是不能分的。

张氏的这个院子，在呼兰也算是很体面的。院心的那一丛高草，曾被萧红反复描述过。院子里走动的人，萧红也一个一个刻画得眉眼清晰。包括院子外面发生的故事，一个也没逃过萧红的眼睛。可是，这里是家，却无法触摸；有父亲母亲，却没有一只温热的手掌抚过头顶。在萧红心里，只有那个淡漠而慈祥的祖父，是温暖和爱，是家。祖父死了，家也便坍塌了。

于是，一个女人的逃亡开始了。

第一次并没有走远,不过是从呼兰跑到哈尔滨。家人驱逐了她。在北方的大雪天,她切肤地尝到了冻的滋味,也切胃地尝到了饿的滋味。她先是被一个男人骗了,后来又被一个男人救了。我在那篇小文里写道:

欧罗巴旅馆阴潮的地板上,你呻吟着,饿着,却也希冀着——这边树叶绿了,那边溪水唱着:姑娘呵,春天到了。

商市街低矮的板房里,你和你的爱人,一嘴泥,一嘴草,终于筑成了一个属于自己的巢,终于在那昏暗的灯光下印刷出一本自己写的书。

当最好的朋友突然失踪,当家门口出现了鬼魅一样的人影,当关外的军人退到关内,关外的学生告别爹娘流浪流浪整日价在关内流浪,便只有再一次逃离。这次是真正的背井离乡了,这次是关外与关内的分别了。然而,在她坎坷的一生中,那居然是一段最安定最难忘的日子。我写道:

青岛海滨那美丽的草地,葱葱的小路,喧闹的浴场，你沉醉过。可你分外怀念和惦记故乡的人们。于是，你的成名作《生死场》诞生了。

只是那种好日子太短暂了。中秋节的晚上，她和爱人共同依赖的朋友被捕了。与离开哈尔滨一样，为了筹集足够的路费，她又把木床木椅之类拿到旧货市场去卖。然后小心地揣上那部大作，继续向南逃遁。这次的避难所是大上海。她想，上海有鲁迅，她不会再害怕什么了。我写道：

在那间见不到阳光的亭子间里，你写信给鲁迅。终于，在老靶子路一家咖啡馆，你与这位伟人相聚了。你感到了一种从未有过的伟大的温情在爱抚着你。你成了三十年代名震上海的女作家。

萧红注定是要成名成家的，但她又注定是要流浪四方的。在她的生命里总是危机四伏，看起来有家，其实她压根就无家可归。我又写道：

东京并不是你该去的地方。香港，也不是你该去的地方。可你都要去。你不容许一只手爱过你保护过你,一只手却要捏碎你,更不允许心的背叛,感情的远离。你那颗在黑色的冻土原上冻僵了的心,渴望阳光,渴望爱。你把自己心的深处的热量,一点一点倾泻在《呼兰河传》上、《小城三月》上,最后裹着一身洁白,静静地远去了……

这是十多年前我为逃亡者写的简历。我用空茫的目光追踪着她,一个流浪的女人的背影。如果我是北京、上海或者武汉、重庆那地方的人,我不会太在意萧红的籍贯,也不会太在意她有没有家,她从哪里来要到哪里去,最后死在何处葬在何方。恰恰是我与萧红同为关东的女人,我没有离过家,却可以想象出离家者的心情。十多年前我站在呼兰的那间院子里,站在风中,抬头看着空中一轮遥远的太阳,总觉得那是她的脸,苍白、孤寂,想家却又拒绝回家。

我是后来才明白茅盾先生所说的寂寞。

萧红不缺少朋友,她身前身后总有男人的影子。那些人都会写字而且都活着,但是他们谁也不知道该为萧红做点什么。

如果没有一个叫葛浩文的美国人，这颗晶亮的星斗仍然是沉落着的。那个美国人几乎是向中国的文坛大声喊了：在20世纪30年代，从中国的东北，走来一个乡土女作家，你们怎么把她给忘了呢？于是，这个精灵似的东北小女子才出水芙蓉般竦立在现代文学史上。

那一刻，海内外都对她睁大了眼睛。

有人惊异地窥见了一个女人的情史。她的经历的确就是一部奇书，附庸风雅者蜂拥而至。与她有关的几个男人字字千金，回忆录、传记文学，一时如走俏的商品，有人因此而著名了。

更多的人为她的文字倾倒。汉语言可以是这样组合的，小说可以是这样写的，散文可以是这样美的。多么感性的女子，多么天才的女子，显然，一个人只有经历是不够的，经历的意义在于唤醒了一个隐匿的天才。写文学史，萧红是独自的篇章。

在我眼中，萧红的悲哀和殊荣，仍是因为无家。天生一个萧红，太早地离开了家，而且离开了就杳无归期。其实她是爱家的，无论走到哪里，她都虚幻地回望着家，能想起家里的每一个细节。即使是病中，大咳着，仍伏在枕上，写《呼兰河传》，写《小城三月》。香港的上空飞着太平洋战争的炮弹，她还在一字一句地写着《寄东北流亡者》。那是她最后的文字，是写给家的。她说——

　　沦落在异地的东北流亡者们：
　　当每个秋天的月亮快圆的时候，你们的心总被悲哀装满。想起高粱油绿的叶子，想起白发的母亲或幼年的亲眷……是的，家是可以回去的，而且家也是好的，土地是宽阔的，米粮是富足的。是的，人类何等地对着故乡寄注了强烈的怀念呵！黑人对着迪斯的痛苦的向往，爱尔兰的诗人夏芝想回到那有蜂房的一窠，菜畦九畤的茵尼斯，做过水手的约翰·曼殊斐儿狂热的愿意回到海上。

她自己流亡着，所以牵挂所有的流亡者。那个时代，全中国的人都听过那首《我的家在东北松花江上》。然而，当流亡着的同胞们回到那片长着大豆高粱的家园时，却忘了那个曾经牵挂过声援过他们的女人。1942年初春，香港上空的炮火还在呼啸弥漫，女人死了。

孤单的女人被安葬在浅水湾英国人的花园里。那个有钱的英国人被日本人的炸弹吓跑了，战乱时节，已顾不上谁踏进了他家的花园。后来他又以主人的姿态回来了，但他不知道萧红是谁，只知道这个女人没有钱。于是，萧红不得安息了，死了仍然还要再去流浪。

我曾经奇怪，香港那时有那么多东北籍人士，他们居然没想到为这个女人花点钱买下那块墓地，他们就忍心目送着她的灵柩被挖出来赶走。

更令人迷惑的是，这个女人从离家就再也没有回家，既是迁墓，为什么不让她最后能魂归故里，而把她葬进与她不相干的广州银河公墓呢？

那年我去香港时曾到过浅水湾。正是游泳季节，彩色的男女，彩色的帆船，浅水湾一如既往地喧闹着。我只是远远地望着安葬过萧红的地方，萧红早已走远了。

广州我去过多次，有一次经过银河公墓很近的地方，却没有停下。我能为她做些什么呢？

可怜的萧红，她永远地做流浪者了，她真的是没有家了。即使这世上有一个地方叫萧红故居，萧红也不会走进去了。她会怀疑所有的一切，她有理由怀疑这一切。此刻，也许她就站在人间或天堂的某个暗角，泪眼迷蒙地望着缈远的大东北，望着家的方向，却不想向那里走近一步。

大云书库

我要写的这个人,曾经在旅顺口住过十几年,这里至今还有他的一座故居和一座书库。旅顺口距大连市内只有半个小时的车程,可我对这一切知道得太晚了。

那是1996年春天,我读了一系列与东北有关的书,这些书以前我从未读过,如果不是为写一本书做案头准备,我可能永远也不会翻开它们。就这样,我在一本书里与这个人不期而遇。

这个人并不是那本书的主角。那本书的主角是中国最后一个皇帝,书的名字叫《我的前半生》。按这个人对皇帝的心情,皇帝应该把他视为重臣或知己,可他在这本书里简直就被自己曾死心塌地追随的皇帝写得不怎么样。记得当时我并不是要写这个令人讨厌的皇帝,而是要写那个既让我喜欢也让我忧伤的名叫婉容的皇后,那个最后的而且已经消失得踪影全无的女人。

读这本书，还让我意外地获知，这对帝后曾在旅顺口小住过，而这个被皇帝耍弄过的人却早在皇帝来到之前，就把所有的家眷都搬到了旅顺口，不论这位清朝的末帝决定来旅顺口，还是离开旅顺口去做伪满洲国的皇帝，都与这个人有关，我对他就格外地注意了一下。

十多年前，我在报纸上开了一个访问乡土专栏。主要是想把撒向东北的目光收回到我所居住的辽南。在我眼里，东北是铺展在我背后的大乡土，辽南却是蜿蜒在我家门口的小乡土。于是，我再一次与这个人遭遇。如果说，在前面读过的书里，这个人还是影影绰绰的，在我后来读的书里，他的面目就越来越清晰了。

有人告诉我，这个人的孙子仍住在大连，退休前在吉林大学教书，一个著名的辽史专家，曾写过一本回忆他祖父生平的书。只是年事已高，耳朵听话不真切，跟他说话十分困难。不知为什么，我没有急着去访问这个人的孙子。有一天，当我决定要去访问的时候，却听说他刚刚去世。这消息让我心里一震，觉得这可能是永远也补不回的遗憾了。有人说，这个城市缺少名儒。可我认为，这个人就是，包括他的孙子，也是。

在我的印象中，这个城市没有多少像他们这样的家族，虽然这个人早已作古了，我至少应该听他的孙子亲口说点什么。据说，这个人的孙子在世的时候很寂寞，去世的时候也很寂寞，火化那天，这个城市加上他所有的亲属，也只有三十几个人参加告别仪式，他所在的吉林大学却来了80多人。这或许也不奇怪。他是这个人的孙子，他的名字叫罗继祖，他祖父一生中最错误的选择是在这个城市完成的，这个城市对他的祖父自然就会采取一种态度。也许，这个城市没有表示什么态度，然而没有态度本身就是一种态度。所以我想，他的寂寞是可以想象的，也是可能发生的。

没过多久，有人邀我为一本老建筑图册撰稿。在翻看那些旧照片的时候，一下子认出了这个人留在旅顺口的故居和书库，为了让我了解每幢建筑背后的故事，还附了一张这个人的照片。他是一个留着雪白的长胡须的老人，戴着那个年代的旧文人喜欢戴的细边眼镜，脑后拖着一根清朝男人的发辫。我第一次看见这个人。他的目光过于严肃，嘴角的线条也过于执拗，脸上还有一种很深的忧郁，它将一个人的失意和淡漠，都写在了里面。

这个人就是罗振玉。

四月的一个下午,风很大,空气很干,我去了旅顺口的太阳沟,并直接找到了洞庭街12号。去这条街得走一段由南而北的上坡路,洞庭街就斜横在半坡上。站在街头向南望去,可以看到旅顺口深蓝的海。我想,罗氏把宅院建在这里,也是因为这里既避风朝阳,又是观海的好地方吧?

沿街向前走不远,就看到了照片里那两座陈旧的欧式建筑。它们前后错落,各自独立。我知道,前面一座是罗氏故居,后面一座是罗氏的书库。中间那块空地,既是书库的前庭,也是罗宅的后院。单看这样一组建筑布局,就能感觉出罗氏当年是有意将书库与住宅隔开。以男主人的角色,为的是防火和安全,以读书人的心怀,求的则是纯粹和宁静。

我先去了罗氏故居。这是一座两层高的灰色小洋楼。20世纪20至30年代,这种和风欧式的民居建筑,在大连市内和旅顺口比比皆是,几乎成了一种流行的风景。罗氏故居不是单体,而是一组。小洋楼居中,左右还有附属于它的许多间欧式坡屋顶洋房,从楼与屋的相互簇拥就可以想见,当年这里住的是一个几世同堂、人丁兴旺的大家口。

楼门前的石阶很高,这是地势的关系。罗氏晚年住在这里,不知他出入家门是否感到了不便。反正我拾级而上的时候，都有些呼吸不匀了。站在门前，想极目远望，却见楼前刚刚盖起了一片花园小区，看海的视野被阻挡了。确切地说，罗氏故居在洞庭街一巷12号。小巷南侧就是崭新的花园小区，小巷的北侧只剩下这座破旧而孤零的罗氏故居。

住在这个小城的老人，都知道旅顺口当年住过一个罗振玉，对保留至今的罗氏故居，他们仍然叫它罗公馆。其实，罗氏早在1940年就病故了。5年后，当苏联红军以解放者的姿态进入旅顺口，罗氏故居与所有可以占用的房屋一样，都成了苏军的战利品。10年后，中国军队接管旅顺口，罗氏故居也随之转手。然而，它仍是军产。只是不知从哪一年开始，这里变成了海军某部下级军官的家属宿舍。

也许因为房间太多，楼上楼下住了数不清多少家。这是一个没人管的地方，住在这里的大概官阶太小，楼内的卫生很差，走廊放满了破烂的物什。因为是白天，楼内没有一点人声，每一扇屋门都严严地关着，而且每家门上都挂着一把明锁，让我想起了20世纪70年代的集体宿舍。因为看不见房间里面，我在走廊里兀自发了一阵呆。

记得来之前有人告诉我，罗氏故居是市级文物保护单位。可我发现它的内外墙和门窗没有一点修缮过的痕迹，楼门前也没有文物保护单位铜牌或石碑。门洞是敞开的，楼梯也是敞开的，我很容易就走了进去，也很容易就走出来了。

楼门前，一边有一棵高大的银杏树。我知道，这是罗氏当年所植。罗继祖曾在书里写过这座故居，他说："因地段狭窄又分成几个小院落，每个院子窗下都种点花树，因为祖父很喜欢种树种花，住宅西楼院内种过几棵龙爪柳和一棵大樱桃树，墙上满是爬山虎，西楼大门头上种的是一架紫藤。……"

这是罗公馆当年的景象，藤树互缠，花草相衬，推窗便有萤蝶飞进。如今，那片曾经的葱茏都衰落了，只剩下了两株亭亭如盖的银杏。在四月的下午，它们的存在，让天上的风刮得更响。

罗氏给自己的书库取了一个名字，叫大云书库。大云一词，由罗氏喜欢读的《大云无想经》而来。我想，那经里的境界，必是与罗氏相通，因而拿它给自己的书库命名了。

大云书库最早建在日本。彼时，罗氏全家都住在日本的京都，与他同住的还有王国维一家。罗、王几乎每天都坐在大云书库里辨识甲骨，考证彝器，校点古书。自日本回国数年后，当他最终选择在旅顺口安家，便在这里给自己重建了一座大云书库。

它在罗氏故居后面，故居是两层楼，书库是三层楼。只是四周没有裙楼，占地面积也就没有故居那么大。我注意到，在书库侧面的墙上，倒是挂了一块铜牌，上面写着：罗振玉大云书库旧址。不是文物保护单位，而是大连市的重点建筑。

我至今也想不明白，书库与故居只相隔不过几十米远，它们原本是一体的，为什么主人的故居是文物保护单位，主人的书库却只是地方性的重点建筑呢？像罗氏这样上了《辞海》一级条目的人物，如果在人文气息浓厚的地方，比如他的祖籍淮安，这两座建筑怕早就被当作稀罕之物圈管起来了，而不会被割成了两块，受到的是两种待遇。

其实，不只是被名之为文物保护单位的故居，已经破烂得甚至比不上一座普通的民居，就是这座称不上文物却名扬海内外的大云书库，也早已不见当年的气质和模样了。常听大连人说，这个城市文化土层薄。对罗氏留下的文化遗产如此轻贱，算不算是一种文化的奢侈呢？

将大云书库定为重点建筑，与让我给这本图册撰稿在同一时间。大概是突然间听说了这座书库的巨大价值，知道了里面的藏书非常珍稀难得，书库当年被政府接管之后，藏书曾被分藏在北京、沈阳和大连的公家图书馆里，有的藏书至今还是这几家图书馆的镇馆之宝，对它总算有了一点敬畏之心吧？

  书库与故居不是一个整体，去书库不能从院内直接到达，得走出洞庭街一巷绕到另一条街上，才能找到它的正门。这条街最高的建筑是后建的海军某部招待所，大云书库实际上变成了它的附楼。在书库与主楼之间，有一座天桥式长廊将它们紧紧地连在了一起。所幸书库建筑独立地站在那里，外观造型也没有变，白泥墙面，灰瓦屋顶，正门入口突出的外廊，廊上女儿墙券出的露台，并没有被修改过。虽与招待所并立在一起，仍能看出它固有的简朴和内敛。

  然而，书既不在，库也就无从谈起了。它现在的功用就是海军招待所。我小心地推开了书库左侧的偏屋，这里已改作招待所的厨房，里面散发出一股逼人的油腥与菜汁混合的味道。书库楼前原有的门廊，也被封成了一间小仓库，里面堆着米袋面袋和尚未拆封的啤酒饮料。我知道了，要想看书库里面的样貌，只能走那扇显然是后来打开的小门。

  可以看出，当年的书库内部与它的外观一样，朴素而单纯，带着罗氏做学问的求实风格。的确，这里原本就不是富人的宫殿，而只是读书人用来藏书的地方。可以想见，罗氏当年总是踏着红漆地板，扶着木制楼梯，一层一层地走上来，然后站在窄窄的小走廊向两边看,看那一间间通透而宽大的藏书室。这也是罗继祖回忆祖父与书库时写到的景象。

现在的书库,一楼已经改成了一间大教室,黑板和讲台下面,摆着一排排简陋的木桌椅,大约有二三十个地方渔政干部坐在那里,正在听一位业余讲师上课。于是,就想上二楼和三楼看个究竟。走廊很暗,地板踩上去咯吱咯吱响,楼梯很陡,也是咯吱咯吱响。上了二楼,走廊更窄更暗,所有能用的空间都被分隔成了简陋的客房。个别的房间半掩着门,从里面飘出一股劣质的烟味儿,我瞅了一眼正在抽烟的男人,好像也是一个地方渔政干部,为了抽烟逃课了。因为性别的关系,我未敢造次采访。二楼和三楼,多数的房间门紧关着,我只能试着用目光穿过那一道道后砌的薄薄的墙壁,不去想里面现在是什么样子,而去想象当年那满屋满架的经史子集,数不清的甲骨金石。我知道,这里的每一本书都曾被书库主人阅读校点过,每一件文物也都曾被书库主人凝视摩挲过。在近现代中国文人眼中,这里曾是他们无限向往的地方。可如今,人亡物非,大云书库只留下了一副空壳。

我就想,1940年4月,旅顺口大概也刮着今天这么大这么干的风。罗氏早在4年前就从长春辞官回家,因为是一种不得已,他的心情非常不好。这个春天，不小心偶感风寒，咳嗽不止，染肺而成重疾。一个月后，便在前院的家里溘然辞世。家人将他埋在了旅顺口西沟。罗氏原籍远在江南，却把旅顺口当作自己的首丘之地，看来他已经把这里当成故乡了。

就是说，除了故居和书库，罗氏的坟墓也在旅顺口。

罗氏的出身并不显贵。在那个时代，在江浙一带，大富大贵者多如河鲫。罗氏的背景简直是太普通了。他一向自称浙江上虞是祖籍地，其实罗氏祖上的这一支嘉庆年间就从上虞老家迁出了。罗氏的高祖父罗敦贤因系庶出，祖遗产业养不了家口，只好携家流寓江苏淮安。他曾经做过绍兴师爷，至晚年告老还家，得了一笔钱，为糊口而弃文经商，终于发了财。罗氏的祖父名叫罗鹤翔，曾官居高邮州知州。罗氏的父亲名叫罗树勋，一直待在淮安城内，守着田产，兼做典当质押生意。由于自己不会做，委托别人做又找不到合适的，不几年就已负亏累累。幸而捐过候补县丞，为了避债，竟一个人到远隔家门的江宁做县丞去了。

按说，罗氏应入淮安籍。可他始终没有入。为什么不入？罗氏生前从未说过一字。他的孙子罗继祖认为，一是上虞要比淮安有名贵之气，与上虞比，淮安向来不是个冠盖簪缨集中的地方，市间多大商大贾之家。罗氏一生最不喜欢专门爱盘算钱的人，而淮安人多属此类，与其心性不符；二是罗氏对淮安人的生活习惯也看不上，对富有人家讲究吃喝穿戴或者打牌听戏也最瞧不起。这两点理由，已足够充分了。再反观罗氏，他的确是一个读书狂、工作狂，看与罗氏交往笃厚的朋友，果真也没有一个嗜钱好玩之徒。

罗氏的学问根植于童年。他4岁识字，5岁入塾，15岁读完经书，16岁考上秀才。父亲找瞎子算过命，瞎子说，罗氏命里应得科第。可罗氏两试不中，从此便绝迹科场，专心学问。正因为罗氏未考过举人进士榜眼探花，所以就未能像曾国藩、张之洞们那样当高官享厚禄。大清一朝，罗氏的官阶不过五品，最大做到学部参议、京师大学堂农科监督。然而，在1934年出版的《近代二十家评传》里，著名史学家王森然却将罗氏列入其中。罗氏虽属自学，却做出了许多别人没有做也做不出的事情。在我的印象中，罗氏的执着和自觉，简直就像田野里的牛。谁也没号召或命令他这么做，可罗氏就为我们这么做了。

文化是需要发现的。当年，在《老残游记》作者刘鹗家里，罗氏第一次看见了甲骨文残片。彼时，刘氏只是一个藏家，而不是古文字家，所藏的甲骨又都是从王懿荣手中买到的。这些甲骨文残片让罗氏欣喜若狂，他先是帮助刘氏印出一本《铁云藏龟》，此后便沉入对甲骨文的搜讨和考证之中。对甲骨文孜孜以乐的罗氏，并不满足去刘氏家里看，他还出资派家人到河南安阳殷墟去收集挖掘，居然有了上万片的收获。

于是，罗氏在日本京都住学的八年中，其所著《殷商书契考释》成为世界甲骨学首部重要著作。就是这本书，让罗氏成为最早认识甲骨文价值的人。如今所能看到的甲骨文字有8000多个，其中由罗氏识认出来的字就有500多个，他也是当今世界上个人识认甲骨文最多的一位。后来，罗氏由研究甲骨文，而喜爱用甲骨文书写，所以，他还是第一个以甲骨文体写书法的人。在中国，研究甲骨文的三大家是罗振玉、王国维、郭沫若，素有三堂之称，而罗雪堂自在王观堂、郭鼎堂之上。

文化是需要引进的。罗氏自小在城里长大，对乡村生活并不熟悉，他对农桑的了解也多从书本里获得。读过《齐民要术》《农政全书》和《授时通考》之后，他便记住了农为邦本、不仕则农这条古训。之后，当他读到了欧洲人写的农书，眼前更是打开了一扇亮窗。想想自家前程，既对科举绝望，那就中西兼采，以西法改革中国农业吧。一为国计民生，二也为自己打算。正是这个念头,让罗氏成了中国近代农学的开创者。

那是1899年,罗氏到上海创设学农社,并创办《农学报》。上海是通商码头,风气早开,各种学社和报馆林立街头。罗氏发现,遍地可见洋泾浜,就是没有农学掺杂其中。罗氏想大量翻译日本农学书籍,于是聘来了日本人藤田丰八,这是他第一个异邦朋友,也是第一次跟日本人接触。可只有一个藤田丰八不够用,就自己创办了一所东文学社,招生学东文,目的也是为农所用。由兴农学而办教育,让罗氏有了不小的知名度。湖广总督张之洞认为罗氏是个人物,就邀他去主持农务局并兼农校监督。两广总督岑春煊也知道他了,聘他去做教育顾问。最后是盛宣怀找到了他,让罗氏去任上海公学虹口分校监督。

1906年,光绪皇帝派大臣访欧,大臣们回来后,皇帝便决定效仿西欧的办学方式,废除了中国延续1000多年的科举制度,在各地兴办洋式学堂。罗氏恰在此时应诏入京,先是在学部参事厅当行走,后升为参事官。此间,罗氏曾有过一次去日本视学的机会。他虽梳着清朝的辫子,穿清朝的官服,却以日本为桥梁,把国外先进的教育方法带回到中国。

文化也是需要抢救的。罗氏是中国近代档案学创立者。清内阁当年有一座大库,专门存放历朝历代的档案典籍。1921年前后,北洋政府将清代大内档案作为废纸,以银洋4000元拍卖给了西单同懋增纸店,那些已经卖给故纸商的史料,罗氏居然以三倍的价格全买了下来,一共装了八千麻袋,把它们存放在彰义门外的善果寺里。

八千麻袋,日后就成了与罗氏有关的一个故事,成为罗氏生命的一部分。此后不论走到哪里,即使举家在海内外徙转之时,在罗氏的后背上,总驮举着这煌煌的八千麻袋。罗氏的大云书库,实际上就是为这八千麻袋建的。留居日本期间,罗氏曾悉心地为这几十万册书籍做过四本厚厚的目录。

其实,罗氏的功绩岂止是抢救了内阁大库档案,他还曾最早整理了出土于1908年的汉晋木简,最早整理了出土于1922年的汉灵帝熹平年间立在洛阳太学门外石经上的残字。另外,他还千方百计地刊印传布了已被欧洲人掠走的敦煌石室藏书窟中最精华的卷子本古书和佛经……

难怪王森然在那本书里说:"近80年间,我国新发现的史料有四:一、殷墟甲骨;二、汉晋木简;三、敦煌石室遗书;四、内阁大库档案。一谈到整理这四类材料,能为人们所利用的，罗振玉应该居首功。"

上述所列，可能就是罗氏最让后人不能忘怀的原因吧？

走近罗氏，就走近了另一个人——王国维。其实，我比罗氏更早地读过王氏，可我读的还是太少，居然不知道王氏背后有一个罗氏，而罗氏一生最大的贡献，就是发现了王氏。正因为不知道，就有一种说不出的惊喜，像考古者发现了马王堆。

我觉得，罗、王之交，不只是一段佳话，这简直就是一个奇迹。虽然罗氏从未承认王氏是自己的学生，一直把王氏当侪辈看待，可是所有了解他们的人都在说，罗氏塑造了王氏，没有罗氏，王氏也许是小学者，因为有罗氏，王氏成了世界级的大学者。

生命真的是一种缘。这两个人相识于1898年。彼时，罗氏正在上海创办农学社和东文学社。王氏也漂泊在上海，正在上海时务报馆当杂工。罗氏因为也在办报，就常到王氏所在的那家报馆访问。有一天，罗氏偶然从王氏同舍学生的扇头见到他写的咏史绝句，一时间激动不已，并以此认定王氏日后必成大器。虽萍水相逢，却缘定三生。那一年，王氏21岁，而罗氏已33岁，既是兄弟之谊，也是忘年之交。此后，他们就不再分开。罗氏去苏州任师范学堂监督,招王氏去任教。罗氏入官当学部参议,王氏也跟着进京。罗氏在学部的头儿面前力荐王氏,王氏就做了学部图书编译局的编译。与罗氏一样,因为王氏也只是个秀才出身,终限于封建规则,在清廷未获大用。

发生在辛亥年的那场革命,不但把大清皇帝给废了,还把忠诚服务于清廷的两个小官员沉重地打击了。罗、王都是正统文人,他们受明末遗臣不事清廷之风骨影响过重,不忍见改朝换代,于是相携渡海避难,隐居于日本京都田中村净土寺町,罗氏在这里购地数百坪,自建楼舍四楹,不久又增筑大云书库,并在院内植松十余株,杂卉木数百棵,凿一小池,小有花树池沼之胜。罗氏还给寓所取名永慕园,把康熙写的云窗横额悬于书斋,以此表达他对清廷的笃念之心。

然而,曾有人说,这一次是罗氏把王氏拖下了水。王氏以前热衷于西洋哲学和元明通俗戏曲研究,到日本之后,王氏因受罗氏影响而改变了方向,搞起了中国历史和古器物学。

的确,在京都的日子里,王氏翻读了大云书库几十万册藏书,还帮罗氏誊写书稿,与罗氏一起编书识器。正因如此,他也跻身于甲骨学界,成为名播中外的王观堂。那时候,王氏携家带口,经济景况远不如罗氏,罗氏每月给王氏200元钱以补日用。王氏因不愿长年累及罗氏，于1916年离日赴沪，应英国人哈同之聘，编学术杂志去了。自两个人相识以来，这是王氏第一次被生活所迫离开罗氏而单独行走。虽人分两地，王氏在精神上对罗氏仍有很深的依恋，他们几乎三两天就通一封书信。王氏自己说，像他们这样密集频繁的通信，恐宇内未见有第三人。这种友谊，我想一定是自愿的，发自内心的，不会是谁拖着谁。王氏走的这条道路，也不应该被视为下水，而是王氏生命必经之途。

有句话说，爱是一种伤害。不论是哪一种爱，不论是两个什么样的人，如果走得太近，用情太深，总会因为什么没做好而发生乖离。亲则疏。古训已有之。罗、王应该是懂得的，却伯牙与子期一样地粘着，自有其道理。再说，他们不但彼此要好，还让彼此的孩子们要好，最终是由君子之谊而结儿女亲家。

他们的确是两个性格迥异的人，但这并没有影响他们之间的友谊。罗氏精力过人，从16岁理家政开始就事无巨细一一经心，一直贯彻到中老年，完全是一个家长式人物。王氏则平和如女子，忧郁如诗人，沉静少言，一门心思都沉埋于读书治学，对家事从不过问。后来发生的变故，应是他们始料不及的。

1927年，王氏长子在沪病亡，罗氏未与王氏打一声招呼，就自带三女儿回了自家。脆弱的王氏，在失子之痛中尚未超脱的王氏，绝没想到他们之间会发生这样的事，与罗氏就此书信几近断绝。后来，还是王氏长子原单位将抚恤金送到了王氏家中，王氏再将钱转给罗氏，让罗氏转给儿媳，却遭罗氏拒收。于是，王氏不得不写信给罗氏。也许觉得自己再不收就过分了，罗氏终于把钱收下。

那封信，大概就是王氏与罗氏最后的交流了。当年五月，王氏自沉昆明湖。罗氏闻讯后大悔大疼，唯一能做的，就是用那笔转来的抚恤金刊印王氏的遗书，并出资送王氏家人离京返乡。

然而，王氏之死引起巨大的轰动，其间杂说不一。有人说，王氏的死与罗氏有关。更有甚者，说罗氏害死了王氏。于是罗氏家人不得不站出来辩诬，这场笔墨官司一直到今天仍未消停。我就想，在人生里面磨难过的人，自然知道王氏的内心经历了什么。

一个人的绝望，不可能因一件事情就发生了，一个生命的死亡，也不是一下子就来到的。在这一年中，王氏遭到的是灭顶之灾，先是失去了儿子，接着便是失去了罗氏。除此之外，还有失国之痛。因为北伐军日日进逼，革命已有成功之势，他为之效忠的清室再也无力回天了。对王氏而言，失子失友失国，无论哪一种失，都是他难以承受的，这是几种绞在一起的大痛。所以，这个一向沉默愚讷的人，终于选择了死。

翌年冬天，罗氏率家从天津搬到了旅顺口。有一天，罗氏叹着气对王氏的外孙刘蕙孙说，我负静安，静安不负我。也是，曾经是那样密切的两个人，曾经完美如法国人蒙田和拉博埃西的两个人，一个撒手而去，所有的痛苦就只能是留给另一个人了。

几年后，罗氏曾再一次陷入苦境，仓皇地从长春的伪皇宫回到旅顺口。坐落在扶桑町的家，成了罗氏晚年政治失意的最后归宿。当罗氏彻底地退回了家中，当他面对着大云书库里的古籍古物，所有的往事都浮上了记忆。睹物思人，今生今世，还能有可与王氏相媲美的知音友伴吗？

这世间既有爱情悲剧，也有友情悲剧。罗、王相交30多年，断不会想到他们最终会成为这出悲剧里的主角。

一个饱读诗书的人，如果在政治上还有抱负，就注定是痛苦而不幸的。

罗氏一直把自己当成清朝人，而清朝在哪儿呢？清朝实际上从罗氏入京不久就崩溃了，革命来得太急促，罗氏甚至都没等到朝廷给他发一次饷银。

罗氏至死留着辫子。因为罗氏留着，紧随其后的王氏也留着。罗氏虽接受西方农学，却一辈子不穿西装，终年长袍马褂，布鞋布袜。即使后来被伪满洲国授予大勋位绶章时，仍让人将绶带套在长袍马褂上，一时传为笑谈。罗氏的第四个儿子在伪宫内府任秘书官和掌礼处长，每天上班都要穿短上衣制服、西式裤子和黑皮鞋，罗氏即使看不惯也不能说什么。其他的子孙以及家庭教师，则只能在外出的时候偷偷地换上西服。

从日本回国后，罗氏一家寓居天津，蔡元培曾力邀罗氏就北京大学考古学讲席之职。罗氏竟以清朝人自居不应，以表示士大夫的清白和忠诚。罗氏日常花的钱，除了自己写书印书的酬劳，其余都是卖字画古物所得。他是真正的遗老。从内心到肉体，一直将自己系在大清皇帝的鸾舆上。

罗氏的愚蠢，就在于把复辟大清的美梦寄托在日本人身上。有人说，罗氏和日本的亲密与他的经历有关。上海的东文学社，只是罗氏与日本学者交流之始。引家东渡日本，在京都一住就是八年，有机会认识了更多的日本朋友。

1925年,冯玉祥限令末代皇帝在三个小时内出宫,罗氏因为在日本使馆里有熟人,马上就可以安排溥仪避入其中。与溥仪交往的人里,各种身份的日本人更是不少。罗氏认为,中国时局动荡不稳,而旅大已成日本的一个州,所以他先后六次劝溥仪渡辽。

溥仪到了旅顺口之后,罗氏更是参与了策划成立满洲国的活动。在罗氏看来,满洲国就是大清国,它仍属于正宗,有大清皇帝在这里,还会不成吗?还会有错吗?罗氏真的不知道今后将发生什么,历史的潮流将向哪里流淌,做这一切,他是那么的义不容辞,那么的义无反顾。

在罗氏的生命里还有一个人,就是郑孝胥。在寓居天津那段日子,罗氏遇到了他政治生涯中的克星郑氏。罗、郑早就相识,而且还沾了一点姻亲。只是罗氏一直不喜欢郑氏,在他眼中,郑氏虽有满腹诗文,但做人太张扬,太钻营。郑氏也不接受罗氏,在郑氏眼中,罗氏的沉稳和干练,罗氏的优雅和学养,让他从内心里感到一种压迫。于是,他们就互相攻讦,不给对方一点喘息。

秀才出身的罗氏始终没登过大官场,他绝对不是在大官场上行走如飞的郑氏的对手。所以,无论罗氏怎样效忠于溥仪,总有一种东西让他与溥仪不能走近。再加上王氏之死给他带来的伤痛，他只想快快地逃开这一切。于是，1928年冬天，罗氏悄悄地将家眷从天津搬到了旅顺口。这里是日本的关东州，他又一次出国了。

这一年，罗氏在太阳沟新市区面海的山坡上购建私宅。1932年春天，他在私宅后面购置土地，建了一座三层藏书楼，并在大连市内开设了一个"墨缘堂"书铺。他决定永远地留居在这里了。这地方叫扶桑町，因为左右邻居大都是日本人，罗氏仿佛又回到了京都时代。那是罗氏大做学问的时代。来旅顺口，他就是想重新回到做学问的时代。

然而，别忘了罗氏是一个忠于朝廷的官员，他在政治上仍不甘寂寞，尤其是不想输给郑孝胥。扶桑町一带住的都是日本高官，他居然通过日本学者与日本军方勾结，让他们帮助溥仪从天津逃到旅顺口。这一切都做成了之后，竟跟着他心目中的大清皇帝去了长春。旅顺口扶桑町的房子，暂时就闲在了那里，他在长春又建了一座新宅，大小家眷也都搬了过去。

选择即命运。在溥仪的身后，不但有郑氏，还有胡氏、陈氏、张氏，等等。他们也宿命一样地在前面阻挡着罗氏，拒绝着罗氏，让罗氏永远也靠不近皇帝，皇帝也永远不会对罗氏说出一句体己的话。罗氏懂中国文字，却不懂官场这两个字。官，是需要场的。什么叫场？场是一种势力范围，场就是要分成帮，分成伙，占一块地盘。场上至少要有两帮，这就叫对手。没有对手不成官场。罗氏却形单影只，浑身上下，唯有对吾皇的一片愚忠，怎么可能对付了郑氏一伙朋党呢？所以，溥仪只给了他几个无关紧要且略带羞辱色彩的职衔，均被最在乎尊严的罗氏婉言辞掉。至于监察院长这个职缺，并不是皇帝所赐，而是日本人暗中帮他操作到手的。

终于有一天，罗氏对复辟大业由失望乃至绝望，自己已经尽了人臣之忠，君不爱我，那就由君去吧。我有一个温暖的大家庭，有一座属于我自己的大云书库，足可打发我余下的老迈时光了。于是，他断然弃职，重返他留在旅顺口的家。时间是1937年3月，71岁的罗氏，没有像王氏那样沉入昆明湖，而是再一次躲进自家的书库，将余下的生命沉入史海。失意的他，终于又想起了学问。曾有人评论说，罗氏在学术上成就了不世之功，在政治上却终成南柯一梦。

罗氏并不知道后人将如何评价自己。对于他的一生，曾写了一个自挽联，云：

毕生寝馈书丛，历观洹水遗文、西陲坠简、鸿都石刻、柱下秘藏，守缺抱残差自幸；

半生沉沦桑海，自辛亥乘桴、乙丑扈跸、壬申于役、丁丑乞身、补天浴日竟何成。

可是，他毕竟老了，在与家与书库厮守了四年之后，这个每依北斗望京华的清朝孤臣，在1940年春天的一个寻常日子，依然留着那根稀疏的清朝辫子，走远了。

1945年秋天，旅顺口一夜之间驻满了苏联红军。很快地，他们就来到了罗公馆，不但遣散了住在公馆里的罗氏家眷，还将大云书库的门打开了。于是，书库里的图书和文物，一部分被点火烧了，一部分被苏军转移到别处，还有一部分被扔到了街上。

在罗公馆门前，曾发生过这样的一幕：那些英勇高大的苏军不认识中国字，他们把甲骨青铜玉瓷当成了垃圾，把成箱成帙的古书字画当成废纸。一时间，家住附近的中国老百姓蜂拥而至，有的不知道那些书物有多么珍贵，把它们抱回家中当柴烧了，有的知道它们都是好东西，抢回家中便藏匿不语。好在罗氏五年前就西去了，他要是活着，看到一生积累如此狼藉，恐怕也会想个办法，了结了自己。

这是一场文化的浩劫。大云书库先后建了三次，名字却一直没改：最早建在东京；罗氏回国后，建在了天津；由津门来旅，建在了自家宅后。自它站立在这个世界上，虽几经迁移，却从未有过这样的破坏。旅顺口解放了，可是被罗氏视之如命的藏书楼遭殃了。消息竟然传到遥远的陕北延安，一时间惊动了中共的高层，爱书的毛泽东是最痛心的一个，他立刻向东北局和旅大地委发出号令，叫他们想方设法抢救和保护罗氏藏书。不久，旅顺口就来了一个干部，他是正在大连休养的原辽北省教育厅厅长廖华，奉上级指示，前来主持对罗家藏书的寻找、保护和整理工作。

时光一晃，就是几十年。此间，大云书库遗失的书籍文物，有的陆续被旅顺博物馆花大价钱从民间征回，有的是农民主动上门高价卖给了博物馆。1990年，仅一次征集，博物馆就收回康熙帝临帖与手书墨迹300多件。这些字帖太珍贵了，它们大多是康熙20至40岁青壮年时期所写。就在我去洞庭街的前一天，有个农民带着一枚巴掌大小的金判来到旅顺博物馆。经过鉴定，它是日本古代的钱币。不用说，这也是从大云书库流散到民间去的。

据罗继祖回忆，罗氏当年由天津迁居旅顺口，将所有的藏书分装了6000麻袋，里面有《大云无想经》和碑碣墓志、金石拓本、法帖、书画等30余万册。另外，还有两三万片甲骨，以及大量的青铜器、古明器、碑拓等。罗氏自清末开始收藏它们，花了数不清的金钱，耗了几十年的心血。可以说，大云书库既是一座价值连城的图书馆，也是一座万金难求的博物馆。

20世纪50年代初，罗家人做了一件文化的善举，他们把家中所存图书全部捐给了政府。其中，有9万册藏书留在了大连图书馆，并且大多是孤本。由于这个原因，在大连图书馆，不论谁和我谈到罗氏，都对其怀有深深的敬意，仿佛罗氏曾经是教过他们的先生，或与他们共过事的同人。记得，我在大连图书馆坐了两个半天，馆长和副馆长帮我找到许多有关罗氏的评传和专论。于是，我得以第一次细致而全面地阅读罗氏。

一个人肯定是多面的，不可能只有一面。罗氏因为有过一次错误的选择，在许多时候就只被照了半边脸，另一边脸则隐藏在暗影里。写这篇文字，我只是试图能更多地了解他，而不是要为他翻什么案，正什么名。

我认为，罗氏已经不需要这些东西来虚饰自己。罗氏本人和罗氏所为,早已进入了中国近代史。就是说,罗氏的肉体,在1866年至1940年间活着,罗氏的价值,却不知要活到多久才会消逝。因为直到今天,史学家们在撰写论文的时候,还要翻看罗氏当年刻写的书本。在这个城市,他即使算不上先贤,也称得上前人。后人对前人,总应该有一种好奇吧?

关于罗氏,讨论最激烈、评价最公正的是学术界。在民间野地,罗氏不过是巷陌旧闻里一个具有神秘色彩的人物。在政治场合,对罗氏或避而不谈,或讳莫如深。前不久,我听这个城市仍有人说,罗振玉是一个大汉奸。

对罗氏如果只说这么一句话似不完整,这会让后来的年轻人以为罗氏在历史上只有一张面孔。如果他们有一天突然翻开某一本书,发现这个人的人生居然有那么多的侧面,这个人在中国文化史上居然有这么高的地位,年轻人就会对今人所说的话发生质疑。

在众议当中,我认为有一个人的评语还算中肯,这个人名叫董桥。他说:"雪堂一生学海浮泛,宦海浮沉,学术尽管深厚,政治识见稍嫌蒙昧,一心愚忠清廷逊帝竟致流落倭寇陷阱,加上王国维沉渊之痛给他带来难白之冤,学业成就凄凄然在毁誉纠缠之间罩上一层神秘的迷雾,厚实之士扬其高山流水,激昂之辈讥其鼠窃狗盗。"

在旅顺口的地下,埋了半部中国近代史。无论如何,在这半部史里,应该有罗氏,应该有罗氏的故居和大云书库。虽然大云书库已经空空荡荡,罗氏故居破门烂窗在风中哐哐作响。

关于罗振玉的去世,《旅顺口区志》曾有这样的记载:

> 伪满洲国监察院院长、伪满日文化协会会长罗振玉,死前派人乘飞机于旅顺上空观察地形,选择墓地。1940年,罗死后出殡时,日本统治当局调动城乡大小官衙、学校和商家等几千人夹道致哀。送殡的亲朋和大、小车辆、僧道、喇叭、大杠、亭子、纸幡等大队人马,前拥后簇十余里,场面宏大,气势夺人。

那天,离开洞庭街的时候,我说:"能去罗氏的墓地看看吗?"旅顺口的朋友说:"他的墓在水师营西沟,可是西沟很荒凉,过了这么多年,经过那么多运动,听说早就找不到了。"

可是不久前,我在报上看到一篇长文,该文作者居然找到了罗氏看坟人的后代。老者姓方,还是电影演员方化的堂兄,6

岁过继到水师营西沟姑姑家，他的姑夫苏君德，就是给罗氏看坟的人，已在1962年去世。

方氏老者说，罗氏的坟头很高，样式也与北方不一样，周边以石块垒砌，坟顶为圆形，坟前有三阶石阶，两边各有一只汉白玉石狮子，中间是一只汉白玉石桌。坟前地面铺鹅卵石子，附近还有鱼池、花架、藤萝和槐树林。坟地是罗家买下的。姑夫看坟给工钱，后来无偿让他在这里种地，也就不给钱了。

也许是罗氏的出殡仪式搞得太张扬了，也许因为谁都知道罗氏当过伪满高官，本人还是个大收藏家，1947年初春，他的墓后来曾被盗贼刨了三次。前两次被看坟人轰跑了，只把坟刨开了一个角，最后一次，却把棺木给打开了。不过，可能让盗贼大感失望，据罗家后人说，罗氏去世的时候，只含一颗珍珠，揣一块白金怀表，没带走一件文物。

可是，罗氏的坟却就此破败。到了现在，连痕迹都没有了，方氏老者只能指着一片果园说，它就是这个地方。

我想，旅顺口有责任让人们记住罗氏。在20世纪，罗氏毕竟是中国最重要的人物之一。

第三辑·风物

老　沟

初识金子，是母亲耳朵上的一对耳环。

母亲4岁那年就被外祖母给扎了耳朵眼儿，先是戴上一对银的，出嫁那天，换上了金的。出嫁不久就遇上"土改"，母亲先听到了风声，就把那对金耳环装在出嫁时穿的一双皮鞋里，连同几件勾云描凤的旗袍打成一个包袱，趁天黑藏在碾屋的碾盘底下。事过之后，她那个包袱早已不见踪影。母亲从此就一直怀念那对金耳环，她的耳朵也一直那么空着。母亲以为那两个空着的耳朵眼儿慢慢会长死，没想到它们一直就镂空地等待。后来就是我记事的时候，只要街上来了货郎担子，母亲一定快跑出去，看花线，看胭脂，主要是看首饰。首饰全是银的，那银耳环也很漂亮，母亲就是不买，宁可让耳朵空着。终于有一天，货郎担子里有了一对金耳环，母亲先是把它含在嘴里咬一咬，然后就掏钱买下了。我最早看见的金子,就是这对耳环。

当我也长成一个女人的时候,有段日子曾经比母亲更痴迷金饰,好像做个女人,就得有金子做的首饰。我从这个体验里理解了男人数点金币时的那种小心,看见金砖金条时的那种贪婪。在金子的光芒里,男人女人都是怪物。金子永恒,人不永恒,这或许就是人比金子可悲的地方。

在去老沟之前,我真就是这样,只熟悉亮闪闪的金子以及金质的饰物,从未见过淘金者。我只知道东北有大豆高粱石油煤炭森林猛兽,不知还有金子,只知道东北有牧人猎人垦荒人伐木人采参人,不知还有淘金人。当我一直向北走到漠河,走到老沟,走到被金子镶边的黑龙江,才真正知道什么叫富饶和肥沃,才终于明白东北为什么拥挤了。

那个早上,我从加格达奇坐火车去漠河。去漠河是为了去北极村看白夜。因为还不到白夜,许多旅行者便滞留在漠河县城。第二天傍晚,我在漠河大街上闲逛时看见了黄金局的院子,便冒昧地走进去。那间大楼明亮而且干净,局长正坐在办公桌前看一本什么书。他属于那种风度和修养都极好的男人,当他终于弄明白我是私人性的寻访,立刻变得像一个熟知掌故的老人。

他告诉我老沟的故事。

老沟是一条河。在大兴安岭，老沟这样的河纵横交错。每条河都有金子，老沟金子最多，却不动声色、神态安详地流淌到19世纪末。100多年前的那个春天，一个鄂伦春猎手在河边葬马时发现了几粒罕见的金块。他把这消息告诉了江对岸的俄国商人，俄国商人又将这消息传到阿穆尔和西伯利亚，于是那些无事可做的沙俄游民乃至罪犯蜂拥而至。据《黑龙江述略》载："至光绪十年，俄人在漠河招集中俄人四千多名，造房七百余间，立窑五百余所。"也就是一夜之间，老沟河两岸有了旅馆、浴池、面包房、游戏场和东正教堂。老沟一时被叫成"热尔图加共和国""阿穆尔的加利福尼亚"。

老沟成了殖民地。

当年的哥伦布麦哲伦完成了地理大发现之后，葡萄牙人、荷兰人、西班牙人、英国人便在非洲、亚洲、美洲的新大陆一次又一次登陆，这群持枪的淘金者将大量的黄金、香料、象牙运回欧罗巴，大西洋沿岸便因为财富从天而降而商市繁荣、物价上涨。这情景让俄人嫉妒坏了，他们从乌拉尔山西面翻越过来，就是想淘金。他们曾经向鄂伦春猎手葬马的地方走来，但不知哪里有金子。于是就大量地占地盘，就发生了康熙年间的中俄之战。后来因为有了《尼布楚条约》，俄人才退到贝加尔湖以东。然而，中国人绝没想到，事过200多年，老沟成了新大陆，它终又落入俄人之手，并被粗暴地掠夺了。

这或许就是老沟的命运。从古至今，这世界凡是可以找到黄金的地方，都有类似的故事发生。黄金是血色的。

在老沟河边，有一条废弃的古驿路，它原本是康熙时代修的一条传报军情的战争之路，从墨尔根直至雅克萨。雅克萨战争结束，驿路也随之荒芜，老沟就变得遥远。俄人这次是悄悄摸进来的，当他们已经将老沟翻个底朝天，黑龙江将军文绪才发现对岸有人过江了，才下令清军去捣毁那个热尔图加。

1887年，从那条荒凉的驿路上，走来了一位名叫李金镛的清朝官员，他怀揣北洋大臣李鸿章的保荐信，来漠河开办金矿。丢失的老沟，被强暴的老沟，带着伤回来了。当它变成自家的老沟，立刻就被从关内大量涌入的移民者充满，俄人遗留的商号，重新开张。

老沟从此又有了一个名字：胭脂沟。关于胭脂沟，一说是因为老沟的黄金是专门给慈禧太后买胭脂的，每天有快马沿着古驿路一站一站地往京城里送，所以就叫胭脂沟；还有一说是老沟的妓女多，她们脸上的胭脂太厚，洗脸时将老沟的河面上漂了一层胭脂。这两个说法都对。老沟因为有金子，长满杂草的驿路上才又响起匆忙的蹄声，那条阴郁的战争之路才变成了著名的黄金之路。又老又丑的慈禧，那时正在请外国的画师给她画像呢，她脸上的胭脂自然是买的外国货，自然要快马加鞭地往京城送金子。那是一条900多公里的崎岖山道，有30个驿站，老沟是第十八站，有一直保留到今天的站碑为证。另外，有金子的地方，一定有女人。老沟从被发现那一刻起就有妓院，里面有俄罗斯女人，日本女人、朝鲜女人，更多的是中国女人。淘金者被金子吸引，女人则被淘金者吸引。那漂在河上的胭脂，其实是女人空壳的青春。

这就是老沟的历史，老沟的往事。是老沟注定要经历的沧桑。

淘金者没有名字，只有一副装扮。粗布做的衣裤，牛皮做的鞋。白天身上总是湿的，脸上溅满了泥点子，晚上则睡马架或地窖子。河水被搅得浑浊，他们就那么浑浊地喝下去。

他们与采参人一样，淘金之前，要敬老把头。让我震惊的是，长白山采参人的老把头是山东人孙良，大兴安岭淘金者的老把头是山东人孙继高。两个老把头的生日又在同一天，农历每年的三月十六。他们敬老把头的方式也几乎一样，在老把头面前，他们都是跪着的。知道这些的时候，我的心情简直无法描述。这又是一个关于移民者的沉重话题。他们在遥远的关内，被金子诱惑着走进遥远的老沟，肉体是劳累和疼痛的，精神是空虚和浪迹的，需要一个或多个神来支撑，于是就找到了自己的孙姓同乡。眼泪和心事，只能交付给这个与自己有着相同经历的人性的神。

淘金者称自己"跑腿子"。木匠斧子、瓦匠刀、跑腿子行李、大姑娘腰——在他们看来，这是绝对动不得的四大宝。淘金者的私房全藏在那一卷破烂的行李里，为的回家。然而山高路远，一年四季有三季在泥沙里淘金，冬天又大雪封山，走的事情就搁下了。心一横，或聚赌，或与妓女纠缠，一个冬天，便将所有的私房花得一干二净。第二年春暖，只好又灰溜溜地回到金场。金场和妓院，是淘金者的陷阱，他们永远也回不了家。

他说，20年前，从山东来了个年轻人。年轻人的祖父曾在老沟给日本人淘金，光复那年逃回老家，却没敢带走金子，老人把用命积攒下的金子装了一个罐子埋在老沟。几十年过去，老人仍没忘记那罐金子，画了一张地图让孙子去找。第一次没找到，年轻人回去了。老人又画一张图，这次，年轻人没有白来，他终于在老沟的一片坟地里将那罐金子找到了。年轻人来去都很神秘，走后事情才传开，人们疯一样去那片坟地挖淘金者早年的藏金。八里房妓院的那幢旧屋，从未有人惊动过，墙上还粘贴着昭和时代的日本报纸，地上还有女人的绣花鞋，它们原本应该作为老沟的史记好好地保存，只因那个年轻人的到来而被掀了个底朝天……

老沟的故事让我想起我从未去过的中国西部。我不知道西部有没有金子，只知道西部有黄沙，知道自古以来，去西部的路上也很拥挤。去西部的人没有一个是为了生存，为了金子，他们或是去寻找一种精神，或是为那种精神去死。老沟有金子，所以向老沟走来的人，脸上只有渴望和欲念，而看不见朝圣或殉道的表情。

终于，去北极村的车队出发了。

路过老沟时，所有的车子都停了下来。老沟一眼望不尽，两岸被森林覆盖着，沟里凸起的是淘过金的砂石，凹处是水。它显然已经被翻腾了无数次，却仍让人发疯。据那位局长说，在四十公里长的老沟底下，至少还可以筛出五吨黄金。这大约就是让人发疯的理由。

沟里有几台小型淘金船，它们像是驻在沟里的人家，热热闹闹地过着自己的日子。公家的船已在前面采过了，它们将公家船采过的砂石再淘洗一次，老沟的金子是淘不尽的。我绕过砂石堆，靠近了一只船。船主是个胖子，穿着时髦的花格子夹克，他拿过一只搪瓷缸给我看。真的是金子！我第一次看见金子的原初形态，是屑，是粒，是那种柔软而又凝重的黄，那种让人想入非非的黄。胖子说，买这只船花了六万，这只船一年淘金能赚18万。他的目光里也含着金。那个早上，许多人看见了他的目光。金是很能炫惑人的，人们围着那条船，围着那只装着金的杯子，忘记了走。

我默默地向两岸的山林望去。那里有淘金者的坟，还有妓女坟。它们已经被掘得乱七八糟，掘墓者确从那里获得过金子，那些死去的人，终于被洗劫一空。淘金者从无中走来，最后仍然是无。做妓的女人，从男人怀里掏金，最后也是落得个一无所有。在这条沟里，这是两个不同的人群，却是相辅相成，相依为命。老沟是他们的生命之岛，却又是他们的葬身之地，这仿佛是上帝设的一个圈套。

这个圈套永远存在着,至今仍有人向它靠拢。

那天,车在老沟停留得太久。到北极村时,白夜已经快降临了。这一夜,北极村人在黑龙江边点起篝火,人们围绕着那通红的火跳舞狂欢,彻夜无眠。我想,老沟天天都是白夜,那些采金船的马达或许从来就不曾关闭过。

以后的日子,我在大小兴安岭的沟壑里常常就碰见一条废弃的铁路,一个曾经施过工的飞机场。有俄国人的,还有日本人的。在一个叫纳金口子的地方有块已经被杂草和灌木覆住的墓地,远远只能看见一座残碑,沿石阶上去才知那是日本人竖的"殉职劳务者之碑"。谁能想象出当年纳金口子的残酷?那些梦想发财的移民者,最后给殖民者做了职业淘金者。如今他们那干枯的灵魂飘回关内的老家了,还是仍在这山野里徘徊?

在纳金口子附近,我遭遇过许多今天的淘金者。他们没有老沟那般奢华,没有胖子那样的船,不过是用桦木杆支起一个简易架子,架子上安一个放大溜的铁槽子,柴油机抽水泵轰轰作响,疲惫不堪的男人穿着雨衣雨鞋站在水里掘泥沙。不远处即是他们住的帆布帐篷,一条绳子上,晒着几件脏衣服。他们虽是现代淘金者,却仍用古老的淘金方式。只要有金子,他们好像并不在乎用什么方式。

山岭之间,偶尔也有人家。房子低矮陈旧,看不见有人走动,只等炊烟升起了,才觉出一丝搅动。我问同行的朋友这是怎么回事,他说,淘金的人,走到哪里都住不长久,他们不舍得花钱盖一间好房子。

今天的淘金者是昨天的淘金者后代,他们虽然在这里安下了家,仍然还习惯于流浪和迁徙。他们永远不知家在何处,永远行走在欲望的荒野上。

最后的山

我天生地喜欢山，却没去过几座名山。

十几年前去都江堰，顺路上了一回青城山。青城天下幽。那种温情的幽很对女人的口味，我在山上呆坐了半天不愿离开。几年后到泰山脚下开笔会，泰山并不高，因为它曾经因许多个皇帝在此封禅而成了五岳至尊。登泰山而小天下，是男人的感觉。它虽不像青城山那么适合我，只缘它是山，就让我禁不住感动。

山在我心目中既是父性的又是母性的，可以毋庸置疑地信赖，可以无所不能地支撑。我曾经想，山最好总是在我的背后，不用回头看它，便知道它有什么。它不是阻挡我的屏障，而是将我托起来看得更远的那个肩膀。

面对长白山的时候，我第一次有了寻找和攀援的冲动。然而就像小时候吃母亲分给我的那块带齿形花边的饼干，我总是一口只吃掉一个齿,当把那一圈儿的齿吃光了,才向中间一点一点旋转着吃去。那个夏天,那么渴望走近长白山的我却在那片山地上绕来绕去走了很久。我好像害怕走得太快,甚至希望永远也走不到它的最高处,而我永远在向着它走。

在我的感觉里,长白山与别的山是不同的。别的山多在中原热闹处,通向那里的每条路已磨得十分光滑,路边的亭或山顶的寺也修得相当精致,喧哗的人声和鼎盛的香火,将它们深深地陷入了红尘和欲望之中。长白山遥远而淡漠。它不单纯是地理的风景的概念,更是一种象征。它将自己安放在人迹罕至的东北部边缘,背日本海而面向中原,既是一面巨壁,也是许多树、许多鸟、许多种族生命的栖地。它从未修饰过自己,没有一座寺观,也没有一条故作玄虚的廊或桥,仍保留着它成为山时的本色。对于那些生命,它永远是它们所来的方向,所回的终极,是幻觉和肉体浪迹之后还要归宿的地方。

因为它是这样一个地方,所以我既想走近它又怕走近它。走近它,是想用文字亲密地表达我对它的崇拜,告诉它,它是我心灵的图腾。怕走近它,是因为深深的敬畏。

雨在这里格外地密集。我已在白山市听它喧嚣了三天,每天打着伞在大街上乱走,走累了就坐上带雨遮的三轮车,告诉车主,随便走吧。那个城市让我记忆深刻的是有一间专门卖山货的大厦,里面有长白山的蘑菇、蕨菜、榛子、雉鸡、熊胆、人参,还有许多我叫不出名字的山珍。我有半天时间待在那里,它包罗万象,像把长白山撕碎了,一块一块、一丝一缕地摆放在商贩的柜台上。我闻到了长白山浓郁的体香。

那雨仍没有停的意思。市中心大街另一个惹人的风景是艺术摄影,装潢夸张的婚纱影楼一间挨着一间,给这个灰暗的不甚整洁的城市涂上了一层扎眼的亮色。异地他乡,我突然就好意思去照那种化了妆的将人弄假了的像,而且照了厚厚一摞。这是被雨折磨出的情节,是长白山给予的一次浪漫。

终于从白山市去了抚松。可是到了抚松,又下了一天的倾盆大雨,连宾馆的门都没出去,听服务小姐说浑江边昨晚有一家人让突然上涨的江水冲跑了,长白山的雨真够厉害。第三天早晨,大雨骤停,我们开始启程上山。抚松的朋友忙着往车上搬饮料罐头面包水果的样子,真像一次探险或远征。他们无数次去过那里,却仍然郑重其事。只有我是完全陌生的,此前走在那片山地的某个地方时,我只在晴空之下远远地遥望过它缥缈的轮廓。现在的心情,紧张得有些疼痛。

车子走了一段很长的泥泞之后,到达松江河镇。抚松的朋友说,这里是长白山西麓的入口,买了门票,就算走进长白山最原始的那一部分了。

门里门外,果真就是两个世界。树越来越密,路越来越窄,车和人都突然间变得渺小,仿佛一下子从今天沉入远古。我想起家里墙上挂的那幅油画。画家曾经告诉我,这是长白山。我说,长白山在哪里呀?画布上是一片深色的迷茫的树,中间有一条向尽头延伸而去的土路,我没有看见什么山。现在才明白,那的确就是长白山,他画的就是此刻我正在走的地方。只是它比油画更显得古朴。

像往家的方向走。人类其实就是从森林里走出去的。在这片森林里就曾巢居过狩猎的人群,他们集结成一个个人间集团,然后走出去与中原人厮杀。夫余的后裔——高句丽没能打过中原,被撕扯得七零八落了。肃慎的子孙——女真人和满洲人骑着马先后两次雄踞中国,让长白山终于为自己养育出的猎手绽开了娇笑。

大概就因为有这样的故事,长白山让中原人一直不敢小觑。他们向大东北张望时一眼就能看见那座巨大的山。它那鲜明的边缘,它那可望而不可即的远,调动了中原人的想象力，于是长白山的名字也不断地变换。战国时的《山海经》载："东北海之外……大荒之中，有山名曰不咸，有肃慎氏之国。"那是2000年前，他们在望见了不咸山的同时，还望见了一个自由自在的王国。汉魏时不知为什么改叫它单单大岭、盖马大山，或许是它阻挡过中原人东征的队伍，曾经让他们对那一脉大岭大山望而却步？到了南北朝时又叫从太山。隋唐人则叫它太白山、白山。总之它一直就在中原人的注视之中并被他们反复地描摹和揣测，他们似乎早就预感到从那山里会走出一个称霸中原的民族。

长白山，是从辽金两朝开始叫的。《金史·世纪》的开篇就写道："生女真地有混同江、长白山，混同江亦号黑龙江，所谓白山、黑水是也。"我想，山是女真人的家山，理应由他们命名。

我第一次知道了什么叫原始森林。它是树编织的自然之初的混沌状态，以古老和沉默，制造出一种令人眩惑的悲剧氛围。我看见，每一棵树的面孔，都沧桑欲语。每一棵树的身上，都长满了苔藓，披挂着如网的荆藤，却将岁月的负荷一轮一轮盘旋在心里。有的死去了仍英雄般地站着，枝已枯黄了还是那么美。它们是为这让原始森林做最后的支撑，为活着的分担霜和雨。也有倒下的，倒的姿态很悲壮，森林是它们的襁褓也是它们的墓地。它们会在漫长的岁月里渐渐消失，那种消失的凄美更衬托出站着的活着的苍凉。只有在这里，才能如此真切地感受生与死无边的轮回。

长白山是垂直的。车子在旷古的寂静中盘旋着上升。山的神秘愈加浓重，氤氲如梦，迷茫若仙。那位画家朋友告诉过我，长白山海拔不同树也不同，背包里的油彩不够用。我以为他是艺术家的夸张。当我的脚我的目光真正地抵达到这里，才知长白山隐藏了一幅从温带到极地几千公里长的巨大画卷，在这个倒悬的画面里，自下而上呈现出如四季一样截然不同的自然景观。

就这样走过来了。刚刚还看见伟岸的松树与柔软的白桦相拥相睇、温情如夏，转眼间便只有松树独自上路了，苍凉似秋。而当穿出高大的松林，在那云低野茫的山间望见突然矮下去的白色岳桦林时，便有一种走到天地尽头的惶悚和寒冷。

我从未见过这么孤独而美丽的树。它们梦一样弯曲着洁白的躯体，一会儿在风中颤抖，一会儿被雾霭裹住。它们是倾斜的风景，几乎匍匐在地，却挣扎着抬起头向上，绝望地蔓延。自然界也有身体语言。可是岳桦林在诉说什么呢？它属于长白山，而且属于这个位置，这是命运，它是在与命运抗争吗？

在它之上，是绿藓般的高山苔原。我在这里停留得太久。如果长白山是一个美人，这片苔原就是长白山袒裸的胸颈，白色的岳桦便是美人衣领上丝质的饰边。岳桦在那个时刻断肠般戛然而止，树与苔由此分界，如艺术大师的一个杰作，这世间因此而有了长白山顶的美丽。

所有的车和人都停泊在这里愕然凝望。像正在追逐着什么，刹那间目标消失，被魔或仙引领到一个不可知的所在。人们似乎不习惯接受这样的神秘，因为在他们周围再也没有树造成的幻觉，目光所及，多是无遮无拦的旷野秃丘。他们对长白山抱有太大的希望，然而向长白山走来的时候，并不是一路都有树，原始的长白山在高处，它已如一只被摘净了毛的公鸡，只剩下一个英俊而孤独的冠了。所以他们像孩子似的向长白山顶奔跑，如饥似渴，当穿过了森林又看见了光秃时，一下子不能适应。长白山是如此的单薄吗？

在来的路上，我还曾让车在树最茂密的地方停下，我要用手抚摸一下那些粗大的树干，感觉自然和年轮的力量。在树间穿行的时候,我大声地喊:东北虎你好!熊瞎子你好!但是没有回应。这是原始森林,但这里太安静了呵!我特别想与最凶猛的动物相遇,我觉得如果这时候从森林里走出一只野兽,不管它是什么,我都会感到亲切。然而,我只惊动了一只小松鼠,它机警地从一棵树跳到另一棵树上,眨眼之间就不见了。后来我们上车又继续走,不一会儿,前面那辆吉普突然一个急刹车,我看见一只马鹿从吉普车上方闪电般飞跃过去。这是我在长白山原始森林看见的唯一的一个高大动物了,无论如何,我与动物也算是擦肩而过了。

我禁不住想,除了土著的猎人,谁最早走进了长白山?是伐木者,还是采参人?我像是在追究一种责任。这其实并不重要,自然混沌,人也混沌,无论谁先走进长白山,都不会空着手。走进来的人,只有到长白山衰败枯竭那一天才会住手,才会跪下来为哺育过自己的大山祈祷。如今,长白山不但在中国是最后的山,在世界也是,它是欧亚大陆北半部山地生态系统的典型代表,已被联合国列入人与生物保护圈,今日长白山的一只鸟,或者一片树叶,都变成人类共有的了,不许哪个人随意拿走。这一切,都因为失去得太多了,才想起严守。然而整个长白山地都稀疏了,只有这一小块葱茏,人类真的能守住它么?

站在岳桦林与高山苔原之间,人们目光迷离。眼前的景象或许让他们再也不能麻木了,树的生命是脆弱的,森林并不是海拔多高都可以茂盛地张扬。山下的树因为亲近人类,而被人类弑杀了。在长白山顶,他们一定是第一次听见自己灵魂的尖叫。

车不能再向上,人只能步行去天池。天一直是阴森的,偶尔有浓雾弥漫过来,这时又下起了雨。我裹紧了薄薄的夏衣,任大粒的雨滴敲击着冰冷的额,艰难地一步一步地向隐匿在雨雾中的天池走去。

天池是长白山最后的秘密。

依稀能听见2500万年前的那一场造山运动。地球的西部,喜马拉雅由海底巨鲸般拱起,东北部地壳也随之断裂,长白山呱呱如赤婴横空出世。到200万年前第三纪末期,当地下那条圆而长的火山颈喷发,长白山顶便张开了这个巨大的锥体火山口。开始时它是如炭的干热,因积水而成天池。环绕着它,海拔2500米以上的山峰就有16座,主峰白头山高达2691米。天池后来又有过无数次喷发,最后一次是在300年前。有人说,长白山死了。还有人说,长白山活着。死或活,只有天池知道,天池是长白山的心。

走近天池时,风雨大作,雾气更浓,只能看清一个注明中朝分界的5号石桩。我紧紧抱住了它,生怕风将我吹进那个沸锅般蒸腾的天池里。许多人为避风而蹲在天池内沿的火山灰上,咫尺就是如絮的雾,我总觉得他们要滑下去,而他们就蹲在那里,盯看天池,仿佛那雾一会儿就能散尽,他们就能看见天池碧绿的水以及水里的那只怪兽。

有的人或许就是为了那只怪兽而来,目击者把那家伙说得神乎其神,几与外星人飞碟差不多了。人们耐心地等待着雾散,等待着怪兽出现,然而此刻,天池对所有的人都紧锁着。我想它是晴过的,更多的时候却是这样深掩,它不知打碎了多少人圆梦的心情。问问自己,似乎并不在意是否看见天池,身到心知,是另一种感动。

雾更浓了,整个山上仿佛只有我自己,能够感觉的另一个存在就是天池,我听见了从天池里哗哗流出的瀑布。天池是一座圣坛,我能想象出瀑布流淌的方向。向北,流出一条图们江;向南,流出一条鸭绿江;向东,流出一条松花江。它们如血脉般向大东北蜿蜒。松花江与黑龙江、乌苏里江汇合,勾勒出辽阔的三江平原北大荒，图们江与鸭绿江则以它们的柔软和清澈，切割出一道漫长的国界，曾有木帮在江上放排，他们唱着歌儿给岸上的女人听。这就是从天池飘落的三条江，它们终日流淌，风与石头溅起的浪花，打湿了往昔的岁月，浇灌了属于长白山的繁荣。有天池，就不会荒凉。

天池的深处至今仍珍藏着一个美丽的神话：天女佛库伦与她的两个姊妹从天上飞落人间，在天池里洗浴游嬉，突然看见一只灵鹊，口衔光艳鲜美的朱果，落在她的衣襟上，佛库伦喜而食之，生得一子，他就是满族的始祖。佛库伦则是始祖母，她让自己的民族保存了对母性的崇拜。这个虚幻的故事所造成的意象，一直笼罩在爱新觉罗氏的头顶，然而当他们走出山林走进中原，有一天突然想起始祖母的长白山时，竟连回去的路径都模糊了。

他们开始寻找来处。1677年4月，当朝皇帝康熙钦派宫内大臣武穆纳等首次踏查长白山。帝曰："长白山系本朝祖宗发祥之地，今乃无确知之人。尔等前赴镇守乌喇地方将军处，选取识路之人，往看明白，以使酌量行礼。"武穆纳们即刻出发，当年八月返京复命。帝又曰："长白山乃发祥重地，奇迹甚多，山灵宜加封号，永著祀典，以昭国家茂膺神贶之意。"于是加封为长白山神,并在吉林乌拉修了一座望祭殿。

祭山便是祭祖,长白山成为一个民族的精神家园。康熙至光绪,清廷先后13次派人探测勘查长白山,大清的皇帝凡东巡吉林,必去望祭长白山神。

我在长白山地盘桓时,曾登过吉林小白山上的望祭殿,如今它只剩下一块残破的基座。我试着从那里向长白山遥望,什么也看不见。可知爱新觉罗氏当年的望祭,只不过是做做样子,那些猎人的后裔已经弱不禁风了,他们再也走不回长白山。

既然走不回去,就将它封存关闭。康熙乾隆祖孙俩在望祭殿上三叩九拜之后,便用一道漫长的柳条边墙把长白山围了起来。长白山成了一座空冢。天池是老祖母的眼睛,守望百年,望眼欲穿。

我就这样在雾中想象着天池,直到离开也未看见它的真面。在我眼中,天池只适合猜想,不可以接近。

回来的路上,经过梯子河和锦江大峡谷。它们也是某次火山爆发后留下的奇观,是长白山的隐私。梯子河是一道欲裂未裂的山缝,下面有嘭嘭的水鸣。锦江大峡谷则是将大山打开了，看起来像一句灰色的预言。我想它们能知道下一次火山爆发将会在什么时候发生，知道人类还能享受多久的宁静。它们会告诉你，原始的绿色已所剩不多，长白山随时都可能从休眠中醒来，如果扰了它的梦，一切都将不复存在，地球也将进入下一纪了。

  自始至终，我都是惶恐的。总感觉长白山在动，欲裂。

与鹤共舞

我经常重复着做同一个梦。我梦见自己在天上飞,而且能看见自己的羽毛是白色的。回过头去,身后也是一群与我一样在飞的大鸟。那种凌空而飞的感觉终生难忘,无声,缥缈,有风在耳边吹过,翅膀自由地滑翔。山野、河流、房屋,尽在我的俯视之下,姿态很像美国电影里的那个超人,只不过他背上是一片红披风,他是外星人,而我是鸟,白色的大鸟。

在梦里做鸟,在梦里飞,不知析梦者会做何解释,我觉得这是上帝的恩赐,让我比常人多了一种生命体验,我因此而异想天开。记得曾有人问我:"假如让你重新活一次,你想做女人还是男人?"我说,我想做一只鸟。问的人立刻用一种荒诞的目光看着我。然而梦中的大鸟又出现了,那就是我。

由于经常做同样的梦,有时真就不知此刻自己在梦里还是在梦外,是睡着还是醒着。眼前总有一只洁白的大鸟的影子,却始终看不清那只大鸟究竟是什么鸟,只知道它是洁白的,飞起来很优美。它肯定不是公园里或广场上的鸟,不是笼中的鸟,它从一望无际中来,又向一望无际中飞去。梦中的情景就是这样。

那一天,当我的眼前突然出现了一片一望无际的芦苇荡时,一种梦幻般的神秘立刻从心的深处漫上来。我觉得从前我来过这里,或者说飞临过这里,这里有我的同类,还有我经历的事。我一下子就离开了车子和道路,不管深浅地就扑向那一望无际之中。

夏日的芦苇荡淹没了我,用它那绿色的热情,用它那广大的胸怀。我的脚陷入了沼泽,芦苇显得更高了。我在那里爬着走,于是闻见了久违的芦苇的清香。我想起了我的梦,想再一次飞起,才知道我并没有翅膀。但我仍然认为我是一只鸟。我来这里,是寻找家园,寻找曾经与我一起飞的伙伴。

这个地方叫扎龙,距齐齐哈尔很近,那边能看见城市的烟囱,这边却是世外般的芦苇荡,一真一幻。来到这里,我觉得我已活过一千年,我与别人不同,我做过鸟。

我知道我将要看见什么。它们的样子我十分熟悉,尤其是头顶有一滴朱砂的那种,我更是喜欢。它们叫鹤,叫天鹅,叫鹳,叫鹭,还有许多我叫不出名字的鸟。我其实是来到了一个特别适合鸟类生存的地方,所以我格外地兴奋,像回到离别多年的老家。

在这里我见到了很多人,人们都是为鸟而来。人类原以为与鸟是没有关系的,现在把鸟当成同族一般,惊喜地注视着它们,心生双翅。我不喜欢人类的这种表情,因为我总也忘不了他们举枪向空中射击的场面,他们是猎人,现在才来做僧。

我离开了人群,默默地跟在一只大鸟后面。它就是我要找的头上有一滴朱砂的丹顶鹤。现在正是孵卵的季节,它却独自在外游荡,可能是一个还未成家的单身汉,出来寻求佳偶吧?

它果然听见了我的脚步声,这都怪那绊人的芦苇。它开始跑了,边跑边回头看我,并不是惊慌,更像与我嬉戏。红冠、绿喙、灰颈、白翅、黑尾,五颜六色在我的前方闪烁,我第一次发现它的体羽是这么的复杂多彩。见我仍在追随着它,它便一会儿引颈回首,一会儿喙向天空,一会儿扇动翅膀盘旋着低飞,一会儿又单脚落地芭蕾鹤立,若动若静,像一个天生的舞者在表演。它似乎知道我曾经做过鸟的梦,知道我想做鸟,有意将它所能做的都做给我看。我想,假如我真的是一只鸟,而且与它是同类,我一定嫁给它。

那天,在那片一望无际的芦苇荡里,我与那只孤独的鹤共舞。虽然一个是追,一个是逃,我却觉得这是天地之间最美的舞蹈了。它消失的时候也很美,仿佛是与我告别,悠长地叫了一声,然后高高地飞起,向芦苇的深处,向远离人的地方。

我没有再去追它,也不生气。鹤是自由的。

其余时间我都是在观鹤楼上度过的。

我站在那儿向芦苇荡里痴痴张望。四面都是无边的芦苇,它与天相接时是那么自然贴切,只有大大小小的湖泊,间或在那温柔而整齐的画面里,划出一个个不规则的圆。芦苇是绿的,湖是白的,是天上的白云淹在水里了。比云更白的是鹤,一只、两只,或一群,诱人似的弄着清影,欲近却不能。

人与鹤原本就是两个世界里的。人在陆地,鹤在沼泽。这世间,鹤的家园太小了,人的地盘太大了。当人类向荒山要粮时,曾将野兽驱赶得无处可逃,当人类向沼泽要粮时,又将飞鸟惊吓得找不到旧巢。记得小时候,老家那个村子中间有一片芦苇塘,每年过端午节时要包粽子,母亲就让我去芦苇塘里采苇叶,苇叶越宽越好。采着采着,不小心就看见一窝鸟蛋,用衣襟捧回家，母亲就将它们与鸡蛋鸭蛋鹅蛋一块儿煮了。老家那儿原来说不定是一大片沼泽，因为人们围着它盖房子，越盖越多，便只剩中间那一小块芦苇塘了。而现在，即使是那么小的芦苇塘也不见了，那些鸟后来去哪里下蛋了呢？

我不知扎龙是不是这个地球上最古老最大的沼泽，它至今已有1.2万年的历史，21万公顷沼泽地，全世界仅存1000多只野生的丹顶鹤，这里就占三分之一。这是多么神奇的所在！站在这里，我已不关心陆地是怎么回事，我更想知道沼泽源自哪里。我在想那条神秘的乌裕尔河。许多河流到这里，拐个弯又走向别处了，它却是像从天上降落的，落下就不再走开，所有的触角都伸向那片芦苇荡，直到将它灌注饱满，让它成为鹤的栖地。乌裕尔河，是为鹤而生的河。

又有人惊飞了一只鹤。从它那高昂的叫声，我断定与刚才那只一样，也是一只雄鹤。它在我面前一掠而过，那巨大的翅膀，将阳光遮住了。鹤的飞，仍如此有力。

它已经飞翔了6000万年，从恐龙时代就在飞。那时地球上有大片的湿地，那时人类还没有诞生，鸟与兽是天地间的主宰。后来进入冰川期，大地开始变冷，温暖的湿地渐渐消失。再后来火山爆发，恐龙也消失。沧海桑田，如今还有这么多的鸟兽留下与人类相伴，真是人类的福了。

有了这片沼泽，才飞来了鹤。然而并不是所有的沼泽都可以留住鹤，并不是所有的沼泽都能让鹤在那里做爱在那里生殖。松嫩平原乌裕尔河下游这片沼泽却可以却能够。我曾经奇怪，齐齐哈尔建城已有300年，近代以来它经历过那么多硝烟战火，清军的钢炮、倭寇的铁蹄，在沼泽边呼啸，居然没有将鹤的梦乡打碎。年年岁岁，老鹤还是如期地产卵，小鹤还是如期地降生。只在严冰冻住湖面时，才飞到南方的那块沼泽地去越冬，翌年春天再飞回来。无论在何时何地，它们都清楚地知道，那里是羁旅，这儿才是家。鹤的心，果真不是人心可以描述的。

我又想起了我的梦。那只白色的大鸟或许就是鹤，我为什么要将自己变成鹤呢？为什么不安安分地停留在地上，而要飞到空中呢？我对自己的心，也无法描述。

鹤是文化鸟。大东北盛产文化鸟，辽西曾有亿万年前的孔子鸟、华夏鸟，是世界上鸟的始祖，可见辽西有过怎样的葱茏。辽东鹤也是久负盛名，它经常出现在中原文人雅士的诗行里或达官显贵的庭院里。清人西清在《黑龙江外记》里曾载：

"辽东鹤,本方物。以遗其公,日放置园中,饲以料,修劲高趾,殊自得。性喜浴,每雨过,轩舞有节,或啄薪木掷空,作添筹戏,丹顶日鲜。乃知此物非可剪翎而笼畜之者也。"民国初魏毓兰在《龙城旧闻》中也说:"嘉庆十五年七月,有人得辽东鹤二,献于黑龙江将军。"在我看来,从北向南,黑龙江的扎龙、吉林的白城子、辽宁的盘锦,芦苇荡或大或小,都属于辽东,而且是辽东鹤的故乡。

辽东有孔子鸟,还有鹤。它们证明了辽东的久远。

辽东的人肯定是在鹤之后来到的,这世上所有的人都是在鹤之后来到的。于是有了人对鹤的模仿。外学鹤舞,内效鹤德。有人官场失意,或生不得志,便想起做闲云野鹤,欲超然世外。有人老了,却备受晚辈尊敬,或称鹤发童颜,或祝鹤寿龟龄。鹤一向是人类的吉祥物,有鹤是多么好。

然而鹤已所剩不多了,丹顶鹤就更少。它无疑是最美的鸟,它的另一个名字叫仙鹤,但它飞得太累了。在我眼中,它是最后的天使。因为湿地还在萎缩,沼泽在一点一点干涸。美丽的鹤说不定也会像恐龙那样,突然间在这个世界消失。想想天空中没有鹤也没有别的鸟了,头顶上飞过去的都是隆隆作响的飞机,那时的人类,将是多么的孤独!

许多古老的东西终究将老去或死亡。人类能做些什么呢？

我听说，有一个年轻的女子，从小就生活在这片芦苇荡里，夏天捡鸟蛋，冬天割苇子。她父亲原先是个渔人，或许还是个猎人，后来做了爱鹤者。那女子长大后，也是一个爱鹤者。鹤成了她生命的另一半，她是鹤母、鹤姐、鹤的情人。这里的鹤冬天里要迁到南方避寒，她随它们一起去。那里也是一望无际，在一望无际之中有一个孤岛似的小楼，她就住在那里看守着她的鹤。有一天，一只鹤走失了，她钻进密密的芦苇荡里找，又蹚河去找，游到河心时没有力气了，她只好回来。这时听人说河那边有鹤在叫，她鞋也没脱又一次跳进河里。那是一条很小的河，她曾陪着丹顶鹤白天鹅在这儿戏水，不知游过多少次。可是这一天，她下了河就再也没上来。为了那只鹤，她向另一个世界乘鹤而去了。

在南方，在北方，许多人知道这个年轻女子的故事。人们受了震惊，再抬头看天时，面孔变得可爱，明显地多了一些悲悯和慈祥。

年轻女子的墓就安放在南方的那片芦苇荡里。每年去那里过冬的鹤，都会绕着那墓低低地盘旋。鹤在表达对那女子的感激，那女子代表人类。鹤在沼泽，人在陆地，人与鹤并不远。

那女子也做过我那样的梦吗?

离开齐齐哈尔那天,我坐的是一架小型客机。它飞得很慢,我可以从空中看那一片巨大的沼泽。我又回到了梦中,我是一只大鸟,在天上俯瞰我的家园,它是那么的辽阔。就想,既然天地如此辽阔,人类至少应该让心灵做一只自由的飞鸟!

白夜之约

　　站在我面前的是一个像白夜一样晴朗的女孩。她长长的黑发间有一股大兴安岭松脂的香气。我想起了她的《北极村童话》，背景里有很白很厚的雪，有姥姥家那座结实的木刻楞房子，她黑黑的眼睛在那扇木格子窗棂里闪烁。那是女孩子迟子建的眼睛，也是女作家迟子建的眼睛。面对这样一双眼睛，尽可以猜想白夜的美丽，猜想黑龙江的清澈，猜想极地的神秘。

　　她在哈尔滨的家虽居八层楼上，仍有市声传递上来。她写字的桌子背对着窗户，桌上蒙一块蜡染的粗布，瓶子里插着秋天的芦苇。我吃惊地望着它们，像回到了自己的家里。我说，我的桌上也有这两样东西。子建与我会心地笑起来。

　　看她挂在墙上的画，我以为出自哪个名家之手。子建说，那年她心脏不好，一分钟跳120多次，跳得不能写东西，就上街买了一盒油彩、一块粗布，坐在家里画画。从来也没画过，却第一张就画深秋的白桦，金黄的安宁的白桦。居然画得很美，先把自己感动得流泪了。接着又画大兴安岭的森林，纯如翡翠静如湖的森林。她知道为什么心跳了——闹市不是家。于是她怀揣着心跳，乘着江轮回到北极村姥姥的身边。那次的病就这样不治而愈。

我对子建说："我要去北极村看白夜，看白夜之前我一定要先来握住你的手，你把那里写得太美了。"子建说："去吧素素，到了那里，你就会知道你其实是自然的女儿。"

就这样，我走进了中国最北的那个村子，迟子建姥姥的村子。

在我坐的车子到来之前，已经有无数的车子和人涌入。这一天是夏至，是一年中最长的白昼，人们有理由搅碎北极村的宁静。我不是也来了吗？

北极村并不很大，老式的尖顶木克楞房子与后来盖的瓦房再后来盖的水泥捣制楼房，松松散散地连缀在黑龙江边。不知为什么，那几幢小楼让我感觉生硬，那些瓦房也显得极不和谐。在森林与江水的背景里，只适合那种尖顶的木克楞房子，它们之间才有很深的依偎和亲昵。那是一幅画。

我住的却是村中间的一幢小楼。它叫北极村饭店。我一进门就打听迟子建的姥姥住哪里，门口一个女人立即说，这家饭店的主人就是迟子建的小舅舅呀。天呵，迟子建干脆把这个细节省略了，她居然不为自己的小舅舅拉一拉我这么好的主顾，而我居然自己找上了门。

那时，迟子建的小舅舅不在饭店里，门口那女人就喊迟子建的小舅妈。于是一个眉眼十分清秀的女人从后厨擦着手应声而出。"子建的朋友呵，快楼上请。"阿庆嫂似的。一楼是餐厅厨房，二楼是几间干净的客房，好让我住最好的那一间。住上了之后我问："子建的姥姥在哪儿？"小舅妈说："刚刚还在呢，说要回家看看，总是不放心家里。"我想她是回那个迟子建写过一千次的木克楞老房子了，的确，对于姥姥，那才是家。

在饭店吃过午饭，我便一个人向江边走去。黑龙江。乘车去北大荒时，在萝北名山曾经与它擦肩而过，我将头探出车窗，远远地向它招手，像是告诉它一个女人来过这里，即使不下车也永远记住了它。后来便是去黑河去瑷珲，又一次与它相遇，那时的心事已完全不同，感情的云烟被黑色的江水打湿了，我融入了那一段血染的历史里，不敢正眼看它，只能记忆和回想。

　　黑龙江流经北极村时略略扬起了一个弧度，仿佛有意让它成为最北的村子。江水很深很清，看起来又如油一样稠黏，不发一点儿声响。彼岸也是一个村子，一江之隔，却是两种肤色两种语言。彼岸那个村子不会叫北极村，他们还有更北的村子。但是彼岸一定听见此岸的喧闹了。

　　有人现在就在江边支起了帐篷，吃着烧烤的江鱼，喝着罐装的啤酒，像过夏令营。女孩子们在江边那一片开阔的草地上采摘着野生的鲜花，编成花环戴在头上，自乐自醉。摄影爱好者举着相机，东照一下西照一下，照了无数卷好奇心。江边有两块石碑，一个写北极村，一个写神州北极。许多人在那里照相留念。我站过去照相时，一个姑娘将她头上的花环摘下了给我。那是一个用金黄色的花朵编织而成的大花环，我叫不出那花的名字，只记住了那种炫目的金黄。我甚至觉得，那就是北极村的颜色。

　　所有的人，都在以自己的方式等待着白夜。

　　与我一样，有的人既为白夜而来，也为北极村而来。他们在北极村的街上毫无顾忌地走，布满了北极村的各个角落。他们随意就可以走进人家的院子，随意就和院子的主人说起话来，院子里的每一样东西都极易让他们感动，即使是熟悉的也仿佛从未见过。在陌生的地方，的确最能感觉出陌生。

我突然就想去看看北极村最北的一家人。我去到那里时，那家的院子和屋内已经被来访者挤满了。女主人披着黑黑的长发，穿了件大红色衬衣，还特意将衬衣扎在米色的西裤里。她并不漂亮，却拐了一只装了小鱼的筐子，做出各种姿势让人拍照。她似乎已经习惯于这种来客如云的场面，话也说得很老到。她的丈夫一直不声不响地坐在院子里编那只捕鱼的虚笼，身旁有一个小男孩在吃着饼子和大葱，父子俩像没看见走进来的人。

女人在说她自己的故事。老家在山东济南，过来十几年了。有人给介绍对象，就嫁了，他是山东潍坊人，比我来得早。人是好人，不会说话，木头人。这座木克楞房子是十几年前盖的，没想到就成了中国最北的一家。那年我家第一次来了北京的记者，从此我就出名了。

这是一个虚荣的女人。我在心里对她有了排斥，就不再听她聒噪。男人仍在低头编着虚笼。我蹲下去问他除了捕鱼还做什么，他说，种小麦、黄豆、土豆。我便想起迟子建写的《亲亲土豆》，那里的女人，可与眼前这个女人不同。我为编虚笼的男人难过了好一阵子。

重又走到街上时，有人指着那家女人的背影对我说："别听她的，那是个疯女人，前些年跟一个城里人跑了，不几天就让人给甩了，还有脸回来。男人也太窝囊，回来就回来，屁也不放。那女人现在还常吵吵离婚呢，乡里县里不让离，离了还有'最北一家人'吗？"

生活原本就有生动的伤痛和疤痕，即使是小说家，也编不过生活。那家人从此就让我牵挂了。因为那个男人不会说话，因为那个家被城里人访问了，因为每年都要过白夜节，那女人便再也过不了安分的日子了。她自己受着折磨，她还折磨那个老实的男人。她其实也没有错，她是受了现代文明的诱惑，那次出走虽然失败了，毕竟是一种觉醒。

北极村也是这样被打开的。记得进村之前，看见入村的路边立一块牌子，告诉进村的人注意事项。它已经不是一个村子的概念，更像旅游风景区。一个白夜节，将朴素的村子变得花哨喧嚣，我的心其实从那一刻起就负疚了。走在北极村的街上，我依稀能看见它旧日的格局。当人们不知道这儿有白夜时，它是封闭的、自在的、孤独的，那些尖顶的木克楞房子冬天埋进雪里，夏天淋在雨里，一年年陈旧斑驳。凡人的心理总是恒常不变最好，北极村就应该是这样的。但它终于被发现了，它的宁静便也随之消失。

许多的美就是这样消失的。现在是北极村。

迟子建却说，北极村是她的童话、她的花园。那一定是童年留下的印象，她的文字大都是为过去而写的，是北极村史诗。她现在待的地方比北极村荒凉多了，感觉干渴当然就想姥姥家的木克楞，想江里的鱼，想森林空地上的芍药马兰花。如果再见到她，我会对她说，不要再写北极村了，不要再鼓动人们向着白夜旅行了，总有一天，你又心跳得写不下东西，却没地方去了。

白夜如约而至。

它像一个会煽情的女人，将四面八方的追求者调集在它的裙裾之下。已经是晚上八九点钟，尽管天阴云厚，时光还是像刚刚过午。人们陆陆续续向江边汇聚。

迟子建的姥姥来了。我与她在北极村饭店门口照了一张相，然后一起朝江边走去。她是小脚，小小的个子，脑后梳着髻，脸色细腻红润，穿一身黑布衫。说话是山东口音，羞涩而干脆。我一下子就喜欢上迟子建的姥姥,我知道迟子建为什么在许多作品里都要写到她的姥姥了。姥姥给她故事,给她想象力。

我与姥姥没有话说,就那么并肩向前走着,觉得在很早以前就认识她,有一种童年的温柔从记忆里悄悄漫上来。在我的感觉里,那个白夜,姥姥是最美的,我的一部分感情留在去江边的路上了。

因为到了江边,姥姥不知什么时候已离开了我。来来去去的人太多,我找不到矮小的姥姥,我想她一定感到与我说话很累,而与村人坐在一起了。我很快也加入了人群,人群这时其实是被卖各种各样饮料、小吃、玩具、香烟的贩子包围着,他们是北极村人,每年的白夜,就这样叫卖,一天赚的钱够一年的花销。那些叫卖者的面孔以及推销方式,最终打碎了北极村的神秘和我对它的崇拜。

篝火晚会开始了。那时已是夜里10点,云层上面的太阳该不会落,江边的小广场仍然亮如白昼。人们围着篝火跳舞,一支又一支,仿佛想将这一天拉得更长。

白夜是极地才有的景色。在此之前我曾经想,今生今世是不可能走到南极了,但我可以走到中国最北的那个村庄,去那里观赏白夜。我在地图册上先找到了漠河，然后就找到了北极村。我在那个小圆点上做了个记号，告诉自己必须在夏至当天抵达那里。为了白夜，我还翻了《辞海》，上面居然没有这个词条。

也许是因为白夜这个词在中国叫响还是近年的事，真正的白夜不在中国。记得以前读过陀思妥耶夫斯基的小说《白夜》，那里描述的是彼得堡的白夜，白夜里的爱情。后来又读过铁凝写的散文《女人的白夜》，她去了一次挪威，奥斯陆的白夜比彼得堡的白夜更悠长更有特殊的风情。总之白夜应该是在距北极最近的地方，北极村不过是在中国最北的地方，因为它急于敞开村门，才制造出一个中国的白夜，中国的字典却还没来得及收入这个名词。

无论如何，北极村的白夜也叫白夜，这里只有两个小时是真正的黑天。人们在这一天醒的时间最长，可以多做许多事情。对于东北人，醒着和做着，就意味勤劳。因为夏至里有白夜，冬至里就有黑昼，白夜有多长，黑昼就有多长。东北人一向闲散，都是这漫漫黑昼，也包括漫漫长冬，把他们给睡懒的猫懒的。从这个意义上说，我真希望白夜能拉得再长一点，白夜的太阳永远挂在空中。

白夜渐深时，一位诗人朋友约我跳舞。他在大兴安岭地委大楼里当高官，我到加格达奇时因举目无亲而拿着迟子建写的一张字条去找他，那时已是晚上，他居然还在办公。第二天，他送了我一本新出的诗集。他是一个纯粹的诗人，却干着并不喜欢的政治，因为过于劳累，心脏和腰都有重疾。本来已经与我告过别，已经决定不去北极村，可是送我走后，又有大人物找他，他就只好陪着上来了。从加格达奇到北极村叫"上来"，北上。他含着苦笑，向我解释再三。我说："这就叫人在官场身不由己。"他说："每年都有白夜，真是累死我了。"

万没想到，这个曾在黑龙江边的篝火旁与我共舞的诗人，几个月后真就去世了。他的死与白夜没有关系，但那个晚上，我的确听他说"累死我了"。我知道，白夜一旦变成节日，那种忙就会让天空不再有黑白之分，人也会被修改成不眠不休的机器。然而我相信，不论迟子建姥姥的村子多么拥挤，人们还是会在每年的这一时刻，千里万里地从四面八方赶来，然后，与白夜共疯狂。

洛古河的寂寞

那天早上,我刚刚从北极村的白夜里醒来,两个北京来的记者便约我去洛古河。洛古河是黑龙江的源头,在此之前,我从未去过一条河或一条江的源头。无论如何,源头是一个微妙的开始,它的水流不会十分喧闹,清清的、缓缓的、潺潺的,大概像一支夜里飘过来的曲子。那么,黑龙江的源头是什么样子呢?我说:"太好了,我终于可以看见源头了。"

我知道,黑龙江流到北极村的时候,稍稍地向北拐了一个弯儿,仿佛故意让它成为中国最北的村。洛古河与北极村遥遥相望,它的意义不在于最北,而是一条江的源头。车子一大早就出发了,整个上午,就穿行在大兴安岭的森林里。南方是炎夏,这里的冰雪还没完全消融,车子不小心就要陷进冰水里,我们时不时就要全部下去推着车走。但是,一个上午,没有人说算了吧,不去洛古河了。在北极村与洛古河之间的森林里穿行,每个人都有一种脱俗的感觉,因为这两个地方都是天赐。

过中午的时候,终于到了洛古河。然而,这就是洛古河吗?我以为这里一定有一条奔腾的河,可是洛古河并不是河,而是一个小村。也许这儿过去确实有过一条河,后来消失了。远远看去,它静如处子,像电影里的布景,或者是一幅水彩画。近处树木无声,远处江水无语,木克楞小屋、木栅栏院子,梦幻般散落在那片安谧之中。有一阵子,我不忍心再向前走,可是车子在司机手中,他并没有停下来的意思,黑色的奥迪车,像从红尘中抛过来的一粒石子,从村子中间疾驰过去,直驶江边的渡口。

那里正有一只军用巡逻艇在等我们。漠河县的地方长官已经与四队的边防长官打过招呼,所以两名战士早就在岸边准备好了一切。当我们下了车,就有艇载着我们驶向那个叫作源头的地方。

这其实不能叫源头。从上游流下来两条河,一条是中俄界河额尔古纳河,一条是俄罗斯内河石勒喀河。两条水流,像两个沉默的人,约好了在此相聚。它们来到这里,仿佛就是为了结束自己,为的是让另一个自己诞生。于是,洛古河这个美丽的小村子，就成了两条河之尾，一条江之头，成了生死相接的地方。洛古河当然知道，那两条河其实仍在流淌，它们的生命因为黑龙江而更加辉煌，黑龙江因为它们的加入而成了世界第十一大河。这条大河的故事太多了，它是水做的长城，阻挡了来自西西伯利亚的马队，如一柄黑色的长剑，让哥萨克从此止步在江北。

可以说，源头并没有吸引我。在大家的要求下，那只小巡逻艇载着我们在两河交汇，即黑龙江起始的地方转了一圈儿就往回走了。所有的人都着急上岸，着急去洛古河村。这个中国最边远的小村，它对我们更有吸引力。

也许是我们乘坐的那辆小车太扎眼了，身前身后总有人围着。村主任是个年轻人，他像一座博物馆里的解说员，在街上比比划划就把一个村指给我们看了。

村的历史据说已有100多年，至今却只有40多户人家。普及小学教育，6个年级一共27名男女学生，一名男教师，两间教室。男教师是从内蒙古跑过来的"盲流"，有一只眼睛不知为什么失明了，每天他要用一只眼睛分别给六个年级的学生上课，一年级、三年级、五年级在一间教室，二年级、四年级、六年级在另一间教室。男教师上课的时候，轮到听课的班级都要抬头听课,没轮到听课的都低头自习。两间教室门前,有一块大大的操场,大大的操场上却只有一个孤零零的篮球架——一根松木杆,钉上两块木板,再用粗铁丝编一个篮筐。那篮筐早已经被球碰歪了。我一边听,一边给那个空旷的篮球场照相。

村里没有电话,却有有线电视,一共能收5个台:西藏、浙江、新疆、四川、贵州。村子的旁边有个四连,还有个航标站。省长在1994年来过这里,因为那年这里发了大水。小村主任的前任是老村主任,山东潍坊人,30年前,因为穷,因为挨斗,就举家往北走,走到头了就不走了。他来的时候,村里有五户人家,没有钱盖房子,全家住了三年地窨子,后来住上了木克楞房子。老村主任姓刘,这个村如今有一大半是他的亲戚。不久前,老村长退休了,和老伴在自家屋里开了个小卖铺。进他家的院子挺费事,不是狗来咬人,而是一院子的泥泞。

老村主任家最有意思的一个人物是他的弟弟刘老汉。其实我一进村就注意到了这个奇怪的老人,军装、军帽、一双高筒黑水靴,背着手、叼根烟、不言语,只是围着我们坐的那辆奥迪车转圈儿看。

于是我知道了他的故事。他十几岁开始当兵，先是当了两年国民党兵，后来又当了三年八路军，当八路军曾立过三次三等功，所以他的胸前总是并列出三枚旧了的军功章，这也就成了他经常出入四连的理由。去四连，是给战士们讲战斗故事，讲完了，连长就请他喝酒，一喝酒，他就开始大骂，晚上战士们就得抬着他回家。战士们大都是南方人，每年都有复员回南方的，回南方得穿T恤，就把单的棉的军装全都送给他，他就一年四季都有军装穿。除了四连，还有一个去处就是村口。他站在村口，是等上级来人，上级不来人他就借着在四连喝的酒劲乱骂，上级来人了他就更骂，围着上级坐的小车蹦高骂。

村子太小了，太死寂了，有一点声音就十分突出，十分响亮，所以，谁都能听见刘老汉的骂。有一次，四连丢了一匹马，他又大骂不止，说这么个小地方还能出毛贼，还能偷到部队上，反天了，人怎么能坏成这个样儿？他的骂，简直就成了一种号角和命令，全村的人都出动了，四下里帮助部队找马。后来知道，那匹马谁也没偷，是它自己钻进林子开了几天小差。

刘老汉的骂很有名，有一天他正骂着，叫县长给碰上了，县长请他进了一趟漠河县的县城。从县里回来，他便变老实了，变成了一个沉默的人。我们去洛古河，坐的就是县长的车，因为他认识县长和县长的车，所以他才凑上前来，但他只看了一眼，就背着手走了，边走边回头望。直到那个背影不再清晰，我才扭过头。

那个中午，我们被安排在四连吃饭。听四连有人说："刘大叔怎么没来？"刘大叔，就是刘老汉。

洛古河在边远的地方，边远的地方尽管天高地阔，却有另一种狭小，那就是寂寞。寂寞可以让人发疯，所以我一直不能忘记刘老汉孤单的背影。我想，他应该经常去四连，去四连他会有年轻的感觉，还会喝酒，只有喝了酒，才能够痛痛快快地骂，这样也许就不那么寂寞了吧？

© 民主与建设出版社，2022

图书在版编目（CIP）数据

乡愁 / 素素著. -- 北京：民主与建设出版社，2022.9

（文学百年：名家散文自选集 / 李继勇主编）

ISBN 978-7-5139-3996-6

Ⅰ.①乡… Ⅱ.①素… Ⅲ.①散文集－中国－当代 Ⅳ.①I267

中国版本图书馆CIP数据核字（2022）第187197号

乡愁
XIANGCHOU

著　　者	素　素
责任编辑	廖晓莹
封面设计	宋双城
出版发行	民主与建设出版社有限责任公司
电　　话	（010）59417747　59419778
社　　址	北京市海淀区西三环中路10号望海楼E座7层
邮　　编	100142
印　　刷	三河市冠宏印刷装订有限公司
版　　次	2022年9月第1版
印　　次	2022年12月第1次印刷
开　　本	880mm×1300mm　1/32
印　　张	10
字　　数	173千字
书　　号	ISBN 978-7-5139-3996-6
定　　价	49.80元

注：如有印、装质量问题，请与出版社联系。